SOUVENIRS

DE

SÉBASTOPOL

RECUEILLIS ET RÉDIGÉS

PAR

S. M. I. ALEXANDRE III

EMPEREUR DE RUSSIE

TRADUCTION DE M. NICOLAS NOTOVITCH

(D'APRÈS LES ORIGINAUX CONSERVÉS AU MUSÉE HISTORIQUE DE SÉBASTOPOL.)

TROISIÈME ÉDITION

PARIS

PAUL OLLENDORFF, ÉDITEUR

28 BIS, RUE DE RICHELIEU, 28 BIS

1894

Tous droits réservés.

SOUVENIRS DE SÉBASTOPOL

DU MÊME AUTEUR

L'Empereur Alexandre III et son entourage. . . . 1 vol.

La Vie inconnue de Jésus-Christ (Cartes et Illustrations). 1 vol.

SOUVENIRS

DE

SÉBASTOPOL

RECUEILLIS ET RÉDIGÉS

PAR

S. M. I. ALEXANDRE III

EMPEREUR DE RUSSIE

TRADUCTION DE M. NICOLAS NOTOVITCH

(D'APRÈS LES ORIGINAUX CONSERVÉS AU MUSÉE HISTORIQUE DE SÉBASTOPOL.)

TROISIÈME ÉDITION

DÉPOT LÉGAL
Seine
N° 4744
1894

PARIS

PAUL OLLENDORFF, ÉDITEUR

28 BIS, RUE DE RICHELIEU, 28 BIS

1894

Tous droits réservés.

*Il a été tiré, à part, dix exemplaires sur papier de Hollande,
numérotés à la Presse*

« POUR LES HÉROS, IL N'Y A RIEN D'IMPOSSIBLE »

PAROLES ADRESSÉES AUX SOLDATS
SUR LE CHAMP DE BATAILLE DE SÉBASTOPOL

Par L'EMPEREUR NICOLAS

————

« A SÉBASTOPOL, IL N'Y A EU NI VAINQUEURS
NI VAINCUS »

PAROLES PRONONCÉES A L'ÉGLISE DE LA MADELEINE
Par le GÉNÉRAL SAUSSIER

a

AVANT-PROPOS

———

Les désastres inattendus de l'armée fran‑
çaise avaient ravivé, en Russie, au cours des
années 1870-71, les souvenirs assoupis des jours
de Sébastopol. L'armée russe, témoin de la
bravoure des soldats français, ne pouvait pas
croire à leur défaite dont elle souffrait dans
son amour-propre même.

Les Français, les seuls hommes qui eussent
disputé la victoire aux Russes, battus par les
Prussiens, dont nous avons si facilement
occupé la capitale en 1760. C'était à n'y pas
croire !

Et chacun de se rappeler l'héroïsme militaire
dont les troupes aujourd'hui battues avaient
fait preuve en 1854-55 ; et légendes et anecdotes
de circuler parmi le peuple et parmi l'armée
russes, tous vieux témoins de leur courage,

fouillant dans leur mémoire pour y retrouver
le trait qui les avait frappés le plus dans cette
lutte homérique.

Le Grand-Duc héritier, aujourd'hui Alexandre III, n'a pas voulu que les récits qui se
faisaient dans les veillées des isbas ou dans les
chambrées des casernes fussent perdus pour
l'histoire.

Il les a fait recueillir pieusement, et le manus-
crit qui les contient est déposé au musée de
Sébastopol, la ville même qui a été le théâtre
de tant de vaillance et, en même temps, de si
peu d'animosité de la part des deux principaux
belligérants.

Le Grand-Duc héritier, en ordonnant de
colliger ces matériaux historiques, en les rédi-
geant lui-même, a voulu préparer un monu-
ment impérissable à la gloire des combattants
de cette guerre où, suivant l'expression du général Saussier, « il n'y a eu ni vainqueurs ni
vaincus ». Mais il a poursuivi aussi une pensée
politique.

Les dangers que faisait courir à la Russie
une Prusse démesurément agrandie n'avaient
pas échappé à son patriotisme prévoyant. Avant
de monter sur le trône, il avait compris que
l'intérêt de son peuple lui conseillait de s'unir
avec le vaincu plutôt qu'avec le vainqueur, et,

même avant d'être le dépositaire de la puissance
souveraine, il a su donner la preuve inoubliable, aidant son père Alexandre II, en 1875,
que sa politique étrangère serait plus tard
orientée de notre côté. La suite a prouvé que
ce Prince magnanime sait être constant dans
ses desseins.

En montrant à son armée qu'elle n'a pas le
droit de haïr ceux qui n'ont jamais été ses
ennemis véritables, en plaçant sous ses yeux
des exemples de noblesse de sentiment,
d'amour de la patrie, de dévouement et de
fidélité au drapeau, d'esprit de discipline et
enfin d'humanité dans les intervalles des combats, il a voulu lui enseigner que deux peuples
nés pour s'admirer sont également nés pour
s'entendre.

D'autre part, rien n'est mieux fait que ces
récits, empreints de simplicité et d'impartialité,
tous empruntés à des témoins oculaires, pour
exalter l'âme des soldats russes et français et
pour les rehausser dans leur propre estime.

Ce sont ces récits dont nous nous sommes
assuré la primeur, car ils n'ont pas encore
été publiés, même en Russie. Ayant obtenu
la permission de les lire et de les traduire,
nous avons voulu contribuer, pour notre part,
à l'édifice de cette alliance, qui sera d'autant

plus durable que l'élaboration en aura été plus lente.

Cronstadt et Toulon sont les conséquences, on peut dire, nécessaires de Sébastopol. Comme les Suisses après Marignan, il semble que Russes et Français aient conclu tacitement une paix et une amitié éternelles, car rien n'est tel pour rapprocher les cœurs des guerriers que l'admiration réciproque sur le champ de bataille. Et l'on peut ajouter que deux armées qui s'aiment, qui s'admirent et qui combattent ensemble, sont désormais invincibles !

Nicolas NOTOVITCH.

Paris.

SOUVENIRS DE SÉBASTOPOL

DÉDIÉS

AU SOUVENIR GLORIEUX DE TOUS LES COMBATTANTS

DE SÉBASTOPOL

SOUVENIRS DE SÉBASTOPOL

RÉCIT D'UN MATELOT

Le jour de la bataille de Sinope, le 18 novembre 1853, je me trouvais à bord du vaisseau « *Rostislav* ». Notre escadre, sous le pavillon du vice-amiral Nakhimoff, retournait le lendemain matin dans la rade de Sébastopol, atteinte dans ses œuvres vives, sa mâture et son gréement. Il faisait une belle journée, comme le vaisseau-pavillon saluait la ville et qu'il recevait les saluts des batteries maritimes, des forts et des redoutes. Les habitants de la ville stationnaient en foule le long du quai de la rade de Sébastopol, depuis le phare de Khersonèse jusqu'à la vallée de Kilen-Balka, acclamant l'escadre des cris formidables de : « Vive le grand Empereur Nicolas Pavlovitsch! Vive la flotte de la mer Noire! Vive le brave Nakhimoff! Hourra! » Ces exclamations triomphales continuèrent depuis le moment

1

de l'entrée de l'escadre dans la rade jusqu'au soir.
Je restai sur le vaisseau.

Le 25 décembre, vers onze heures du matin,
tandis que l'on célébrait la messe dans les temples,
des coups de canon tonnèrent tout à coup de la
batterie Konstantinovskaia, puis ce fut le tour des
batteries n°s 4 et 8, les batteries Mikhaïlovskaia,
Nikolaïevskaia et Pavlovskaia placées plus loin,
toute la rade retentit ensuite d'un formidable gron-
dement de tonnerre et de coups de feu. « Quelle est
la cause de tout ce tintamarre? » se demandaient
les habitants l'un à l'autre, en sortant des églises
et en se rendant en masse vers les quais de la
baie.

Mais déjà l'on apercevait un navire de guerre
étranger, sans pavillon, qui sortait de derrière le
phare de Khersonèse, et qui, après avoir approché
de la batterie Nikolaïevskaia, retournait en arrière
et disparaissait derrière le phare.

Aussitôt après l'apparition de ce vaisseau près de
la rade de Sébastopol, les autorités de la ville
prirent des mesures actives pour sa défense. Le
phare de Khersonèse et ceux d'Inkermann furent
fermés; sur le chenal de la rade, on construisit sur
des ancres une barrière avec les mâts de vieux
vaisseaux, au besoin elle se démontait en deux endroits. En divers points de la ville et de la rade on
construisait des batteries et l'on y faisait des exercices d'artillerie; sur les vaisseaux, on battait la
générale et l'on exerçait les hommes à l'abordage.

Sur le côté sud, l'ouvrage marchait encore plus activement, on y construisait des bastions, des batteries, des redoutes et des lunettes qui entouraient la ville.

Le 15 avril 1854, la flotte anglo-française apparaissait en vue de Sébastopol, mais elle s'en retournait bientôt dans la direction d'Eupatoria et, à la tombée de la nuit, disparaissait aux yeux. Les travaux de défense n'en continuaient pas moins. Les matelots, après avoir terminé les travaux de la baie méridionale, furent employés à la construction de la tour de pierre de Wolokhoff, sur le côté nord. Les troupes de l'armée de terre s'occupaient à réparer les fortifications du nord de la ville, à construire des batteries entre le télégraphe du Nord et la tour de Wolokhoff, et les bastions 5 et 6 sur le côté sud. En outre, sur le côté sud, on armait le 3e bastion et les batteries qui se trouvaient près des portes de l'Est de l'hôpital maritime, et à l'est on construisait, aux frais de la ville, une tour de pierre sur la colline de Malakoff, de sorte qu'au commencement du mois de mai 1854 la plupart des principaux points de la ligne défensive de Sébastopol étaient déjà prêts.

Tout le mois de mai fut passé en exercices d'artillerie sur les vaisseaux, ainsi que sur la ligne défensive de la ville, en manœuvres de tir aux bastions, à disposer les troupes et à former des bataillons de descente avec les soldats et les sous-officiers de la marine.

Le 14 juillet, au point du jour, apparurent trois vaisseaux ennemis qui s'avançaient vers la rade; le plus près hissa le pavillon anglais et se dirigea sur le quai du côté nord, afin de mieux examiner, à ce qu'on supposait, les dispositions de la baie; mais il fut reçut par quatre obus, partis de la tour de Wolokhoff; l'un d'eux lui brisa un des sabords de la proue, un autre atteignit la poupe, et les deux autres les tambours. Le vaisseau, répondant par trois coups de feu, s'enfuit vers Belbek, là vinrent se joindre à lui les deux autres navires qui avaient fait le tour de nos fortifications du nord hors de portée des coups de feu, puis, tous les trois partirent vers le cap Lucullus. Le même jour, vers 9 heures du matin, toute la flotte des alliés, sans pavillons ni voiles, apparut, elle se dirigea également sur le même cap. Sa force, à ce qu'il paraissait, égalait celle de notre flotte qui stationnait dans la rade en ordre de bataille. L'amiral Nakhimoff brûlait du désir de sortir de la baie, d'engager la lutte, de procurer à la flotte russe une gloire nouvelle et de la couronner de lauriers; malheureusement une bourrasque qui durait depuis le matin avait rendu impossible le départ des navires. Dans l'après-midi, la flotte ennemie navigua vers le sud, sans hisser ses pavillons. Tout Sébastopol suivait ses mouvements de la grand'place voisine de la Bibliothèque.

Cette apparition de la flotte ennemie près de la rade de Sébastopol, permettait de croire que l'ennemi avait l'intention, selon toute probabilité, d'attaquer la ville du côté de la mer. Aussi, le général Korniloff se mit à préparer les positions de combat des vaisseaux si habilement, pour compléter la ligne de feu des fortifications maritimes, que l'ennemi, s'il avait attaqué Sébastopol du côté de la mer, se fût exposé, sur tout le parcours de la rade, à un terrible feu croisé et eût essuyé inévitablement une défaite.

Le 1er septembre, on aperçut de nouveau à Sébastopol la flotte ennemie, qui marchait sur trois colonnes et descendait dans la direction du cap Lucullus. Notre commandant en chef, le prince Menschikoff donna l'ordre de concentrer les troupes sur la rivière de l'Alma. Korniloff ordonna, à son tour, à tous les vaisseaux d'être prêts à lever l'ancre en tout temps, et Nakhimoff donna le signal d'être prêts à se mettre en campagne; mais le vent contraire qui soufflait alors empêcha la réalisation de l'entreprise : fondre sur l'ennemi au moment où ses vaisseaux étaient accablés par la descente; ce second échec affligea beaucoup Nakhimoff. Vers huit heures, le bruit se répandit que la flotte ennemie venait de jeter l'ancre. Cette nouvelle causa encore un plus profond chagrin au héros de la flotte, à un tel point qu'il était prêt à marcher sur les ennemis par la route de terre, accompagné de ses marins.

Le 2 septembre, la flotte ennemie débarqua ses troupes sur le rivage, et, en même temps, notre armée, peu nombreuse, se concentra sur la rivière l'Alma, laissant dans la ville le général Moller avec quatre bataillons de la brigade de réserve de la 13ᵉ division d'infanterie, les bataillons des régiments Wolynsky et Minsky, et enfin, six bataillons formés par des détachements de marins, qui devaient occuper chaque jour tous les postes dans la ville et remplir d'autres devoirs du service. Aussi la ville, dépourvue de troupes, tremblait-elle beaucoup.

Notre armée principale, sous le commandement du prince Menschikoff, se mit en marche, le 2 septembre, vers la rivière l'Alma et y occupa une position sûre, choisie par le prince; les réserves de cette armée formèrent quatre bataillons de descente, composés de marins, sous le commandement du capitaine Warnitzky; chaque soir, deux de ces bataillons furent détachés pour la nuit : un bataillon avec quatre pièces de la première batterie mobile de marine dans le hameau de Katschou, pour garder les derrières de notre armée contre une tentative de nuit de l'ennemi; et l'autre, également avec quatre pièces, pour couvrir la tour de Wolokhoff.

Dans la nuit du 3 au 4 septembre, la position de Katschou fut occupée par le 2ᵉ bataillon de descente, qui, s'y renforçant d'autres détachements, avec quatre pièces, partit le 4 septembre, sous le commandement du capitaine en second Ylinsky, vers la rivière l'Alma, pour se joindre à l'armée principale. Quant à la tour de Wolokhoff, elle fut gardée

par le 1er bataillon de conscrits, sous le commandement du capitaine Kotzebou.

Le 7 septembre, à 8 heures du matin, la flotte
ennemie levait l'ancre d'où elle avait débarqué ses
troupes et se dirigeait vers l'embouchure de l'Alma;
en même temps, l'armée des alliés marchait parallèlement avec elle, en longeant le bord de la mer.
Vers une heure de l'après-midi, la flotte mouillait
en face de l'embouchure de la rivière, et les troupes
se disposaient sur les hauteurs, au nord de la vallée
de l'Alma.

Dès le matin du 8 septembre, un léger brouillard
s'étendait sur la vallée; la flotte ennemie était dis-
posée sur plusieurs lignes. A une heure de l'après-
midi les troupes alliées avancèrent vers l'Alma et
ouvrirent le feu contre notre position; vers deux
heures, l'armée russe engagea le combat.

Notre flanc droit fut tout d'un coup attaqué par les
Anglais, mais repoussa héroïquement leur attaque;
le centre tenait ferme; mais le flanc gauche, résis-
tant à l'infanterie et à l'artillerie ennemies et aux
coups de feu incessants tirés du côté de la mer, était
dans une situation difficile. Enfin l'ennemi, après
avoir pressé notre armée, fit le tour de son flanc
gauche, avec l'aide de son artillerie de marine, et
ne nous poursuivit plus. Le prince Menschikoff se
décida tout d'abord à se retirer avec l'armée vers
Katschou, puis il se recula vers Belbek. Les pertes
avaient été considérables de part et d'autre.

Après cette bataille, Sébastopol se trouvait dans

un état d'agitation extraordinaire; chaque jour différents bruits couraient dans la ville; en ces moments tristes elle paraissait se trouver dans une véritable impasse. La rade présentait un tableau très animé par le mouvement des bateaux à vapeur, des navires à rames et par le stationnement des vaisseaux tout le long de la rade, du côté nord de la ville; ils y avaient été disposés afin de pouvoir, au cas où l'ennemi attaquerait nos fortifications du Nord, le repousser et engager avec lui un combat, malgré sa puissante armée. Au même moment, les fortifications du Nord avançaient vers leur achèvement, sous la direction active de l'amiral Istomine et du lieutenant-colonel Todleben; 1,000 à 1,200 matelots y travaillaient.

Le 11 septembre, dès l'aube, cinq vaisseaux de la ligne et deux frégates furent coulés à fond dans le chenal de la rade.

Cependant nos troupes se renforçaient toujours des équipages de la flotte et continuaient infatigablement à fortifier le côté sud de la ville de bastions et de redoutes. Le vice-amiral Nakhimoff fut chargé de la défense de cette partie de la ville; la partie septentrionale échut au général Kormiloff; quant au prince, il était occupé à poursuivre parallèlement l'ennemi, qui avançait entre les hauteurs d'Inkermann vers le côté sud de Sébastopol.

Le 14 septembre, l'ennemi s'empara de Balaklava, occupa le monastère de Saint-Georges, se répandit dans la baie de Khersonèse et, le 20 septembre, apparut au sommet nord-est de la montagne, entre Kilen-Balka et l'amont de la grande baie, où il se disposa à camper; mais, inquiété durant toute la journée par les bombes, lancées des 3e et 4e bastions, il fut obligé de reculer hors de portée des coups de canon.

A cette époque, la garnison de Sébastopol se composait : des vingt bataillons de descente de la flotte, des quatre régiments : Boutyrsky, Moskovsky, Borodinsky et Taroutinsky, d'une brigade de la 13e division d'infanterie, de deux bataillons de réserve des régiments Wolynsky et Minsky, de deux bataillons de cosaques à pied de la mer Noire, de trois batteries légères des 14e et 17e brigades d'artillerie, d'un bataillon de sapeurs et d'une centaine d'hommes du 67e régiment des cosaques du Don. Ces troupes, à l'exception des quatre bataillons de réserve de la 13e division d'infanterie, des deux bataillons des régiments Wolynsky et Minsky et des six bataillons de descente de la marine, avaient déjà pris part à la bataille de l'Alma.

Dès l'apparition de l'ennemi sur le côté sud de la ville, on fit chez nous chaque jour et presque chaque nuit battre la générale, et des exercices de combat eurent lieu sur la colline de Malakoff, en face de laquelle les forces considérables de l'ennemi se concentraient. Le 23 septembre, arriva le régiment Boutyrsky, qui devait servir de réserve aux troupes russes de la colline de Malakoff; il prit position à l'amont de la tour d'Ouchakoff. Le 24 septembre,

un américain qui avait déserté la frégate anglaise
arriva sur le bastion; il annonça que les Anglais
étaient disposés en face de notre flanc gauche, ayant
à Balaklava deux vaisseaux, plusieurs bateaux à vapeur et des navires marchands, et que les Français
se tenaient en face de notre flanc droit près de la baie
de Khersonèse où stationnaient leurs vaisseaux.

Pendant la période du 25 au 30 septembre se pro-
duisirent de notre côté des reconnaissances sur
l'ennemi, dans toutes les directions; on fit des
sorties; des volontaires partirent des bastions, et des
escarmouches de peu d'importance eurent lieu avec
les tirailleurs ennemis. Nos batteries empêchaient
l'ennemi, à coup de bombes et d'obus, de construire
des lunettes et des bastions; le 1er octobre, nos
troupes, occupant les positions qui leur avaient été
désignées, se préparèrent à défendre courageusement Sébastopol. Le 2 octobre, les 4e, 5e et 6e bastions et leurs batteries ouvrirent une fusillade
contre les travaux de siège des ennemis, travaux
qui furent par cela même considérablement endommagés : les tours furent brisées et le remblai
s'écroula à de nombreux endroits. En même temps,
deux vaisseaux anglais échangèrent des coups de
feu, sans importance, avec nos batteries du Nord.
Le 4 octobre, nos vaisseaux *Bessarabia* et *Gro-
monossetz*, qui stationnaient en position près de
la batterie Alexandrovskaia, lancèrent de temps à
autre des obus et des bombes contre les ouvrages
ennemis.

Ce jour-là, on annonça aux troupes le rescrit de l'empereur, adressé au prince Menschikoff, rescrit rédigé en ces termes :

« Je remercie toutes les troupes de leur zèle ; dites à nos braves marins que je compte sur eux à terre comme en mer. Ne perdez point courage et espérez en la grâce de Dieu ; souvenez-vous tous que vous êtes russes, que vous défendez votre pays et votre religion, et soumettez-vous entièrement à la volonté de Dieu. Que Dieu vous garde. Mes prières sont pour vous et pour votre juste cause, et mon âme et mes pensées sont avec vous. »

Le 5 octobre, au lever du soleil, après que nos avant-gardes furent revenues des bastions, les premiers coups de canon se firent entendre des batteries françaises ; les nôtres leur répondirent vigoureusement.

Ce jour-là, trois batteries anglaises ouvrirent contre la colline de Malakoff un feu croisé très nourri ; il sembla à l'ennemi que Malakoff devait succomber, aussi ses attaques devinrent-elles à chaque instant plus vigoureuses ; les défenseurs de Malakoff, méprisant la mort, y répondirent courageusement par un feu formidable de toutes les batteries ; ce n'est que vers midi que notre canonnade commença à s'atténuer. L'ennemi, s'imaginant nous avoir affaiblis, tenta de s'emparer de la colline...

A partir de ce moment les événements accomplis

à Sébastopol me sont inconnus, car le 5 octobre 1854 un obus m'emporta le bras droit sur la colline de Malakoff, sous les yeux du général Korniloff, qui me releva et me demanda mon nom ; je fus immédiatement transporté à l'hôpital maritime.

L'ÉVASION DU PRISONNIER ANDREEFF

J'ai lu dans le journal *Roussy-Invalide* l'invita-
tion faite à tous les anciens défenseurs de Sébastopol de fournir des notes et des mémoires concernant ce célèbre siège, qui n'a point d'égal dans
les annales de l'histoire. Heureux d'être un des
anciens combattants de Sébastopol, je m'empresse
de faire savoir où j'ai été à cette époque, ce que j'ai
vu et ce que j'ai fait dans les rangs de notre vaillante
armée.

Je servais dans le régiment Wladimirsky de la
16ᵉ division d'infanterie. Nous nous mîmes en
marche de Moscou pour Odessa au commencement
de l'année 1854. Au mois de juin nous partîmes
d'Odessa pour les états du Danube, et de là nous
arrivâmes sous les murs de Sébastopol. Vers la fin
d'août, nous occupâmes nos positions sur la rivière
l'Alma, près du village de Bourliouki. De notre
place, on apercevait la nombreuse flotte de l'ennemi.
Je dois dire, à la vérité, que nos cœurs brûlaient du
désir de nous battre et de ne pas permettre à
l'ennemi de débarquer sans coup férir sur le sol

russe; mais le 1er septembre au matin nous aperçûmes les régiments ennemis déjà débarqués sur la
rive de Kozloff (Eupatoria), à quinze verstes d'où
nous étions.

Jusqu'au 7 septembre, il n'y avait eu aucun
engagement, ce n'est que ce dernier jour qu'eut lieu
une escarmouche de cavalerie sans aucune importance. Quant à nous, nous n'avions eu qu'un seul
désir : nous battre au plus vite possible avec
l'ennemi et lui démontrer, preuves en mains, que
les Russes savaient encore se battre comme leurs
ancêtres s'étaient battus jadis dans des temps difficiles pour notre père le Tzar et notre chère
Russie.

Le 8 septembre au matin, l'ennemi commença à
s'approcher de nous et, à huit heures, s'engagea la
bataille connue sous le nom de l'Alma. Le cœur
plein d'amour pour notre chère patrie, nous nous
lançâmes courageusement au combat : nous attaquâmes, reculâmes, attaquâmes de nouveau, et,
lorsque nous nous fûmes mêlés aux ennemis, nous
nous servîmes des baïonnettes. Nos pieds ne tenaient
pas à terre, et chacun ne pensait qu'à une seule
chose : assommer l'ennemi avec quoi que ce fût et
de n'importe quelle façon ; des deux côtés beaucoup de sang coula... Vers quatre heures de
l'après-midi, pressés de front et canonnés du côté
de la mer, nous commençâmes à battre en retraite,
pas à pas, dans un ordre parfait, nous défendant
courageusement des attaques de l'ennemi. Pendant

cette retraite, une balle m'atteignit au menton et me traversant la bouche s'envola plus loin en m'emportant plusieurs dents. Je tombai, baigné dans mon sang, et perdis connaissance. Depuis ce moment, Dieu ne me permit plus de me battre en défendant ma patrie. Quand je revins à moi, je me vis dans le camp ennemi. Nous étions déjà au 9 septembre; le 10, des médecins arrivèrent chez nous pour secourir les blessés. Nous fûmes placés derrière la garde à la belle étoile.

En partant pour la guerre, je m'étais juré que je ne me laisserais jamais prendre vivant. Aussi, me voyant tout à coup prisonnier, mon cœur saigna, et je commençai à tirer des plans pour m'enfuir. A force d'y réfléchir constamment, je me décidai à fuir la nuit suivante, craignant qu'on ne nous emmenât plus loin.

Plein de ces pensées, et ayant examiné les lieux et observé les sentinelles, la nuit tombait à peine que je me mis en route en rampant. Après avoir heureusement dépisté les sentinelles, j'atteignis le bord de l'Alma. Je pris quelques instants de repos et, sans réfléchir longtemps, je me déshabillai, j'enveloppai mes vêtements dans ma chemise, je chargeai le fardeau sur mon épaule et me mis à la nage : d'une main je soutenais mes effets et je nageai de l'autre. Arrivé heureusement à l'autre bord de la rivière, je m'habillai et me mis de nouveau à ramper. Bientôt j'entendis les voix des sentinelles ennemies postées en éclaireurs. Avec toutes les précautions possibles, je franchis leur première ligne, et, continuant ma route de la même manière, avec de courts arrêts, je dépassai enfin la dernière ligne de sentinelles.

Ayant remercié Dieu de m'avoir délivré, je partis plus loin et d'un bon pas. Cependant le soleil commençait à se lever et je m'aperçus que je m'étais trompé de direction : j'avais voulu atteindre Bakht-schisarai, et je me retrouvais du côté opposé, sur la gauche. Pour comble de malheur, arrivèrent cinq Tartares qui se jetèrent sur moi. Au cours de leur conversation, je leur entendis répéter souvent le nom de Kozloff (Eupatoria), et je crus comprendre qu'ils avaient l'intention de m'amener à Kozloff et de me remettre aux mains des ennemis. Je les suppliai de me laisser partir, mais ils n'entendaient point de cette oreille. Je me souvins heureusement que j'avais sur moi, cousu sous la doublure de mon manteau, un rouble et cinquante kopecks; je les leur remis de suite et recommençai à les supplier de me laisser en liberté. L'un d'eux, qui comprenait un peu le russe, eut pitié de moi, et intervint en ma faveur auprès des siens qui, enfin, me lâchèrent. Un peu plus loin je trouvai une meule de blé, m'y cachai et y passai toute la journée, sans être vu de personne.

C'est alors que je commençai à m'occuper de ma lèvre arrachée; je la lavai et la pansai avec des morceaux de ma chemise. Par bonheur je m'étais approvisionné d'eau en route : tandis que je ram-

pais, j'avais trouvé une bouteille que j'avais remplie
d'eau dans un petit ruisseau voisin.

Durant la nuit suivante, je continuai ma route en
m'enfonçant davantage dans les terres, mais déjà
beaucoup plus lentement que la première nuit, car
j'étais exténué de fatigue. A l'aube, j'aperçus un
détachement de cosaques qui traversaient la route.
Des larmes de joie me vinrent aux yeux à la vue
de mes frères; réunissant mes dernières forces, je
marchai à grands pas de leur côté, agitant un morceau de toile, dernier reste de ma chemise. Ils
m'aperçurent tout de suite et accoururent à moi. Il
m'est impossible d'exprimer la joie que je ressentis
à ce moment. Je leur fis voir ma détresse; les
cosaques me donnèrent immédiatement une chemise
et m'apportèrent de l'eau pour épancher la soif qui
me dévorait, et l'officier, après avoir entendu toute
l'histoire de mes aventures, du dernier combat et
de mon voyage, me donna vingt-cinq kopecks et
me fit expédier par deux cosaques à l'hôpital de
Simféropol. Là, après la consultation des médecins,
on décida de me couper la lèvre; mais heureusement pour moi, se trouvait alors à l'hôpital le
médecin en chef de l'armée russe, Pirogoff. Il donna
l'ordre de ne pas me couper la lèvre, mais de l'en-
tourer de bandes et de compresses, ce que je continuai de faire ensuite pendant une année et demie.
Après avoir entendu mon récit, le médecin en chef
de l'hôpital, Tzvietkoff, me dit qu'un rapport sur
mon compte serait envoyé aux autorités.

2

De Simféropol, je fus envoyé en convalescence dans l'une des colonies allemandes du gouvernement d'Ekatherinoslav, et je fus nommé dans la quatrième catégorie des invalides et renvoyé dans mon pays natal, où j'arrivai en mars 1856. Sur ma demande, j'obtins une pension de retraite de 52 roubles et 86 kopecks par an, et deux médailles : une en bronze, en souvenir de la guerre de 1853-1856, et l'autre en argent pour la défense de Sébastopol.

SOUVENIRS D'UN CANONNIER

A l'époque de la campagne de Crimée, je servais dans la deuxième batterie de l'artillerie à cheval du Don, j'étais le premier servant de la quatrième pièce. Le service de notre pièce se composait du personnel suivant : L'officier de peloton khoroungy[1] Babitscheff, le sous-officier Alexandre Zvonareff, le n° 1 moi, votre serviteur, le n° 2 Tedor Ossokine, le n° 3 Semion Davidoff, le n° 4 Ivan Kossolapoff, le n° 5 Kosma Popoff, le n° 6 Paul Wyrikoff, le n° 7 Efime Karitine, le n° 8 Pierre Gourbanoff, le n° 9 Paul Pismenikoff et enfin le n° 10 Eulant Zorine.

Nous stationnions sur les hauteurs de Belbek ; le 23 octobre, on nous annonça que les grands-ducs Michel et Nicolas venaient d'arriver sous Sébastopol. A minuit, les 2ᵉ et 4ᵉ batteries du Don reçurent du commandant en chef l'ordre de se trouver avant l'aube près du pont d'Inkermann et d'y attendre d'autres ordres.

A cette nouvelle, nous fûmes tellement ravis, que les minutes nous semblaient des heures. Enfin,

---

[1] Officier en premier dans les Cosaques.

le caporal ordonna d'enlever le matériel, le n° 3 se mit à attacher le porte-étendard, le n° 4 à rouler la mèche sur le boute-feu.

— Eh bien, frères, dis-je, je suis prêt; enfin voilà l'heureux jour qui arrive, où je pourrai venger le sang que mon père a versé en 1812 sous Moscou.

— Nous brûlons tous du même désir, me dirent mes camarades.

— Mais fais attention, Danilytsch, me dit le n° 3, et tâche de viser cemme il faut.

— Quant à moi tu peux être tranquille. Mais toi, Sémion, tu vas avoir bien des difficultés avec l'écouvillon.

— N'aie pas peur, Danilytsch, j'espère épuiser le caisson de charge sans me reposer.

— Je veux bien le croire; mais vois, frère, quel malheur : notre pièce est chargée de mitraille.

(La pièce avait été chargée de mitraille sur les hauteurs de Mekensy, et quand on commença à la décharger, les attaches se rompirent, de sorte que la mitraille resta dans la pièce.)

— Ce n'est point un grand malheur, dit le n° 4, est-ce que la mitraille ne partira pas pour la même destination ?

— Sans doute, si nous sommes placés en première ligne avant les tirailleurs, mais si ceux-ci sont placés devant nous, nous ne pourrons point tirer, sous peine d'atteindre les nôtres.

— Eh bien, alors, nous lâcherons la charge sur le côté.

— Je sais bien ce que j'ai à faire, mais même pour lâcher de côté, il y quelquefois des obstacles, et puis c'est dommage d'envoyer sa charge en l'air. Tu sais, Sémion, que quand je faisais les exercices je n'ai jamais lâché aucune charge de côté. Te souviens-tu, à Varsovie, quand le colonel Konstandoulaky m'embrassa, et quand l'empereur voulut nous faire distribuer un pourboire de sept roubles par personne?

— Je me le rappelle parfaitement ; pourtant tout peut arriver : il n'y a si bon charretier qui ne verse.

— Enfin cela ne vaut pas la peine de discuter maintenant avant l'heure ; quand nous serons sur place, nous verrons ce qu'il y aura à faire.

Tout à coup nous entendons le commandement : « Sellez ! attelez ! » et puis « à droite, au pas, marchez ! » Le passage, depuis la position que nous occupions jusqu'au pont d'Inkermann n'avait pas plus de dix verstes, et nous marchions en silence. Chacun de nous brûlait d'impatience d'atteindre le but si longtemps désiré : se battre au plus vite possible et prendre sa revanche des échecs passés. Le soleil n'était pas encore levé, quand nous arrivâmes au pont d'Inkermann.

Tout à coup, sur les hauteurs d'Inkermann, un coup de canon se fit entendre, puis un autre ; une salve d'artillerie tonna et la fusillade crépita. Le feu des batteries de Sébastopol, du côté de Balaklava, et sur les hauteurs d'Inkermann redoublait d'intensité. A gauche du pont d'Inkermann, l'infanterie

s'avançait du côté de la montagne et elle soutenait
une fusillade nourrie.

— Regarde, Danilytsch, me dit le n° 3, quel
brouillard épais ! on n'aperçoit même pas les sommets des montagnes.

— Tant mieux ; maintenant les Français et les
Anglais ne savent de quel côté se jeter. Regarde
comme ils roulent là-bas des bastions de Sébastopol.

— C'est vrai, frère Danilytsch, mais ce n'est
pas nous qui roulons. Tu sais, la 3ᵉ batterie a déjà
reçu huit croix, et la 4ᵉ batterie de réserve en a
reçu quatre, il faudrait que nous en recevions au
moins une ou deux ; mais je crois que ce n'est pas
encore pour aujourd'hui : nous ne ferons qu'attendre, puis nous repartirons sans avoir rien fait.

— Que veux-tu, Sémion, nous n'avons probablement pas de chance. Mais regarde donc là-bas,
voilà un Cosaque qui court à toute bride ; il se peut
que ce soit enfin pour nous.

Et, en effet, l'ordonnance accourait avec l'ordre
du commandant en chef : les batteries du Don
devaient marcher au trot vers la position désignée.
On nous ordonna d'abandonner tout le superflu et
de ne prendre avec nous que le strict nécessaire.
Nous ne prîmes que nos manteaux et partîmes au
trot. Après avoir passé le pont, nous commençâmes
à rencontrer des nôtres qui étaient blessés et des
Anglais qu'on emmenait prisonniers. Arrivés au
point où la montagne devient très escarpée, nous

trouvâmes une compagnie de soldats munie de sangles. Ils nous aidèrent à monter les pièces et les caissons sur la montagne! Nous nous disposâmes à côté de trois pièces installées avant notre arrivée ; à une quarantaine de mètres de là, stationnait le commandant en chef et les grands-ducs Michel et Nicolas se trouvaient avec lui. Tout à coup notre n° 8 Gourbanoff, tombe blessé. Nous sautons de cheval, je le déboutonne, examine la blessure : l'épaule gauche était traversée par la balle d'une carabine. « Tu as de la chance, Pierre, lui dis-je ; tu vas recevoir la croix et ta blessure se cicatrisera. Mon père avait été blessé en 1812, sous Moscou, juste à la poitrine, il guérit cependant et vécut encore près de quarante ans. »

Le blessé fut remplacé sur-le-champ par un soldat de réserve, et quand toute la batterie fut arrivée au sommet de la montagne, nous occupâmes le poste désigné, et nos batteries ouvrirent le feu. Quant à notre quatrième pièce, nous ne pouvions nous en servir, chargée qu'elle était de mitraille. C'est alors que les camarades me dirent : braque au plus haut point de mire, Danilytsch, et nous la lâcherons sur la montagne.

— Mais non, frères, c'est impossible ; nous aurons beau prendre n'importe quelle hauteur, nous irons toujours atteindre les nôtres.

— Mais nous ne pouvons point rester toujours sans rien faire ; les autres pièces ont déjà lâché plus de vingt coups.

— Voilà ce que nous allons faire, frères : nous allons demander à l'officier qui accourt vers nous, la permission d'avancer pour un moment vers la ligne des tirailleurs, et alors nous pourrons encore, peut-être, jeter à terre un ennemi de plus.

A cet instant, accourait le commandant du peloton, Babitscheff ; il nous apostropha sévèrement en nous demandant pourquoi notre pièce demeurait inactive ? Nous lui en expliquâmes la cause et nous le priâmes de nous permettre de nous avancer avec jusqu'à la première ligne et là d'y lâcher la mitraille. « Eh bien, allez-y ! nous répondit l'officier ; mais n'y restez pas trop longtemps, du reste je vais vous y accompagner ». Nous nous mîmes en route, parcourûmes environ 400 mètres et, arrivés à la première ligne, nous lâchâmes une bordée de mitraille. L'officier nous commanda de cesser le feu. « Mon commandant, lui dis-je, permettez-nous de lâcher encore une ou deux charges. Regardez, l'artillerie ennemie est en train de ranger ses pièces ; eh bien ! je vous assure que je ferai sauter le caisson, ou que je briserai le canon ».

— Mais avec quoi le briseras-tu ; tu n'as point d'obus ?

— Nous avons ici trois obus, mon commandant, et cela suffit : je manquerai l'un, mais le troisième arrivera juste.

L'officier sourit et dit : Eh bien, vas-y !

Nous braquâmes le canon, le coup partit et l'obus passa. Nous chargeâmes l'autre, il atteignit la batterie. Nous lâchâmes la troisième charge, et un énorme tourbillon de fumée s'éleva avec un fracas formidable.

— Eh bien, qu'en dites-vous, mon commandant, c'est bien le caisson qui vient de sauter en l'air ! L'officier sourit et nous donna l'ordre de retourner à notre poste. Nous revînmes avec le canon à la batterie reprendre notre poste. Pendant ce temps, les autres pièces avaient déjà épuisé leurs premiers caissons, à ce moment même l'artillerie ennemie se tut complètement.

On commençait à transporter les blessés à l'ambulance à travers notre batterie. Nous les questionnâmes : Où en sont les affaires, là-bas ? — Mais, Dieu merci, frères, tout va bien, les nôtres ont pris les batteries anglaises. Telle fut la réponse.

Tout à coup, l'aide de camp du commandant en chef accourt et ordonne à toute l'artillerie légère de cesser le feu. — Qu'est-ce que cela signifie? dis-je aux camarades, en braquant la pièce, et apercevant l'officier, je lui en demandai la cause. Il me répondit que notre infanterie attaquait le camp anglais, et que si notre artillerie légère continuait à tirer, elle atteindrait infailliblement les nôtres.

Nous cessâmes le feu, mais la première batterie, placée au flanc droit, continua la canonnade. En ce moment le brouillard commençait à se dissiper et tout le champ de bataille apparaissait au grand jour. L'artillerie ennemie ouvrait, contre nos batteries, le feu des pièces qui venaient d'arriver de

Balaklava. Je m'assis sur un affût, bourrai ma pipe
et je dis au n° 4 : « Veux-tu me passer la mèche,
Ivan, pour que j'allume ma pipe ». — Est-ce que tu
es fou ? la mort est à deux pas, et tu penses encore
à ta pipe ». Tout à coup un obus lui fracassa les
deux genoux. Je me couchai sur l'affût et je dis :
« c'est drôle tout de même, frères, la canonnade de
l'ennemi est devenue plus forte, et chez nous il n'y
a qu'une batterie qui réponde ». En effet, toute
l'artillerie ennemie tonnait furieusement contre la
première batterie.

Les hommes de cette batterie, exténués par la
canonnade continue, accomplissaient leur devoir
avec acharnement. Comme beaucoup d'entre eux
avaient été tués ou blessés, chaque soldat faisait le
service de deux ; les officiers même remplissaient
les fonctions des soldats blessés : apportaient des
engins, et braquaient les pièces.

J'avais les yeux rivés sur cette batterie. Tout à
coup j'entends quelqu'un derrière moi, qui me prie
de lui prêter pour un moment ma pipe. Je regarde
et j'aperçois un artilleur de la première batterie,
dont le bras, coupé par un obus, pendait sur un
morceau de son manteau. Je lui passai ma pipe, il
en tira quelques bouffées, puis me la rendit en
disant : « Merci, frère, mais n'y a-t-il point chez
vous un peu d'eau-de-vie, j'en boirais une goutte
et je retournerai travailler. — Frère, il te vau-
drait mieux aller à l'ambulance, car il ne te sera
pas commode de travailler avec un seul bras. — Mais

je porterai au moins les engins. » Tout à coup le
n° 9 de notre pièce tomba foudroyé, et à peine
accourions-nous vers lui qu'un autre obus vint
tuer le cheval du cosaque Démide Poliakoff.
« Diable ! s'écrie celui-ci ; j'avais beau prier le
commandant de me permettre d'aller sur le bastion
de Sébastopol, je n'obtenais pas satisfaction ; pourtant vous voyez bien maintenant, dit-il, montrant
son cheval tué, que la Providence elle-même
m'envoie mourir glorieusement sur les murs de
Sébastopol. »

Comme nous revenions vers notre pièce, en emportant avec nous le cadavre de notre camarade, un
officier accourut, qui nous ordonna d'aller remplacer
la première batterie. Notre commandant y consentit, mais il fit toutefois remarquer à l'officier que
notre batterie avait eu jusqu'à quarante chevaux et
vingt hommes de tués. L'officier partit en courant et
immédiatement après arriva l'ordre de battre en retraite. Nous changeâmes de front et nous nous mîmes
en position défensive. En face de nous, à 500 mètres
environ, stationnait la batterie anglaise, qui s'était
déjà trouvée un moment entre nos mains ; plus
tard, quand les nôtres commençaient à battre en
retraite, l'ennemi l'avait occupée à nouveau et
commençait à la remettre en ordre sous nos yeux,
ses pièces n'ayant été que renversées par les
nôtres... Je braquais déjà sur elle mon canon,
quand le commandant de la batterie me défendit de
tirer. Quelques minutes après nous nous mettions

en marche. Nous nous arrêtâmes et envoyâmes
chercher un affût de réserve, mais nos hommes
revinrent sans en avoir trouvé. Il ne restait plus
rien à faire, c'était dommage, mais il fallait bien
abandonner la pièce. Nous arrivons avec la batterie
jusqu'au pied de la montagne, du côté de la baie.
Soudain, nous apercevons des affûts de réserve.
Alors le commandant de la division, Sirotine, prend
avec lui l'avant-train d'un affût de réserve et les
hommes de la septième pièce, et leur dit : « Enfants,
l'ennemi est déjà bien près de nous, allez-donc en
rampant jusqu'à la pièce et tenez-là toute prête ; je
vous préviendrai ». Les soldats arrivent en rampant
jusqu'à la pièce, l'officier donne le signal et l'avant-
train est amené instantanément ; on y fait hisser la
pièce et on l'emmène. Nous descendons alors la
montagne, nous dirigeant vers le pont d'Inkermann,
que nous traversons sous le feu de l'artillerie
ennemie, nous emportons les bagages que nous
avions abandonnés et après avoir ouvert un tonneau
d'eau-de-vie, nous buvons à la santé des vivants et
au repos des âmes de ceux qui sont restés sur les hauteurs d'Inkermann ; puis nous montons à cheval et
nous partons en chantant vers la position que nous
occupions auparavant. Chemin faisant, je demandai
au n° 3 de la deuxième pièce, Ivan Skripine :
« Comment avez-vous perdu le n° 1, Bourdiougoff,
dans la position que vous occupiez sous Inkermann ? »

« — Il ne cessait de se quereller sans cesse et d'in-

jurier tout le monde de ses gros mots. Et c'est un fait
connu : celui qui pendant la bataille se querelle,
n'évitera point la mort. Nous étions couchés dans
le retranchement quand le feu de l'ennemi devint
de plus en plus fort, et que les obus commencèrent
à voler abondamment. C'est alors qu'il insista pour
que nous roulions la pièce derrière la colline, afin
qu'elle ne fut point atteinte par les obus ; nous dûmes
lui obéir ; à peine étions-nous arrivés près de la
pièce, qu'un de nous s'attela à la roue droite, un
autre à la roue gauche, et que Bourdiougoff se mit
à pousser le canon, tournant le dos à l'ennemi ;
tout à coup, un obus l'atteint dans le dos, de telle
sorte que les entrailles lui sortaient du corps. Il est
dommage que l'obus ait en même temps brisé la
roue et l'affût. »

En arrivant à notre ancienne position, nous
y trouvâmes le cosaque Mikhailoff, blessé à la jambe
par un fragment d'obus ; il était arrivé seul à la
position de la batterie sur son cheval qui était, lui
aussi, blessé. Le lendemain, c'est-à-dire le 25 octobre, le grand-duc Michel Nikolaïevitsch, se dirigea
vers notre batterie, accompagné du commandant en
chef. Il nous remercia de notre service et nous
conféra deux croix de Saint-Georges. Son Altesse
s'adressant à notre commandant, lui dit : « Votre
batterie s'est conduite courageusement et elle a
beaucoup souffert ». Puis, il dit au prince Menschikoff : « Voilà, prince ce que j'ai vu : Passe à côté de
moi à cheval un jeune cosaque de cette batterie, je

lui demande où il court, et il me répond avec fermeté : moi et mon cheval nous ne sommes plus bons à rien, nous sommes tous deux blessés ; et il frappe du fouet son cheval boîteux et part ! » Puis son Altesse, s'adressant au commandant de la batterie, ajouta : « Nous avons besoin de fourgons supplémentaires pour les blessés ».

Malheureusement, nous n'en avions point.

Voilà tout ce que j'ai vu et entendu pendant cette bataille ; je l'ai relaté comme j'ai pu.

SOUVENIRS D'UN HÉROS DE SÉBASTOPOL

J. GOLOVTCHIENKO

En 1849, au mois de juin, j'entrai au service militaire de Sa Majesté Impériale, dans la flotte de la mer Noire, comme matelot volontaire, au 33ᵉ équipage de la flotte de Sébastopol. Servant dans le 33ᵉ équipage, j'ai navigué sur la petite flottille qui lui appartenait, et sur le vaisseau *Tchesma*, sur la mer Noire jusqu'en 1852. Je fus alors destiné à la corvette *Adriatna*, sur laquelle j'ai fait la campagne jusqu'au mois de mars 1854. Au mois de mars 1854, l'*Adriatna* se trouvait dans la mer Adriatique, dans le port de Trieste, où arriva l'ordre du souverain : les bâtiments de guerre russes, qui se trouvaient dans les ports étrangers, devaient être remis au gouvernement grec, et les équipages qui se trouvaient sur ces navires expédiés par voie de terre en Russie.

Cette nouvelle était très triste, mais ce fut encore plus triste quand le moment arriva de l'exécuter. Ainsi, dans les derniers jours du mois de mars 1854, nous quittâmes la corvette et nous nous rendîmes par la voie de terre en Russie, passant par les villes de Vienne, Varsovie, Lioubline, Nicolaïef et Sébastopol, où nous arrivâmes au mois de juillet. Le terme de mon service était expiré ; on m'avait offert, ainsi qu'aux autres qui avaient fini leur service, de recevoir la patente et de donner ma démission. Mais, comme un fidèle fils de la patrie, j'estimai comme un devoir sacré de rester au service pendant la durée de la campagne, sachant que la prière à Dieu et le dévouement à l'Empereur ne se perdent jamais. Par suite de ma déclaration de rester au service, je fus détaché à la batterie des *12 Apôtres*, qui se trouvait dans la grande baie ; j'y suis entré comme commandant du canon n° 1. Au mois de septembre, j'étais transféré à la batterie de la tour Volokovsky, qui se trouve du côté du nord, où j'entrai comme servant du canon n° 2 et commandant du canon n° 1. Je me suis battu en cet endroit pendant le bombardement de Sébastopol contre la batterie de la flotte anglo-française, le 5 octobre.

A l'occasion de cette bataille, une croix de Saint-Georges fut envoyée à notre batterie ; cette croix fut reçue par le capitaine d'artillerie Doudareff. Après cette affaire, il y a eu très peu de fusillades sur notre batterie jusqu'au 24 novembre 1854.

Mais dès le matin du 24 novembre, les Français ouvrirent le feu sur notre batterie. A 2 heures du soir, les grands-ducs Nicolaï Nicolaïevitsch et Michel Nicolaïevitsch arrivèrent chez nous et, sans

faire attention aux coups de feu, ils montèrent sur
la batterie, nous saluèrent et attendirent quelqu'un
bien longtemps; mais qui? personne ne l'a jamais
su. J'étais de service de jour à la batterie. Bientôt
nous vîmes que deux navires à vapeur russes,
Voldemar et *Chersonèse*, prenaient la haute mer;
Voldemar partit le premier et *Chersonèse* le suivit.
Puis ce dernier s'étant arrêté, ouvrit le feu de son
flanc gauche sur le camp des ennemis, tandis que
Voldemar s'avançait plus au loin sur mer et commençait à attaquer le navire anglais. Ce dernier
s'en étant aperçu, leva l'ancre et rejoignit sa flotte.
Du navire *Voldemar,* on tira quelques coups de
feu. Dans ce moment, le bateau-frégate anglais
sortit du milieu de la flotte des ennemis, je ne
me rappelle pas si ce fut *Kamicheff* ou *Strelietske*,
se rangea vis-à-vis du *Voldemar;* celui-ci regagna
aussitôt la rade de Sébastopol, mais l'anglais commençait à le poursuivre. Des deux navires furent
échangés plusieurs coups de feu, mais, à ce qu'il
paraît, sans aucun dommage pour chacun.

Quand nos navires, *Chersonèse* en tête et *Voldemar* le suivant, pénétrèrent dans la baie, le
navire anglais s'approcha à portée d'un coup de
canon de notre batterie; c'est alors que par ordre
du grand-duc Nicolaï Nicolaïevitsch et du commandant de la batterie, lieutenant Kerganoff, détaché
pendant le jour à la batterie, je commençai à poin-
ter le canon; le commandant m'avait questionné:
« Golovtchenko, plus vite! » Le grand-duc me

3

demanda aussi : « Es-tu prêt? » Sur ma réponse:
C'est fait! le grand-duc ordonna: « Tire! » Je
tirai, et le premier boulet endommagea le mât gréé
en foc et le tambour de la roue de gauche du
bateau anglais. Le grand-duc Nicolaï Nicolaïevitsch,
voyant ce résultat, me dit : « Golovtchenko, je ne
t'oublierai pas ! » En entendant ces paroles du
grand-duc, je n'attendais pas d'autre récompense,
il me suffisait qu'il me les eût dites en présence du
commandant et de l'équipage qui se trouvait sur
la batterie. Pour ce qui est du bateau anglais,
nous tirâmes encore dessus plusieurs bordées de
feu ; il répondit et, quoique ce fut assez adroitement,
nous n'eûmes, grâce à Dieu, aucun mal. La nuit
s'approchait, le bateau regagna sa flotte et L. A. I.
les grands-ducs rentrèrent dans leurs appartements.

Le 25 novembre, les grands-ducs arrivèrent à la
batterie et me firent cadeau de dix roubles; j'en
donnai six aux aides qui se trouvaient près du
canon. Le 26, L. A. I. les grands-ducs arrivèrent
à la batterie : l'équipage était aligné, le commandant vers l'alignement. Le grand-duc Nicolaï Nicolaïevitsch s'approcha de l'équipage et dit : « Golovtchenko, en avant ! » Je sortis des rangs et le
grand-duc tira alors de sa poche un papier plié, d'où
il sortit une croix de Saint-Georges, avec un ruban
et une épingle. Il porta la main sur la lisière de
mon uniforme et y attacha la croix, en disant en
même temps : « Pourvu, toutefois que je ne t'arrache
pas la peau ; je l'attacherai n'importe comment, et

toi après tu la rattacheras plus solidement! » Puis
il me félicita d'avoir la décoration de Saint-Georges
et me dit : « Tu sais que c'est aujourd'hui la fête
des chevaliers de Saint-Georges! » Après que Son
Altesse Impériale m'eut demandé mon âge et mon
nom, je lui répondis que j'avais 24 ans et que je
m'appelais Jean ; il ajouta en souriant : « Et pourquoi pas Nicolas? » Ainsi s'est fini ma conversation
avec son Altesse. Elle m'est restée comme un éternel souvenir d'un de mes plus heureux moments.

Après le départ de Leurs Altesses Impériales, ma
joie d'avoir reçu des mains de Son Altesse Impériale la croix de Saint-Georges et les dix roubles,
ne connut plus de bornes. A vrai dire, la prière et
le service pour l'Empereur ne se perdent jamais.
Depuis ce temps, je suis chevalier de la décoration
de Saint-Georges, sous le n° 101,130. Le lendemain, le 27 novembre, j'ai écrit une lettre à mon
père, en lui décrivant les faits du commencement
jusqu'à la fin et j'y ajoutai un rouble que j'avais
reçu des mains de son Altesse. Mon père, comme
il me l'a raconté plus tard, avait encadré ce rouble
sous verre et depuis bien longtemps, il y est de-
meuré. Beaucoup de connaissances en voyant ce
rouble en papier encadré, s'étonnaient et en demandaient la signification, mon père contentait
leur curiosité en leur lisant ma lettre. Mais jusqu'à
ce que je sois retourné du service, les circonstances
ont forcé mon père à dépenser ce rouble, et je ne
l'ai plus retrouvé; je ne voulais pas le remplacer

par un autre rouble pour ne pas me tromper.
Après le 26, je me suis trouvé encore à la batterie
de la tour Wolokhoff, jusqu'au mois de juin 1855.
A cette époque, je fus transféré sur la colline de
Malakoff. J'entrai au flanc droit de la batterie pour
le canon n° 1, et là, je me suis battu jusqu'au
27 août. Ce jour-là, à l'attaque imprévue de l'armée
ennemie, j'étais blessé et, sans connaissance, emmené en captivité. En revenant de captivité en 1856,
au mois de mars, j'ai reçu la patente, j'avais quitté
le service militaire et je donnai ma démission.
J'ai omis de relater ma blessure : il est possible
que je perdrai à cause d'elle le secours fixé par
S. M. l'Empereur, pour célébrer le centenaire de
l'établissement de l'ordre militaire du grand martyr
et victorieux Saint-Georges.

Mais, quoi qu'il en soit, je n'oublierai jamais
nos princes courageux. Comme il est agréable,
pour un soldat, d'admirer les jeunes héros intrépides et d'être décoré par la main d'un courageux !

SOUVENIRS

D'UN COMBATTANT DE SÉBASTOPOL

La vie de l'homme tout entière est composée de vicissitudes, et à tout un peuple comme à chaque personne prise individuellement, il arrive souvent plus d'un moment difficile dans la vie. Heureusement pour l'humanité, tout passe comme un songe, il ne reste que les souvenirs du passé vécu, souvenirs bons ou mauvais. On vit avec ces souvenirs, on en est fier ou on les déplore, suivant la part de bonheur ou de malheur que le sort nous a procurée. Il en fut ainsi pour moi.

Je suis entré au service, en 1849, comme sous-officier, et au mois de mai 1854 je fus nommé enseigne ; par conséquent, lorsque nos troupes passèrent de la Moldavie et de la Valachie sur le territoire turc, j'étais encore sous-officier et servais dans le régiment d'infanterie Lublinsky. Ici commencent mes souvenirs.

Le 11 mars 1854, nos troupes quittèrent la ville de Brailoff et passèrent sur la rive droite du Danube,

sous les coups de feu de l'ennemi. Le passage fut
brillant d'ordre et de vitesse.

Quelques jours avant le passage, notre artillerie
de l'île Byndoi répondait par une formidable canonnade à celle des batteries turques, construites sur
la rive droite du Danube. Vers deux heures de
l'après-midi, le régiment Lublinsky commença ses
préparatifs pour le passage. Comme je sortais de
mon logis, je rencontrai une vieille bohémienne,
portant deux seaux pleins d'eau sur les épaules, et
une pipe dans la bouche. Crachant furieusement
dans tous les sens, elle s'arrêta devant moi, les
cheveux en désordre, comme une sorcière, me montra de la main la direction de la canonnade et me
dit en roumain : « Ce qui tonne fort, c'est le canon
russe et ce qui tonne moins fort c'est le canon turc. »
Cette explication de la vieille bohémienne me plut
beaucoup, et je lui donnai du tabac pour plusieurs
pipes ; en revanche, je reçus ses remerciements et
elle me souhaita de ne pas être tué par les Turcs.....

Enfin nous commençâmes à avancer vers les
bords du Danube, qui fut bien des fois témoin du
passage des Russes. Un chaud tableau se présenta
à nos yeux : des deux côtés du Danube brillait un
formidable feu de salve, sur ses rives et ses eaux
s'élevait lentement une fumée épaisse, les roseaux
brûlaient des deux côtés du Danube, enflammés par
les coups de feu, et la fusillade pétillait sur le
devant. On nous fit traverser le fleuve sur des
bateaux à voiles grecques, avec l'aide de notre

flottille ; le passage se termina heureusement. Les
Turcs battirent en retraite vers la ville de Matschine ;
les troupes exécutèrent avec honneur ce qui leur fut
ordonné, et moi, je recus ce jour-là le baptême du
feu.

Le troisième jour après le passage, des hommes
du régiment Zamostsky furent envoyés, dès le
matin, pour enterrer leurs camarades, tués au mois
de février sur la rive turque. Voici comment est
arrivé le malheur qui frappa ces victimes coura-
geuses : notre vaisseau de guerre devait remorquer,
de Galatz à Braila, une canonnière chargée de
poudre, et sur la rive turque du Danube se trouvait
une batterie munie de quatre pièces. Afin de détour-
ner son attention du bateau, au moment de son passage sur le fleuve, le général Engelgardt envoya deux
compagnies du régiment Zamostsky sur la rive
turque et leur donna l'ordre d'y occuper l'ennemi
par une fusillade, pendant que le bateau passerait.
Mais une des compagnies détachées dans ce but s'en
retourna, car le bateau moldavien à rames *Kala-
rasch* avait coulé ; de l'autre bateau, la brave
compagnie débarqua hardiment sur la rive turque.
Je tiens ce récit d'un témoin oculaire : « La nuit
était très obscure, on n'apercevait rien à cinq pas ;
mais le débarquement s'effectua heureusement sur
la rive ; la compagnie s'avança vers la batterie,
quand tout à coup une grêle de mitraille commença
à pleuvoir sur elle ; les soldats se lancèrent à l'assaut
avec leurs baïonnettes et atteignirent la batterie,

mais ils furent forcés de battre en retraite ». Le
témoin se souvient particulièrement d'avoir remarqué un soldat qui chargea son fusil avec une pré-
caution extrême, resta un instant sans bouger,
prêtant l'oreille, puis se jeta tout à coup dans les
buissons et se mit à piquer de sa baïonnette un turc
qui s'y cachait...

J'appris que mon camarade, l'enseigne Penevsky,
n'était pas revenu de cette expédition nocturne
fatale pour lui. Ce jeune et hardi officier, quelques
jours seulement avant l'expédition sortait de l'hôpital, encore bien faible. Les camarades l'avaient
dissuadé d'y prendre part; dans la crainte de passer
pour un poltron, il était parti et avait trouvé sa
tombe dans les flots du Danube.

Je partis avec les sapeurs du côté de la batterie
turque afin de voir au moins le cadavre de mon
camarade. Un tableau navrant se présenta à nos
yeux : près de la batterie gisaient plusieurs têtes
dont les oreilles et le nez avaient été coupés, les
yeux crevés; les crânes et les figures étaient hachés
par des yatagans; quant aux cadavres, on n'en
trouva aucun. On commença à chercher dans le
fleuve, on en retira quatre ou cinq cadavres bleuis,
nus, dépourvus de têtes, des écrevisses s'accro-
chaient déjà à leurs corps; le cadavre de Penevsky
n'avait pas la tête tranchée, mais il était tout couvert de blessures : la mâchoire était brisée par la
mitraille, sur le cou, près de la gorge, il y avait
une blessure occasionnée par une balle; le dos était

contusionné par un·obus, et la joue gauche était
tuméfiée. Le prêtre du régiment dit les prières des
morts pour ces malheureux ; puis, sans cercueils et
sans linceuls, les corps furent ensevelis tout nus :
« Nu il naquit et nu il s'en alla. »

Passant ! si tu te trouves un jour en Turquie et si
tu t'en vas par hasard errer le long de la vallée du
Danube, couverte de roseaux et de saules ; si, à deux
verstes et demie du passage de Brailoff à Matschine,
tu trouves une batterie turque sur la rive du
Danube, tourne-toi alors du côté de l'orient, et tu
apercevras, à vingt pas à gauche de la batterie,
deux tombes solitaires, à côté l'une de.l'autre : dans
l'une d'elles reposent les restes des braves soldats
du régiment Zamostsky ; l'autre, celle de gauche,
renferme les cendres de l'enseigne Penevsky. Paix
à vos cendres, vaillants guerriers, vous avez laissé
un bon souvenir !.....

La marche ultérieure des troupes russes vers la
forteresse de Silistrie s'effectua très lentement ; le
4 mai nous nous avançâmes vers ses murs et nous
eûmes une affaire avec les Turcs ; la 15e division
d'infanterie occupa la position en face des batteries
turques : l'Arabe, la Sablonneuse et la Serpentine ;
nous stationnâmes en vue de ces batteries pendant
près de deux heures, mais les Turcs ne tirèrent
point sur nous : le bruit courait qu'ils n'étaient pas
encore armés ; néanmoins, pendant que nous nous
dirigions vers la nouvelle position, un coup de
canon partit de la galerie Serpentine sur le régi-

ment Modlinsky, plusieurs hommes furent tués par l'obus. Les commandants étaient d'avis qu'on pouvait prendre ces batteries d'une seule fois, et je partageais volontiers cette opinion. Nous nous avançâmes ensuite doucement vers ces redoutes ; je pris part à la construction de la tranchée et, après le lever du siège, je fus au nombre des troupes qui quittèrent la place en dernier. Dans cette campagne nous n'avions point l'occasion de nous distinguer par des faits d'armes éclatants, néanmoins il était triste de retourner en Russie par le fait de quelque nécessité politique. Cette campagne m'avait déjà assez enfumé de poudre et suffisamment préparé pour les combats de Sébastopol. C'est pour ce seul motif que l'année 1854 est encore présente à ma mémoire.

En revanche, l'année 1855 s'est gravée pour toujours dans ma mémoire par des événements sanglants, à partir du jour même, où, après avoir quitté les bords du Pruth et du Danube, je me retrouvai avec le régiment en Crimée.

Le 20 juin, le régiment Lublinsky passa du côté nord de Sébastopol sur son côté sud et campa dans la rue ; quelques-uns de mes camarades et moi nous nous postâmes dans une église vide ; je trouvai plus tard un logis plus commode dans le théâtre. Mais hélas ! en ce monde il n'y a rien de constant, et je fus invité à quitter mon luxueux logis et à passer au 6e bastion, où, avec une autre mise en scène, se jouait à la face de l'Europe, le spectacle solennel

du drame : « La vie pour le Tzar ». Le rôle de notre
régiment, dès les commencements, devait être un
rôle muet, ce n'est qu'à l'apparition de l'ennemi
sur la scène, que nous le reçûmes par un applaudissement de coups de fusils et de baïonnettes. Cette
fois l'ennemi recula et se borna seulement à ouvrir
une forte canonnade du côté de la rade. Durant
toute la nuit, des bombes volèrent au-dessus de nos
têtes, et nous passâmes le temps à regarder ces
météores flamboyants. Avant le lever du soleil,
alors que l'obscurité de la nuit n'était pas encore
complétement évanouie, et que la terre était comme
enveloppée d'un voile d'une fumée due à la poudre,
je montai avec mon voisin de chambre, l'enseigne
Yourkévitsch, sur l'échauguette où se tenait un
matelot chargé de faire le guet. Ce marin expéri-
menté se mit à nous indiquer très aimablement la
situation des batteries ennemies avec leurs tranchées, quand tout à coup au-dessus de nos têtes
passa avec son sifflement un globe de feu, qui tra-
çait dans l'air un demi-cercle ; à mesure que la
bombe descendait, son désagréable sifflement se
faisait entendre de plus en plus fort ; elle tomba
enfin sur le sol, sifflant comme un serpent et, avec
un craquement épouvantable, éclata en morceaux.
Notre attention était tellement suspendue à elle,
que ni moi ni Yourkévitsch, nous n'avions pensé un
seul instant à bouger de notre place. La Providence
nous sauva. Le matelot guetteur avec le cri : « Prenez
garde ! » nous tira fortement en arrière ; nous avions

à peine eu le temps de nous mettre à l'abri derrière
la muraille qu'un fragment énorme de la bombe
passa rapidement et bruyamment au-dessus de nos
têtes. Nous aurions quitté notre place une seconde
plus tard, que nous eussions été tous deux décapités ;
le fragment tomba à trois pas derrière nous. Un
hasard heureux : une minute auparavant sur cette
même place stationnait un groupe de soldats ! Yourkévitsch me dit en soupirant : « Eh bien, frère, c'est
là un mauvais présage ; c'est la première fois que
nous venons sur le bastion et nous avons déjà failli
y avoir la tête emportée ». Moi, je n'étais point de
son avis : je pensais que l'avenir nous est caché ;
que nous étions revenus sains et saufs de Silistrie
et que peut-être nous reviendrions de même de Sébastopol.

Je m'étais bien vite complètement habitué à la
vie de Sébastopol : les morts, les blessés, le sang,
les canonnades et les fusillades incessantes ne faisaient plus sur moi une impression particulière ;
nous étions jour et nuit au feu ; tantôt une balle
passait près de nos oreilles, sifflant comme un
bourdon, tantôt un obus filait en grondant au-dessus
de nos têtes ; tantôt une grenade parcourant lentement sa trajectoire lançait de la fumée et jetait
des étincelles ; tantôt une raquette jaillissait aux
yeux comme un serpent de feu, quelquefois tout
cela volait ensemble, à qui mieux mieux. Mais nous
étions déjà habitués au feu sous ses divers aspects
et nous étions calmes et tranquilles.

Toutefois, un douloureux sentiment d'angoisse et de peur apparaissait chez moi de temps à autre, lorsqu'éclatait une bombe d'un calibre démesuré, comme celui de dix poudes, par exemple : elle laissait toujours après elle des traces terribles de destruction. C'était horrible à voir !

Sur le 3e bastion, on réparait plusieurs fois pendant la même nuit les mêmes embrasures des canons et j'entendais le murmure des soldats : « Que le diable vous emporte, maudits démons, vous ne nous donnez même pas le temps de réparer les embrasures ! Pour un ouvrage pareil, étant libre, je n'aurais pas même pris vingt-cinq roubles par nuit ». « Çà ne fait rien, on peut bien le faire et pour moins cher », répondait un autre. Et immédiatement après les artilleurs de la marine envoyaient aux batteries anglaises plusieurs bombes à la fois, pour les calmer. Ces messages produisaient, en effet, sur les Anglais l'effet d'un médicament calmant ; sur les Français, au contraire, l'effet était celui d'une médecine irritante...

Chaque jour apportait de nouvelles victimes. Le régiment Lublinsky, après plusieurs passages d'un bastion sur l'autre, fut définitivement placé à la première ligne défensive, entre la colline de Malakoff et le 2e bastion. C'était une des positions les plus incommodes dans tout Sébastopol ; nous avions pour adversaires d'abord la redoute française, puis, un peu plus bas, une batterie de dix pièces en face de la colline de Malakoff, plusieurs tranchées parallèles et plusieurs batteries munies de mortiers. Entre nous et la ligne de l'ennemi nous avions creusé, à tout hasard, des fossés.

Jour et nuit, des pourparlers sanglants s'établissaient activement entre nous et les Français ; en usant de politesse mutuelle, on ne se cédait rien les uns aux autres. Une accalmie se faisait du reste pendant les nuits.

Nous étions alors sur la banquette, nous réparions les embrasures et les traverses, construisions des batteries et des tranchées nouvelles, et remettions en ordre tout ce qui avait été détruit pendant la journée. Quelquefois nous faisions des sorties et nous repoussions les attaques de l'ennemi ; beaucoup de victimes de la journée ne virent pas le coucher du soleil, et une foule d'autres après la nuit n'aperçurent pas l'aurore.

Près de la barrière se trouvait une batterie de mortiers, d'où le vaillant enseigne d'artillerie à cheval, Schakhoff, envoyait force bombes à l'ennemi ; celui-ci malheureusement ne prêtait guère attention à ses engins meurtriers et aux nôtres. Cela tenait à ceci : que sur la batterie de Schakhoff se trouvait un mortier de dix poudes d'un très mauvais caractère ; à chaque coup la bombe à sa sortie de la bouche à feu éclatait sur place, et tuait quelquefois beaucoup des nôtres. Les soldats étaient tellement ennuyés par ce mortier, qu'ils finirent par le descendre de la banquette au moment du coup, de crainte que la bombe n'éclatât sur place.

Je ne puis me rappeler sans terreur cet artilleur qui avait pour tâche d'appliquer la mèche au mortier: après chaque coup, le sang lui montait aux joues et il s'empourprait sous une double émotion : celle de la décharge et celle de l'explosion de la bombe ; néanmoins, il remplissait consciencieusement son devoir ; sa situation, comme la nôtre, ressemblait à celle d'un homme vivant qui se trouverait déjà avec un pied dans la tombe. Les explosions de ces bombes nous rendirent presque sourds. A chaque coup de ce maudit mortier, nous nous bouchions les oreilles avec nos doigts, mais l'émotion n'en était pas moins considérable.

Un général d'artillerie, visitant la batterie, examina les fragments des bombes éclatées et émit cet avis : que très probablement la composition chimique défectueuse du fer de la pièce, occasionnait l'explosion immédiate de la bombe à l'instant même du coup. Il ordonna heureusement de changer ce mortier plein de défectuosités chimiques, et, en attendant, de n'en pas faire usage.

— Entends-tu ce qu'ils disent là-bas ? me demanda alors le major petit-russien Yanovsky.

— J'entends parfaitement, quoique je sois déjà devenu presque sourd.

— Moi aussi je suis tout à fait sourd. Mais qu'est-il donc en effet devenu, ce maudit mortier, qui fait éclater sa « chimie » sur place, et a tué tant de nos gens ; je pense qu'ils disent peut-être vrai.

Ce major m'appelait en plaisantant « gros-bec »
parce que, en passant la colline de Malakoff, chaque
fois qu'une bombe tombait, je sautais vivement d'un
endroit à l'autre, et par cela même indiquais aux
soldats où il fallait se cacher. Il était ordonné aux
soldats, par les autorités, de se cacher derrière les
remparts et de ne pas exposer inutilement leur vie ;
il y avait cependant des tempéraments qui regardaient paresseusement la mort en face, bien que
l'instinct de leur propre conservation fut aussi
suffisamment développé chez eux que chez les
autres.

Nous rapportâmes à l'enseigne Schakhoff la conversation des artilleurs que nous avions surprise ;
un des marins fit connaître son opinion qui était
celle-ci : les bombes éclataient sur place à l'instant
même du coup, non point à cause de la mauvaise
composition du métal, mais seulement parce que
les tubes n'en étaient pas solidement bouchés.

Schakhoff en fit tout de suite la vérification,
ordonna d'enfoncer solidement les tubes, et à partir
de ce moment chaque bombe qui partit de ce même
mortier parvint heureusement à destination. La
« chimie » se corrigea. Chez les Français, sur la
redoute de Kamtschatscky, par suite de l'explosion
de nos bombes, une colonne de fumée s'élevait en
l'air. Plus tard, sur cette même redoute, le dépôt
de poudre sauta à la suite de l'explosion d'une
bombe partie d'une batterie du côté Nord. Chaque
soir nous nous amusions à suivre son vol et nous

l'appelions « la colombe », car elle roucoulait, en volant, comme un pigeon.

Sur les bastions il y avait souvent des incidents comiques ; il y en avait aussi de tristes. Je vais en citer quelques-uns :

Une nuit, sur le 3ᵉ bastion, le capitaine en second Poutzylo et moi étions ensemble près de la traverse, près de nous se trouvait un gabion avec de la terre ; tout à coup une bombe tombe justement à côté avec un sifflement infernal : le capitaine, se courbant, se cache derrière le gabion ; je calcule tout de suite que je n'aurai pas assez de temps pour passer de l'autre côté de la traverse, et la bombe frémit à quelque pas, comme un serpent. « Donnez-moi aussi, capitaine, un peu de place », lui dis-je, mais il s'entête et ne me laisse pas approcher. Poussé par l'instinct de la conservation, je me lance, sans réfléchir, et le presse tellement contre le sol qu'après s'être dégagé, il s'enfuit de côté et se couche, je prends alors sa place. La bombe éclate avec un craquement infernal, et un fragment renverse le gabion sur moi. Le capitaine, me croyant mort, murmure : « C'est dommage, mais tu l'as bien mérité ; qui mène dans le fossé y tombe le premier » ! Grande fut sa confusion, quand je me relevai et lui répondis gaiement: « tranquillisez-vous, capitaine, je suis sain et sauf et je vous souhaite de l'être pareillement ».

Sur la batterie de dix pièces, près du 2ᵉ bastion, notre régiment hérita, des autres régiments qui l'y avaient précédé, de plusieurs auvents construits pour s'abriter des rayons du soleil. C'étaient de vraies masures fabuleuses sur des pattes de poule. Mon blindage qui s'appuyait de deux côtés sur la muraille défensive, était couvert par-dessus de minces planchettes, aux autres côtés étaient attachées des nattes, c'était ma résidence pendant la journée; je n'avais cependant pas le droit de m'y déshabiller : un luxe pareil était inconnu sur les bastions; je n'avais même pas le droit d'y rester pendant la nuit, je me tenais alors sur la banquette. En revanche, pendant la journée je pouvais m'y rafraîchir à volonté, quand les Français ne nous inquiétaient pas. Pendant la journée, une chaîne de carabiniers était placée sur la banquette, et les compagnies de ligne se tenaient près de la muraille dans la réserve ; mais, durant toute la nuit, nous stationnions sur la banquette, et les carabiniers partaient en ville pour se reposer. L'intérieur de mon refuge était absolument spartiate : au lieu d'un lit avec ses matelas, j'avais une planche nue et en guise d'oreiller, une pierre sous la tête ; les autres meubles étaient du même genre. Un jour, je reçus la visite des camarades : le lieutenant Woronetz, les enseignes Yourkévitsch et Galousine ; ils se placèrent tant bien que mal; notre chien favori, Barbosse, s'étendit devant la porte ; il était né sur le bastion, y fut blessé et y fut tué par la suite.

— Qu'est-ce que c'était que cette fusillade que vous avez eue cette nuit? me demandèrent mes hôtes.

— Les Français commençaient à construire une nouvelle batterie et, pour les couvrir, leur chaîne avait occupé nos fossés de loup. Nous les en fîmes sortir à coups de fusils et à coups de baïonnettes.

Sur ces mots notre conversation fut interrompue : la muraille de pierre de mon refuge s'écroulait soudain sur nous ; qui avait reçu un coup dans le dos, qui dans la tête, qui dans les reins et qui dans les membres ; l'innocent Barbosse lui-même n'avait pas été épargné. Après nous être dégagés, avec bien des peines, nous sortîmes en rampant un à un de dessous les ruines, à l'étonnement de tous. Le bon major Yanovky, en nous comptant : un, deux, trois, quatre, s'écria : « Ils y sont tous ! que Dieu soit loué ! En apercevant la bombe qui tombait sur votre masure, je m'étais déjà dit : Paix à nos cendres ! » Heureusement pour nous, la bombe éclata au moment où, tombant sur mon blindage, elle heurta la muraille. Quelques instants plus tard, un obus tomba dans le petit blindage, creusé dans la terre : un soldat en sortit avec la rapidité de l'éclair, s'enfuit et éteignit son pantalon qui brûlait sur lui. Il dormait : l'obus, en tombant, l'avait réveillé ; le soldat confus passa heureusement en rampant au-dessus de l'obus, mais le tube brûlant enflamma son pantalon. « Ah le maudit ! il m'a joliment arrangé mon pantalon ! », disait-il en se lamentant.

Il nous arrivait souvent, après avoir passé une nuit blanche, et encore au milieu des coups de ca-

nons, de nous endormir d'un profond sommeil. On
sait que pendant le sommeil, l'âme se détache du
corps fragile et séjourne dans l'espace infini ; quelquefois nous apercevions notre maison natale, nos
parents, nos amis et tout ce qui nous est cher.
Mais toute cette vision disparaissait instantanément
au seul cri du soldat guetteur : « Gare la bombe »!
Après une courte pause la même voix criait :
« Tout droit », ou « A droite », « A gauche », « Passera », « N'arrivera pas ! » — Au mot « Tout droit »,
on ouvrait les yeux endormis, on mesurait la hauteur du vol de la bombe et l'on calculait mentale-
ment à quelle distance elle irait tomber du lieu où
nous étions et si elle ne nous causerait point quelque dégât. Mais aux mots « Passera », « N'arrivera
pas », « A droite », « A gauche » on n'ouvrait pas
même l'œil. Il faut dire la vérité, les guetteurs
étaient notre Providence ; ils nous prévenaient
des accidents fatals, nous évitaient de tomber à
l'improviste sous le coup de l'ennemi.

Néanmoins, peu à peu, les hommes commençaient
à diminuer dans notre régiment... La supériorité
numérique de l'artillerie ennemie se faisait sensi-
blement sentir.

Sur la colline de Malakoff, au 2ᵉ bastion, dans
la deuxième ligne défensive, comme dans la première, où notre régiment stationnait sur les ban-
quettes, partout les bombes françaises, en éclatant,
nous atteignaient par leurs fragments. Les Français
avançaient si près de nous leurs tranchées, que les

obus que nous leur envoyions nous atteignaient parfois de leurs éclats.

Sébastopol commençait à prendre l'aspect d'une ruine formidable. Mais nous tenions ferme ; les officiers et les soldats légèrement blessés n'allaient même pas à l'ambulance. Il arrivait très souvent de voir des défenseurs de Sébastopol sur les bastions la tête enveloppée de linges, le bras en écharpe, d'autres encore marchaient avec des béquilles. Parmi les officiers de notre régiment, je me rappelle, comme si c'était aujourd'hui même, debout sur le bastion, le lieutenant Woronetz, dont un pansement entourait la tête. Ce digne camarade fut tué plus tard pendant l'assaut. Néanmoins, malgré l'abnégation commune, nous commencions à manquer fortement d'officiers ; en qualité d'enseigne, je commandais déjà, légalement, une compagnie. Beaucoup d'officiers furent tués, et ceux qui étaient grièvement blessés se trouvaient dans les hôpitaux.

L'incessant fracas des canons des deux côtés, la tension constante des forces physiques et morales, les contusions, les meurtrissures, occasionnées par les fragments de bombes, par les pierres et les poutres, tout cela fatiguait énormément. Je tombai enfin malade et pendant deux jours je ne parus pas sur la batterie.

En mon absence, mon voisin, l'enseigne Yourkévitsch, assis sur la banquette et prenant le thé du soir avec le lieutenant Schreyder, fut tué par un

obus de la redoute Kamtschatsky. L'obus traversa
le remblai et, passant entre les deux officiers, contusionna Schreyder et tua raide Yourkévitsch, en
le rejetant à bas de la banquette ; le sang lui
coulait par le nez et la bouche ; le témoin oculaire
de cette catastrophe me disait que la mort fut ins-
tantanée, sans agonie, le malheureux officier n'eut
même pas un tressaillement. Yourkévitsch avait
déjà été auparavant, blessé plusieurs fois, néanmoins, il remplissait consciencieusement son devoir,
il n'alla pas une seule fois à l'ambulance.

Que ta mémoire soit éternelle, digne représen-
tant des Lublinois ! Tu es mort héroïquement, en
combattant pour la patrie.

Enfin, il ne resta plus dans les rangs de notre
régiment que 500 hommes ; cette circonstance fit
qu'on nous envoya de la banquette dans le faubourg naval, au bas de la colline de Malakoff, devenu célèbre par les sanglants exploits de ses défenseurs.

Notre régiment fût divisé en trois détachements,
et nous allâmes aux travaux de mines avancées de
la colline de Malakoff. Les Français y organisaient
contre nous des contre-mines.

Durant les derniers jours qui précédèrent l'assaut,
avait eu lieu une terrible canonnade ; la mort flottait autour de nous ; jour et nuit tonnaient sans
cesse les canons des deux côtés. C'était l'enfer
dans la plus complète acception du mot.

Enfin arriva le jour fatal de l'assaut de Sébas-

topol le 27 août. Je devais aller ce jour-là, dès
l'aurore, aux travaux de mines, mais j'étais harcelé
par un pressentiment fatal. J'avais mon logis dans
une maisonnette à moitié ruinée, et pendant toute
la nuit je ne pus m'endormir ; d'abord je fus réveillé
par un fragment de bombe qui vint heurter la porte
de ma chambre, puis j'entendis le mur de la maison
voisine s'écrouler par la chute d'un obus ; enfin le
sifflement des obus et des bombes qui volaient sans
cesse ne me donnait point de repos. Je me trouvais
dans une situation étrange : je ne dormais pas,
mais je n'étais pas éveillé. Enfin tout s'embrouilla
dans mon imagination en une sorte de chaos indis-
tinct. Je fus tiré de cette situation par le sergent-
major.

— Les hommes sont prêts pour aller aux travaux.

— Moi aussi, je suis prêt.

Près de la colline de Malakoff nous rencontrâmes
le capitaine en second Poutzylo; il venait des travaux de mines. Depuis l'incident survenu au 3e bastion il n'avait plus pour moi la même sympathie;
mais, là, il me fit un signe mystérieux de la tête,
et je m'approchai de lui : « Ne va point dans ces
mines-là, me dit-il en m'indiquant de la main l'endroit dangereux, on y entend les Français qui
travaillent, ils les feront sauter et tu périras ». —
Je le remerciai d'un serrement de main, sans mot
dire, j'allumai un cigare, et me dirigeai vers cet
endroit, d'où je ne devais plus revenir. Nous pas-

sâmes la colline par groupes détachés, sous un feu
infernal.

Nos braves sapeurs, fouillant et furetant comme
des taupes sous la terre, chargèrent une mine, et
j'ordonnai d'y placer une sentinelle, pour qu'elle
ne laissa personne en approcher. Après avoir passé
tour à tour, dans toutes les mines, je commençai à
me promener dans le fossé de la colline ; les bombes
et les obus volaient au-dessus de ma tête, plusieurs
bombes roulaient du remblai jusque dans le fossé,
l'une d'elles alla même jusqu'à la mine et y blessa
deux soldats. Bientôt on m'annonça que les soldats,
qui étaient occupés à enlever la terre et à la transporter sur les traverses étaient blessés ; je m'y
rendis pour les faire ramasser, et en route j'entrai
dans la tour de la colline, pour voir si on ne s'y
préparait pas pour l'assaut, quand tout à coup, je
ressentis un fort tremblement de terre occasionné
par trois explosions consécutives. Je parcourus la
galerie souterraine située au dessous de la tour et
regagnai le fossé de la colline ; alors, à mes yeux se
présenta le tableau suivant : dans le fossé, du côté
gauche de la colline, il y avait beaucoup de terre,
et plusieurs fusils, appuyés contre la muraille extérieure du fossé, étaient enfouis sous la masse du
remblai, mais de nos mines, pas une n'avait sauté.
Il était environ onze heures du matin.

Dieu soit loué ! l'explosion de trois mines françaises remblaya le fossé à l'endroit même où je me
trouvais tout à l'heure, et si je n'avais pas été, au

moment de l'explosion, sur la colline, j'aurais été enseveli vivant sous la terre.....

Pendant que nous dégagions les fusils de dessous le remblai, une demi-heure environ après les explosions, mon tour de relevé arriva et je m'y rendis sans l'officier, il avait été blessé ou tué sur la colline.

Je donnai l'ordre à mes soldats de sortir de la mine, de passer par la colline en groupes détachés, et de m'attendre au bas, tandis que moi avec les porteurs et deux sous-officiers, devions suivre derrière et ramasser les blessés, si nous en trouvions sur notre chemin. Les Français firent encore plusieurs décharges de leurs canons, puis tout se tut. Je me réjouis du silence et du calme qui régnaient, et je m'avançai le dernier à l'entrée de la galerie souterraine, au-dessous de la tour. Le sapeur la refermait déjà quand tout à coup les soldats se mettent à crier : « Les Français sont sur la tour. »

Je fus comme foudroyé par cette nouvelle surprenante. En avant des Lublinois, à la sortie de la galerie, se trouvaient les soldats d'un autre régiment ; si je ne me trompe, c'étaient ceux du régiment du prince Gortschakoff. Ils ne se répandaient pas sur la colline, et en même temps ils empêchaient les Lublinois de sortir ; toute la galerie était pleine de soldats.

Je commençai avec beaucoup de peine à m'avancer à travers les troupes pour sortir de la galerie. Un sous-officier désireux de me suivre, me saisit par

la basque de ma capote. Les soldats se prévenaient
l'un l'autre : « Faites passage, l'officier vient..... »

Sur la tour, en face de la sortie de la galerie, se
tenaient deux Français, leurs fusils étaient déchar-
gés, mais ils jetaient des pierres contre les soldats
qui sortaient de la mine. Un fort coup de pierre à
l'épaule gauche et à la tête, me fit tomber sur le
sol. Une fois relevé je me lançai en avant, mais à
ma rencontre, deux soldats du régiment Modlinsky
accoururent impétueusement de la colline dans la
galerie et m'y entraînèrent. Je me lançai de nouveau en avant et je me retrouvai enfin seul sur la
plateforme située en face de la tour. Les soldats ne
sortaient point de la galerie..., et ils y étaient au
nombre d'environ 200 ! deux détachements, un du
régiment Lublinsky et un d'un autre régiment. Je
regardai autour de moi, nulle part on n'apercevait
les nôtres ; mais, çà et là, ils stationnaient par
groupes derrière les traverses sur la plateforme de
la colline.

Je ramassai un fusil à terre et je me jetai sur le
côté gauche de la colline, mais au passage, un
Français, qui se tenait derrière le blindage, se jeta
tout à coup sur moi. Nous croisâmes la baïonnette
et, après une courte lutte, je reçus une légère blessure à la tête, et tombai sur le côté droit. Ma capote
était déboutonnée et un espace vide se formait entre
elle et ma poitrine. Le Français ajusta contre moi
sa baïonnette, mais elle passa à travers la capote et
le pantalon, et vint s'enfoncer dans le sol. Il avait

l'intention de renouveler cette petite opération, mais je retins la baïonnette dans mes mains, et je fus blessé légèrement à la paume. Tout cela se passa près du blindage, d'où sortit un lieutenant-ingénieur russe, plus tard emmené prisonnier avec moi. (Parmi les prisonniers il y avait deux officiers-ingénieurs, un polonais et un russe.) Je crois qu'il sortait pour me défendre, mais il fut aussi attaqué par le Français, qui lui appuya sa baïonnette contre la poitrine. J'admire la générosité des soldats français qui ne transperçaient pas de leurs baïonnettes les officiers russes qui leur tombaient pendant l'assaut, n'ayant que de courts sabres bons tout au plus pour la parade... En ce moment arriva un officier français avec une compagnie des siens; il me remit à deux soldats qui se rendirent avec moi à la face gauche de la colline. Nous nous y arrêtâmes près du canon qui était dirigé contre le fossé de la première ligne défensive ; son bouclier de câbles brûlait à la suite des coups de feu ; près du canon était couché un de nos soldats, blessé au ventre ; livide comme un cadavre, il me priait d'une voix mourante de lui donner un peu d'eau.

Pendant quelques minutes je restai près du canon avec un soldat de l'escorte ; l'autre était parti chercher un endroit commode pour m'y conduire. Je fus fort étonné de voir que tout le côté gauche de la colline de Malakoff était libre, on n'y apercevait aucun soldat, ni russe, ni français.

Tout à coup, un coup de feu part de derrière la

traverse, et le soldat qui m'escortait est frappé d'une balle à la tempe gauche. Ce coup de feu me fit comprendre que nos soldats se trouvaient dans les environs, et je commençai à me diriger vers la plateforme de la colline, mais mon second argus apparut soudain et m'arrêta dans mon entreprise. En même temps, arriva une compagnie française qui renversa le bouclier brûlant du canon dans l'embrasure, grimpa par dessus les murailles de la ligne défensive et monta sur la colline; quant à moi, on m'emmena le long de la banquette de la face antérieure de la colline, entre les traverses et la tour, derrière lesquelles les Français stationnaient par petits groupes. Leur drapeau blanc strié de raies rouges flottait déjà sur le remblai de la colline, les tambours et les clairons jouaient une marche. On me fit passer près du drapeau, sur un petit pont, jeté à travers le fossé de la face antérieure de la colline, entre nos mines, dans les tranchées françaises. Là se trouvait déjà prisonnier notre officier supérieur de la flotte, Karpoff; on nous emmena tous deux vers la batterie de dix pièces située en face de la colline de Malakoff, et où se trouvait le commandant en chef de l'armée française, le maréchal Pélissier.

— Les troupes russes sont-elles préparées pour l'assaut d'aujourd'hui? nous demanda-t-il.

Nous répondîmes affirmativement.

— Y a-t-il des mines sous la colline de Malakoff?

— Il y en a même beaucoup.

— La garnison de la ville est-elle nombreuse ?
Nous donnâmes une réponse négative.

Le général nous menaça de nous faire fusiller, si
nous ne lui avions pas dit la vérité. Il regarda tout
le temps dans sa lunette d'approche du côté de la
colline. Nos réservistes, arrivés de la ville, faisaient
sortir, à force de baïonnette, les Français de la première ligne défensive, entre la colline de Malakoff
et le 2e bastion, et les poursuivaient au delà des
fossés de loup ; mais ils furent, malheureusement,
obligés de reculer. Les Français, affermis sur la face
antérieure et sur la face de gauche de la colline,
ouvrirent sur eux, par derrière, une formidable
fusillade.

Dans cette lutte sanglante se décidait la question
de savoir à qui resterait Malakoff, le cœur même
de Sébastopol. Le maréchal Pélissier commença à
donner de plus en plus souvent des signaux aux
réservistes, et sur toute la ligne des tranchées
retentirent les sonneries des clairons.

De cette batterie, j'aperçus les troupes anglaises
concentrées dans les tranchées en face du troisième
bastion, dans une attitude d'expectative et regardant les Français ; je leur suis infiniment reconnaissant de cette attente : leur indécision permettait au
troisième bataillon de se préparer pour les recevoir
dignement.

LES CAUSES DE LA CHUTE DE MALAKOFF

Pendant tout le temps du siège de Sébastopol, les Français l'attaquèrent pendant les nuits ou à l'aurore, et toutes ces attaques, pour la plupart, échouèrent parce que sur tous les points de Sébastopol nos soldats se tenaient sous les armes depuis le soir jusqu'au lever du soleil dans l'attente de l'attaque ennemie; mais pendant la journée quelques-uns partaient pour se reposer. Aussi l'ennemi trouva impossible de prendre Malakoff de nuit et l'attaqua pendant la journée. Toutes les faces de la colline étaient entourées d'un fossé large et profond et d'un rempart très élevé. Les trois mines françaises, en sautant en l'air, remblayèrent tellement le fossé de la face antérieure qu'il était devenu impossible d'y descendre sans échelle. C'est pourquoi, pendant l'assaut, abandonnant la colline, ils se jetèrent sur la première ligne défensive, et à l'aide de sa muraille grimpèrent sur la face gauche de la colline. Ils s'affermirent et ouvrirent le feu contre nos troupes qui poursuivaient les Français au delà des fossés de loup. Cette circonstance fit reculer nos troupes de la première ligne défensive vers la seconde.

Cependant pour beaucoup de gens plusieurs circonstances sont restées inexpliquées. De notre batterie du Nord, qui se trouvait en vue et même un peu en avant de la colline de Malakoff, on voyait bien que, dès le matin, les troupes ennemies avec leur artillerie sortaient du camp et se concentraient en face de notre 4e section : le 1er et le 2e bastion et la colline de Malakoff.

Par suite d'un hasard inexplicable, on ne fit pas attention au drapeau rouge, qui fut pourtant hissé à temps sur cette batterie, et qui prévenait tout le monde d'être prêt, et l'on ne devina point que l'ennemi entreprenait sérieusement un coup décisif. On aurait pu alors faire venir immédiatement les troupes de la ville jusqu'aux secondes lignes défensives, au lieu d'attendre l'apparition des Français sur la colline.

Le général Baussaou, qui racheta par la mort cette faute, se trouvant constamment dans le blindage sur la colline, près de sa face gauche, après l'explosion des trois mines, on ne sait pourquoi, ne donna point l'ordre à toutes les troupes, massées sur la colline, de se mettre sur la banquette. L'assaut commença une demi-heure après les explosions, et ce temps suffisait pour que les troupes, qui se trouvaient sur la colline, occupassent leurs postes ; la première attaque de l'ennemi aurait été arrêtée jusqu'à l'arrivée des renforts de la ville. D'autant plus que les Français, dès le début de l'assaut, agissaient très irrésolument, précisément parce que tous leurs assauts précédents leur avaient coûté cher. Notre chaîne journalière de carabiniers, qui seule stationnait sur la banquette, n'ayant point à temps les renforts des réserves, ne put tenir à la première pression de l'ennemi : telles sont les causes directes de la chute de Malakoff.

Mais si les 200 hommes qui se trouvaient dans la galerie sous la tour avaient été conduits contre l'ennemi ils auraient pu l'arrêter, à eux seraient venus se joindre les autres soldats et les réserves, dispersés par groupes sur la place, derrière les traverses ; leurs forces réunies auraient infailliblement chassé les Français de la colline. Alors une partie de la face antérieure et toute la face gauche auraient reçu l'ennemi de flanc par un feu de salve et de décharges d'artillerie, et le canon qui se trouvait au-dessus du fossé de la première ligne les eût pris en enfilade ; la seconde ligne défensive les eût pris de front, toute la face droite du 1er bastion eût dirigé sur eux un feu nourri dans le flanc, et la batterie septentrionale un feu plongeant sur ses réserves ; dans ces conditions l'assaut eût été repoussé. Le côté faible de Malakoff ne rendait qu'au point de sa face gauche où se joignait la muraille de la première ligne défensive. En outre, nous avions une mine chargée en avant de la colline, plusieurs mines non chargées, mais toutes prêtes et, si je ne me trompe pas, il y avait aussi une fougasse vers la face gauche.

Mais le sort n'a pas voulu que ce drame fatal se terminât ainsi. Après le bombardement infernal et l'explosion des mines, personne ne conduisait nos soldats, et les Français, à leur grand étonnement, au commencement même de l'assaut, occupèrent la colline de Malakoff presque sans coup férir.

Le 2e bastion, le plus faible de tous, se défendait héroïquement contre les Français par une fusillade nourrie ; on dit qu'en cet endroit les soldats étaient disposés, sur la banquette, sur sept rangs. Et Malakoff, lui aussi, aurait pu se défendre si dès le début de l'assaut les troupes s'étaient trouvées à leurs postes ; il n'aurait point été facile aux Français de monter sur le rempart au moyen d'échelles d'assaut.

Mais personne ne se doutait que les Français avaient fait sauter leurs mines non point pour se divertir mais afin de combler le fossé de la colline et par suite en faciliter l'accès. Personne n'avait eu l'idée, sur la batterie septentrionale, d'où on apercevait toute la disposition des fortifications françaises et la concentration de leurs troupes, de hisser au lieu d'un, deux pavillons rouges, qui eussent prévenu l'agglomération des troupes ennemies dans les tranchées, dans des proportions extraordinaires. En apercevant les deux pavillons, tout le monde aurait su positivement qu'il devait y avoir un assaut ; les troupes qui se trouvaient en ville auraient alors occupé à temps les secondes lignes défensives, et sur les batteries tous les hommes auraient été placés à leurs postes et sur la banquette et non derrière les traverses dans l'attente de l'assaut. Mais c'en était fait...

On nous fit traverser, comme aux autres prison-

5

niers, toutes les fortifications jusqu'à un profond
ravin. Sur la montagne, stationnaient en réserve
deux colonnes turques. Nos bombes de la batterie
septentrionale, tombant plus bas que la redoute
Kamtschatscky, faisaient sur l'autre un tel ricochet
qu'elles atteignaient les colonnes des vrais croyants.

Notre voyage ultérieur le long du camp français
fut très désagréable. Les soldats ennemis nous insul-
taient, les Anglais crachaient même sur nous et
les soldats turcs se contentaient seulement de crier
d'un air idiot : « Bon Français ».

Nous passâmes la première nuit dans le camp. Les
explosions des mines, des dépôts de poudre, de la
caserne Nicolas, qui continuaient toute la nuit et la
rougeur du ciel au-dessus de la ville nous firent
comprendre que les nôtres reculaient du côté nord
de Sébastopol.

Du camp, on nous transporta sur le navire *Charle-
magne*. Là, on nous annonça que le général Pélissier
nous avait promis que, si après l'occupation de Sébastopol, les Français avaient encore à souffrir des
explosions de mines il ferait fusiller tous les officiers
faits prisonniers. Nous avons pris cette amabilité
du général Pélissier pour une plaisanterie.

Enfin, tous les prisonniers russes furent placés
sur l'île Eld-Prince, une des îles princières de la
mer de Marmara. Les officiers furent logés en
ville et les soldats dans les camps près du monastère
grec. Là, nous étions entourés par un ramassis de
canailles de toutes les nations. Mais le patriote et

philanthrope russe Demidoff chargea les sœurs de
charité de distribuer à l'hôpital des vêtements à nos
officiers.

Le sous-lieutenant Novikoff et moi nous avons
prié le prêtre fait prisonnier à la forteresse de
Kimbourg de célébrer la messe pour les soldats et
de leur inspirer leurs devoirs envers le Tzar et la
Patrie. Après la messe, le prêtre donna à baiser
la croix aux soldats et les aspergea d'eau bénite. Ses
paroles firent sur eux un grand effet.

Vers la fin du mois de janvier 1856, je quittai
l'île Eld-Prince et je pris congé des bons et honnêtes grecs, nos braves coreligionnaires, qui montraient pour nous tous un intérêt et un attachement
vraiment fraternels; ils fournissaient notre demeure de meubles, de vaiselle, de linge de table
et de tout ce que nous avions besoin dans notre ménage; il y avait, parmi eux, beaucoup de dignes
personnes, et nous garderons toujours le souvenir
de la bienveillante attention qu'ils nous ont té-
moignée.

Je fus embarqué sur un navire français et je me
mis en route vers les rives natales, pour être
échangé contre les officiers français qui étaient
prisonniers chez nous; au mois de février, j'étais
déjà en Russie.

Au nom de notre mère commune, l'Impératrice,
on avait remis à chaque prisonnier un secours; je
reçus ainsi la somme de 100 roubles, et l'Empereur
voulut bien nous compter le temps que nous avions

passé en captivité comme service actif et donna l'ordre de nous payer nos appointements.

Cette faveur impériale justifie le proverbe populaire qui dit: « Le service du Tzar n'est jamais perdu ».

En 1861, le 15 décembre, je fus admis à la retraite par ordre impérial, à ma demande, à la suite de maladie, avec le grade de capitaine en second et l'uniforme.

C'est ainsi que prit fin ma carrière militaire. Toutes ces choses tristes et amères sont passées; seuls, les chers souvenirs sont demeurés éternellement vivants.

Pour conclure, je joins ici la copie de la lettre que j'ai reçue pendant ma captivité sur les îles princières, des officiers du régiment Lublinsky:

Sur les hauteurs d'Inkermann,
18 octobre 1855.

« Notre brave Camarade,

« C'était à qui lirait le premier votre lettre au « nom du major Guedroitz, et nous nous la sommes « littéralement arrachée des mains l'un à l'autre, « non par pure curiosité, mais bien à cause de l'in- « dicible joie que nous avons ressentie en apprenant

« que notre vaillant camarade, le digne représen-
« tant des Lublinois, était vivant et nous donnait
« l'espoir de reparaître de nouveau, dans un temps
« prochain, dans nos rangs et d'être l'ornement
« de notre régiment. Nous tenons à vous affirmer,
« cher Polovsy, que les sentiments exprimés dans
« ces quelques lignes appartiennent non seule-
« ment à une seule personne, mais bien à la
« société de tous les officiers qui ont eu l'honneur
« de servir avec vous et qui en sont à présent très
« fiers.

« Tout le monde vous plaint d'avoir été blessé et
« d'être en captivité, et en même temps chacun de
« nous vous témoigne notre sympathie comme à
« l'homme qui a rempli son devoir d'officier russe,
« et qui a acquis la véritable affection et la sincère
« reconnaissance de ses camarades.

« Nous vous souhaitons unanimement une prompte
« guérison et nous prions Dieu qu'il nous procure
« l'occasion de vous embrasser le plus tôt pos-
« sible.

« Vous avez laissé pour toujours, dans le régi-
« ment Lublinsky, le souvenir d'un beau et brave
« officier, tant qu'y servira un seul de vos cama-
« rades.

« Agréez la présente lettre comme la sincère
« expression des sentiments de reconnaissance
« envers vous des Lublinois.

« La somme de 190 roubles et les effets viennent
« de vous être expédiés.

« Le commandant du régiment, qui vous aime et
« vous estime profondément,

« Colonel Nicolas Mazaraky ;

« Les officiers supérieurs : Guedroitz, Yanovsky ;

« Les officiers subalternes : Scoutinsky, Batorsky,
« Gila Alféorff, Kartachevitsch, Poutzylo, Zo-
« lotkovsky, Joukovsky-fon-Lax, Mazaraky,
« Yakovleff, Dobginsky, Malsky, prince Gaga-
« rine, Donika, Markoff, Ygitzky, Romanenko,
« Botcharsky Ier, Krassovsky, Maslianikoff,
« Meyer. »

LE RÉCIT DU SOLDAT ZMIEFF

« Son Altesse Impériale le Tzarevitsch désire, dis-je au soldat Zmieff, qui apparut à mon appel, que tous les anciens combattants de Sébastopol lui communiquent tout ce qu'ils savent de la fameuse défense de cette ville. Sans doute, à nous deux, nous ne pouvons rien raconter d'important qui puisse expliquer la marche de cette grande guerre, mais nous pouvons rappeler quelques menus détails, qui sont restés dans notre mémoire, détails qui expliqueront au moins en partie l'état d'esprit et le caractère de nos frères qui ont pris part à cette guerre. En un mot, rappelons-nous quelques évènements de notre vie de soldat à Sébastopol, très riche en vaillance personnelle et générale. Donc, raconte-moi avant tout, comment et où tu as eu ton bras emporté, peut-être ensuite arriverons-nous à nous souvenir de quelques autres événements plus généraux de l'histoire de Sébastopol.

« Comment j'ai eu le bras emporté? commença Zmieff, je ne saurai pas vous l'expliquer précisément, mon lieutenant. Je me trouvai sur le 4e bastion lorsque, au mois d'octobre (c'était le 21 je crois), on fit sortir notre régiment dans le champ sur la rivière Tschernaïa ; le 24, nous engagions le combat. Trois fois notre régiment avait enlevé la batterie des Français, cependant nous ne pûmes la garder, la cause en est peut-être à ce que les réserves n'arrivèrent point pour nous renforcer, je ne sais qu'une chose : c'est que nous fûmes obligés d'abandonner la batterie française et de battre en retraite. C'est alors au moment de la retraite, comme j'étais en train de charger mon fusil, que je fus atteint d'une balle de carabine dans le bras, un peu au-dessus du coude ; je réussis néanmoins à envoyer mon coup de feu à l'ennemi. Puis, tenant mon fusil sous le bras gauche, je sortis avec les nôtres un peu plus loin. Bientôt après, on me fit transporter à l'ambulance, et de là sur le côté Nord à l'hôpital. Si, pendant le combat du 24 octobre, les réserves étaient venues pour nous renforcer, je crois que nous serions tombés tous jusqu'au dernier, mais que nous n'aurions pas rendu la batterie. Le commandant de notre bataillon, Goreff, avait reçu six blessures et marché toujours en avant ; lorsqu'il eut perdu complètement ses forces par la perte de sang due à ses blessures, les soldats l'emportèrent et une angoisse et un découragement extrêmes s'emparèrent de nous, et nous reculâmes. Cela veut dire que le chef est indispensable en chaque affaire pour diriger ses soldats et pour leur donner l'exemple comme un père ; si Goreff était resté plus longtemps

avec nous, nous aurions encore assommé pas mal
de Français et d'Anglais.

J'arrivai donc à l'hôpital sur le côté Nord. J'avais
une fièvre terrible ; je désirai ardemment retourner
au combat, avec cette belle vaillance que nous
autres soldats savons seuls avoir, mais mon bras
m'en empêcha. Leurs Altesses les Grands-Ducs arrivèrent à l'hôpital et approchèrent de mon lit. Le
grand-duc Nicolas Nicolaïevitsch me demanda en
quel endroit mon bras me faisait mal ; puis il
regarda ma langue et décida qu'il fallait absolument
me couper le bras, car la gangrène commençait déjà
à y apparaître. Mais lorsque le grand-duc se mit à
me parler avec bienveillance, je vous assure, mon
lieutenant, que toute ma douleur disparut comme
par enchantement ; il me sembla que j'étais tout
prêt à me jeter dans le feu et que j'aurais tué n'importe quel ennemi, rien que pour cette parole gracieuse. Je pleurai comme un enfant. Je commençai
même à suffoquer d'émotion et je demandai un peu
d'eau-de-vie, mais il n'y en avait pas à l'hôpital.
Le Grand-Duc donna alors un rouble pour le verre
d'eau-de-vie qu'on alla me chercher. Je le bus et
je m'endormis tout de suite ; il paraît qu'on y avait
versé un narcotique. Pendant mon sommeil, on me
coupa le bras.

Quoique ce soit surtout contre les Français que
nous ayons lutté pour reprendre leur batterie, et
que ce soit devant eux que nous avons reculé, il
me semble toujours pourtant que ce sont les Anglais

qui m'ont fait perdre le bras et non les Français.
Comme nous les détestions ces Anglais ! Quand nous
partions après quelque sortie pour ramasser les
corps, nous finissions presque toujours par nous
disputer avec les Anglais : avec les Français, au
contraire, nous buvions de leur rhum et nous causions amicalement.

— Mais est-ce que tu sais le français ? demandai-
je à Zmieff.

— Point du tout ; mais nous causions toujours
avec eux en russe, et notre conversation roulait
tout entière sur le seul mot « camarade ». Les
Français parlaient leur langue et nous la nôtre, et
bien que nous n'eussions pas compris ce qu'ils nous
disaient, il nous avait cependant semblé deviner
par le sentiment une partie de leur conversation.

« Un jour, je ne me rappelle plus à quelle sortie,
je fus désigné avec les autres pour enlever les
cadavres. A peine les pavillons blancs avaient-ils
été hissés, que d'un côté et de l'autre on cessa de
tirer et que nous commençâmes à enlever les
blessés et les morts. J'avais à peine transporté deux
blessés à l'ambulance, qu'un officier français courut
vers moi et commença à me tirailler en parlant
vite, avec émotion, en me désignant du doigt la
direction de ses batteries. Tout d'abord, il me
sembla qu'il voulait m'attirer dans un piège et déjà
je me préparais à lui administrer un formidable
coup de poing, mais je me retins, car j'apercevais
une larme briller dans ses yeux. — Il s'agit ici de

quelque autre chose, pensai-je, j'irai avec lui ;
peut-être quelqu'un des nôtres l'a-t-il offensé et
nous n'aimions point que pendant l'armistice on
offensât quelqu'un, à l'exception toujours des
Anglais, que nous harcelions tout de même de temps
à autre. Je suivis donc l'officier français qui, chemin
faisant appela avec lui mon caporal pour qu'il nous
suivît. Le Français se mit à courir, nous courûmes
avec lui pendant une centaine de pas et nous arrivâmes à un endroit où gisait le cadavre d'un Français. L'officier se jeta sur le mort et pleura et parla
sur lui longtemps et beaucoup, mais il parla plus
qu'il ne pleura. Cependant le caporal arrivait et
demandait : « Qu'est-ce qu'il y a ? » Je n'avais pas
encore eu le temps de répondre que le Français,
s'adressant à nous deux, se mit de nouveau à parler
et désignant le cadavre, nous pria, à ce qu'il nous
parut, de le transporter chez eux. La douleur du
Français paraissait tellement profonde, que le caporal et moi ne pûmes lui refuser ce service, aussi prenant le cadavre, nous nous mîmes en devoir de le porter chez l'ennemi. Après l'avoir porté pendant une
soixantaine de pas, nous nous arrêtâmes pour nous
reposer un peu. Le Français s'assit à côté du cadavre
et nous invita à faire de même. Nous ne le contre-
dîmes point. Il ôta de dessus son épaule un bidon
qu'il portait, en dévissa le couvercle, le remplit de
rhum et me le passa. Je le bus, c'était d'excellent
rhum ! Il en versa de nouveau et le donna au caporal qui ne refusa point ; puis il but à son tour. Il

nous en distribua ainsi tant qu'il y eut du rhum. Nous bûmes encore une fois, puis nous commençâmes à causer, je parlais, le caporal aussi, mais c'était le Français qui parlait le plus. L'officier français se mit à pleurer, puis ce fut le tour du caporal, et mes yeux se remplirent de larmes. Alors, pour ne pas me mettre à pleurnicher, je me levai et dis au caporal : « Eh bien, portons-le plus loin ». Je pris donc le cadavre par les pieds, le caporal par la tête, et en un instant nous arrivâmes jusqu'au camp français. Là, nous fûmes tout de suite entourés par les Français, qui se mirent à faire un vacarme épouvantable. Notre Français et deux autres amis, l'un d'eux me parut très jeune, recommencèrent à pleurer, puis tous ensemble se mirent à nous parler vivement avec une grande émotion en nous remerciant et en nous serrant les mains, puis le jeune Français tira de sa poche un portefeuille, prit tout l'argent qui s'y trouvait, une dizaine de pièces d'or, et les glissa aux mains du caporal. Celui-ci faisait déjà mine de les prendre, ce qui me fâcha ; alors je saisis en un clin-d'œil et les pièces d'or et le portefeuille du petit Français, j'ouvris vivement le portefeuille, y mis les pièces, puis le serrant dans les mains du Français, je dis au caporal : « Allons-nous-en ! » Les Français furent désappointés, mais l'un d'eux sauta sur moi et se mit à m'embrasser, après quoi on se mit à boire tellement, que ce fut avec beaucoup de peine que je pus enfin regagner mon poste.

« Voilà, mon lieutenant, ce qui me paraît étrange :
c'était bien nous autres qui avions tué le Français,
ses camarades auraient donc dû nous insulter et
non pas nous remercier ; au contraire : camarade !
par-ci, camarade ! par-là. Bonjour ! et Très bien !
Voilà tout ce que j'entendis d'eux tout le temps que
je passai à Sébastopol.

« Quant aux Anglais, ce fut tout autre chose.
Chaque fois que nous nous rencontrions, une rixe
était inévitable. Ils se mettaient toujours à boxer ;
mais nous autres, leur envoyions un bon coup de
poing dans la gueule, ce qui fait qu'ils n'y trouvaient jamais leur compte. Vous ne pouvez vous
figurer à quel point, tous, tant que nous étions,
nous les détestions ; je vous en citerai un exemple
entre mille : — Un matin, c'était en automne, passaient au-dessus de nous beaucoup de grues et
d'oies. Cela nous fut une distraction amusante, car
il était bien ennuyeux de rester toujours sur le
bastion ou sur la batterie en attendant que quelque balle ennemie vînt nous abîmer la figure ; donc
pour nous divertir, nous nous mîmes à envoyer des
balles dans la direction des volatiles. Les Français,
de leur côté, firent de même. Mais les Anglais,
peuple économe, ne voulant pas perdre des cartouches inutilement, se contentèrent de regarder
les oies, en se léchant les lèvres comme les chats.
Nous continuâmes donc à nous amuser à tirer dans
le tas, ce que voyant les Anglais ne cessèrent de se
moquer de nous et des Français : Voilà une drôle

d'idée, dépenser des cartouches pour rien ! Soudain d'une des rangées d'oiseaux trois oies se séparent, tournent plusieurs fois dans les airs et enfin viennent s'asseoir à terre, entre nous et les Français. Pendant qu'elles décrivaient des cercles dans les airs ni nous ni les Français n'avions tiré une seule fois sur elles ; à peine s'étaient-elles assises sur le sol qu'une grêle de balle commença à pleuvoir sur elles de tous les côtés ; les Français s'échauffaient tellement à ce jeu qu'ils envoyèrent aux oies la mitraille de la batterie voisine. Deux oies tombèrent sur la place, la troisième réussit à s'élever et à s'envoler, bien que nous ayons envoyé à sa poursuite quelques balles tirées précipitamment. Tout cela s'était passé si rapidement que nous n'avions pas eu le temps de nous reconnaître. Mais enfin la chasse est finie, les oies gisent à terre, l'une d'elles agite encore les pattes ; nous sortons la tête hors des embrasures et nous les regardons. Personne ne tire plus sur elles, mais personne non plus n'ose aller les prendre, et pourtant tout le monde a bien envie de les avoir. Les Français mettent aussi la tête en dehors des embrasures et regardent le spectacle. En un mot, ces oies nous agaçaient joliment les dents. Enfin, tandis que nous étions en train de chercher un moyen quelconque pour pouvoir prendre les oies, nous apercevons sur la redoute Schvartz un jeune soldat du régiment Sélenguinsky qui se tient sur le remblai et agite quelque chose qu'il tient dans la main.

C'était un soldat qui, après avoir pris part, lui
aussi, au tir des oies, avait ôté son manteau et une
de ses bottes, pris la bande de grosse toile qu'il
portait en guise de bas, avait sauté sur le remblai
et agitait cette banderolle en signe de paix, afin
qu'on ne tirât point sur lui. Puis notre soldat descendit le remblai et tout courant arriva jusqu'à
l'endroit où gisaient les oies. Il saisit une oie de
toutes ses forces, la jeta du côté des Français en
criant : « C'est pour vous ! et celle-ci, prenant
l'autre oie, c'est pour nous ! et celle-là, montrant
l'oie qui s'envolait, c'est pour les Anglais ! » Soudain une vingtaine de Français accourent et se
lancent vers le Sélenguinois en criant : « Bravo !
bravo ! » Le Sélenguinois eut peur, il pensa, comme
il l'avoua lui-même plus tard, qu'on voulait le
prendre comme un lièvre, aussi prenant l'oie de la
main gauche, il commença à menacer les Français
de son poing droit, leur adressant de bien gros
mots. Mais les Français l'entourèrent en un instant et, au lieu de le saisir, se mirent à faire
« camaraderie » avec lui et à le régaler de rhum.
Ils le grisèrent tellement, qu'il n'était plus en état
de regagner seul la redoute Schwartz ; les Français
l'y conduisirent eux-mêmes ; quant à l'oie, il la
tenait toujours ferme dans ses mains. Sur la redoute
Schwartz nos soldats eux-aussi régalèrent joliment
les Français. Puis après avoir embrassé tous les
soldats de la redoute, les Français retournèrent
gaiement chez eux ; cependant, tout grisé que fut

notre Sélenguinois, quand les Français prirent
congé de lui, il ne laissa pas de leur désigner du
doigt l'horizon lointain, en murmurant : « Et
celle-là c'est pour les Anglais ! » Voilà, mon lieutenant, comment les nôtres détestaient les Anglais;
tandis qu'avec les Français nous faisions très
volontiers « camaraderie », et quoique pendant les
sorties et dans les combats nous nous battions
furieusement avec eux et ne les épargnions guère,
et que de temps à autre nous les agacions en leur
rappelant 1812, cependant nos cœurs étaient toujours bien disposés à leur égard et nous n'éprou-
vions pas envers eux la même haine qu'envers les
Anglais. Mais il faut dire qu'ils étaient honnêtes et
généreux, ces Français, sans aucune comparaison
possible avec les Anglais ; ainsi voilà comment ils
se conduisirent avec le capitaine Samoïloff; les
Anglais n'eussent, certes, jamais agi comme eux.

Le capitaine Samoïloff était un chef vaillant et
glorieux. Les soldats, ainsi que les officiers, ses
collègues, l'aimaient beaucoup et ses chefs l'esti-
maient. Il était sévère avec sa compagnie ; à Sébastopol, ses soldats l'écoutaient et l'aimaient et ne
sortaient jamais sans lui. Il n'avait que le défaut de
boire quatre litres de vin par jour, c'était sa ration
indispensable, mais, étant d'une parfaite santé et
d'une force herculéenne, il ne s'enivrait jamais.
Un jour, après une sortie nocturne, dont, bien
entendu, il avait été avec ses braves, il voulut
comme à l'ordinaire boire un coup pour reprendre

des forces après les fatigues éprouvées; mais il n'y avait justement pas de vin sur la batterie, on fut donc obligé d'en envoyer chercher sur le côté Nord. Le capitaine Samoïloff appela alors le sergent-major, lui donna de l'argent et donna l'ordre d'envoyer chercher du vin. Le sergent-major chargea de cette commission un jeune soldat qui prit l'argent et la carafe, mais il était à peine arrivé au mur de refend qui séparait les batteries, les Français dirigeaient là leur feu si la moindre chose venait à y apparaître, qu'il s'arrête net, réfléchit et revint sur ses pas en disant : « Je n'irai pas pour rien au monde ! » Le sergent-major, bien entendu, alla rapporter la chose au capitaine qui ne manqua pas de gronder joliment le sergent-major de ce que ses soldats osassent lui désobéir, et, rouge de colère, ordonna de lui amener tout équipé le soldat récalcitrant ; ce qui fut fait.

— Est-ce toi que le sergent-major a désigné? lui demanda le capitaine.

— Oui, mon capitaine.

— Et pourquoi donc n'as-tu pas obéi à l'ordre?

— Je vous demande pardon, mon capitaine, mais j'ai eu terriblement peur.

— Comment! tu as eu peur? s'écria le capitaine d'une voix de tonnerre, un soldat russe qui a eu peur ! Mais est-ce qu'un soldat russe sait ce que c'est que la peur? Eh bien, attends un peu, je vais chasser ta peur, viens avec moi !

Et le capitaine Samoïloff emmena le réfractaire

6

sur le remblai, et, là, se mit à lui faire exécuter l'exercice à pas lents. Tous les nôtres furent glacés de peur quand il monta sur le remblai; car si quelqu'un faisait parfois avancer son képi sur une baguette de fusil en dehors du remblai; plusieurs balles tombaient immédiatement dessus, et ces deux hommes se trouvaient tout à fait sur le remblai. A peine y étaient-ils qu'une balle frappa le capitaine au bras, mais il ne fronça même pas les sourcils ; quant au soldat, une balle traversa son manteau entre les jambes, une autre atteignit son sac, puis aucun coup ne fut plus tiré. Le soldat demanda grâce et promit de courir tout de suite trois fois sur le côté Nord, mais le capitaine refusai de l'écouter et répétait sans cesse : « Je chasserai ta peur ! » Enfin, fût-ce à cause de la forte douleur qu'il éprouvait au bras, il lâcha le soldat, à condition toutefois qu'il courût immédiatement sur le côté Nord, et qu'il prit part, cette nuit-là même à une sortie. Quand ils descendirent du remblai, le capitaine était très pâle, et de sa main gauche le sang coulait à flots. Un officier s'approcha de lui et lui demanda : « Vous êtes blessé, à ce qu'il me semble ? » — Cela ne vous regarde pas, répondit le capitaine dépité, et il s'en fut au blindage. Là on lui fit un pansement. Plus tard, les Français nous demandèrent pourquoi deux des nôtres étaient sortis sur le remblai. Nous cessâmes le tir, nous dirent-ils, car nous étions très étonnés et nous nous demandions à qui ils pouvaient en vouloir là-bas? Les Anglais eussent à coup sûr tué notre brave capitaine.

Voici encore un incident qui survint à ce même capitaine Samoïloff, qui avait reçu en Silistrie et à Sébastopol douze blessures. Quand la paix fut conclue, l'empereur voulut bien passer en revue les troupes et les remercier de la campagne qu'elles avaient faite. Pendant la revue, tous les officiers furent rangés sur le flanc droit, et l'empereur s'approcha tour à tour de chacun d'eux et les questionna gracieusement sur toutes choses. Le jour de la revue, s'étant levé de bonne heure, le capitaine Samoïloff résolut de ne point boire sa ration ordinaire de tous les matins, ce qui fit qu'il était tout frissonnant et qu'il ne put rien faire. C'est ainsi, sans avoir bu qu'il vint à la revue. Il sentit qu'il s'y trouvait dans un très mauvais état : ses blessures commençaient à l'incommoder et son bras droit trembla considérablement (il avait le bras gauche en écharpe); mais il était déjà trop tard pour réparer le mal. Le capitaine Samoïloff s'abstint de boire sa portion comme on l'apprit plus tard, afin de ne pas sentir le vin dans le cas où le Tzar lui eût adressé la parole. Lorque l'empereur fut arrivé et se fut approché des officiers, demandant à peu près à chacun : « s'il avait été longtemps à Sébastopol? A quels combats il avait pris part? », etc. le capitaine sentit son bras trembler encore plus fort et il comprit qu'il lui serait difficile de tenir la main à la visière de son

képi. Le Tzar s'approchait déjà de lui, mais le capitaine sentit que son bras ne lui obéissait point. Il
serra alors les doigts et ne redressa que l'index
qu'il tint à la visière du képi. L'empereur, s'approchant de lui et voyant sa poitrine toute couverte de
médailles et de croix et son bras en écharpe s'arrêta, et lui demanda : « Êtes-vous resté longtemps à Sébastopol? » Mais le bras du capitaine
se mit à trembler si fort que son doigt quitta la
visière et sa langue s'engourdit à un tel point qu'il
ne put répondre un seul mot à la gracieuse question de l'Empereur. Le Tzar sourit et continua ses
questions aux autres. Le capitaine restait toujours
sans pouvoir prononcer un seul mot. Il ne revint à
lui qu'une fois de retour de la revue, et se mit à
pleurer comme un enfant.

— « Si j'avais su, disait-il en se lamentant,
qu'un pareil malheur dût m'arriver, j'aurais bu ma
ration habituelle et je n'aurais pas passé pour un
nigaud !...

Les soldats en étaient fort affligés et l'en plai-
gnaient sincèrement. Ses chefs ne lui firent toutefois aucune injustice, et plus tard il reçut la croix
de Saint-Wladimir, objet de sa vive ambition.

SOUVENIRS

D,U CAPITAINE SWIETOSLAVSKY [1]

I

Au commencement du mois de mars 1855, le régiment de chasseurs « Tomsky », dans lequel j'avais eu l'honneur de servir, stationnait sur la redoute « Kamtschatsky ». Le 6 mars, la 8ᵉ compagnie de chasseurs, que je commandais, avait été désignée, entr'autres, pour repousser la deuxième attaque de l'ennemi sur la redoute Kamtschatscky. J'ignore la marche de cette affaire, car je fus un des pre-

[1] M'étant trouvé faire partie de la garnison de Sébastopol, durant neuf mois, pendant sa fameuse défense, j'avais eu de nombreuses occasions d'admirer ses vaillants combattants. Chaque officier chaque soldat avait été un héros dans la parfaite acception du mot. Le sang-froid, la patience et le courage avaient été la devise de chacun d'eux. A Sébastopol furent accomplies beaucoup d'actions si éclatantes qu'elles attiraient l'attention et appelaient l'admiration des ennemis eux-mêmes ; chez nous, au contraire, elles passaient presque sans laisser de traces : chacun de nous avait été occupé de son affaire, et chacun ne se souciait que de sa compagnie. Mais bien souvent des cas d'une patience étonnante et d'un courage tellement extraordinaire se passaient, qu'ils sautaient aux yeux et se gravaient pour toujours dans la mémoire. Je vais raconter quelques-uns de ces cas dont je fus le témoin oculaire.

miers blessé à la tête d'une balle de carabine et transporté sans connaissance à l'ambulance. Quand je commençai à revenir à moi et que j'ouvris les yeux, je fus frappé à la vue d'un officier qui se tenait debout au milieu de la chambre, les mains sur ses hanches et nous regardant tous avec un air de reproche, comme s'il avait voulu nous dire : « C'est honteux, vous poussez des gémissements à cause de vos blessures insignifiantes, regardez-moi, je ne soupire même pas. » Et en effet, cet homme avait la mâchoire inférieure emportée, et sa langue pendait sur sa poitrine. Il était horrible à voir. Le médecin s'approchait en ce moment de moi pour examiner ma blessure; mais je le priai de voir d'abord ce malheureux. Le médecin jeta un regard sur lui, haussa les épaules et dit : « Mais c'est d'un prêtre qu'il a besoin et non de mes services! » Le blessé, entendant ces paroles, s'approcha de la table où le docteur écrivait ses ordonnances, saisit une plume et écrivit : « Ce n'est pas vrai »! — Le médecin, dont cette sortie de l'officier excitait la curiosité, s'approcha alors de lui, l'examina, fit un pansement; l'officier fut sauvé. Dans la nuit, notre célèbre chirurgien Pirogoff affirmait que la patience et un sang-froid inaltérable avaient sauvé la vie à cet homme, blessé si grièvement. A cela, il faut ajouter, qu'il était venu à l'ambulance tout seul sans l'aide de personne. C'était un officier du régiment Kamtschatscky, dont je ne me rappelle plus le nom.

II

Voici encore un exemple du sang-froid et du courage de nos soldats :

Le 5 juin 1855, la veille du premier assaut de Sébastopol, notre régiment stationnait sur le 4° bastion. Pendant le bombardement de cette journée, deux bombes ennemies tombèrent sur la poudrière et firent un trou profond dans son remblai. Il fallut réparer ce dégât, car si une troisième bombe était tombée au même endroit, une explosion se fut inévitablement produite. Le chef de la batterie me demanda de lui donner des ouvriers ; j'appelai six hommes. Parmi ceux-ci se trouvaient deux jeunes soldats, tous deux du gouvernement d'Orel ; ils n'étaient au service que depuis une année. Ils grimpèrent sur la poudrière et commencèrent à travailler ; mais il fallait voir avec quel sang-froid, avec des rires et des plaisanteries, sous une grêle de bombes, d'obus et de balles et se trouvant sur un endroit aussi exposé qu'une poudrière ! Durant ma carrière militaire, dans trois campagnes : en Hongrie, sur le Danube et à Sébastopol, j'avais vu beaucoup de soldats vraiment vaillants et hardis, j'avais vu des hommes se jeter tête baissée à l'endroit le plus chaud du combat, mais il ne m'était pas encore arrivé de voir un pareil courage flegmatique. Je les contemplai longtemps et je ne me lassai point de les admirer. L'un d'eux eut sa

casquette traversée par une balle ; un fragment
d'obus emporta un morceau du manteau de l'autre.
Leur travail fini, les deux braves descendirent sains
et saufs. Le lendemain, c'est-à-dire le 6 juin, à
l'aube eut lieu l'assaut de Sébastopol. Je fus envoyé
avec ma compagnie sur le flanc gauche du 4ᵉ bastion, à l'endroit qui s'appelle « La Péressupe ».
Tous avaient bien travaillé ce jour-là, mais surtout
mes deux braves ; leurs bras n'étaient pas restés un
seul instant inactifs et quand l'un d'eux eut son
fusil emporté, il saisit un anspect qui se trouvait à
proximité et travailla avec cet instrument encore
mieux qu'avec son fusil. A la fin de l'assaut, je le
présentai au colonel, comme étant de ceux qui
s'étaient le plus distingués. Il fallait voir avec quelle
émotion et les larmes aux yeux, ils reçurent de ses
mains la récompense de leur bravoure. Tous deux
avaient reçu l'ordre de Saint-Georges, ils en restèrent troublés et confus, comme s'ils n'eussent rien
fait d'extraordinaire qui eût pu mériter une récompense si haute. A mon grand regret, je ne me
rappelle plus leurs noms ; mais ce dont je suis sûr,
c'est que tous les deux, après la glorieuse défense
de Sébastopol, restèrent sains et saufs.

SOUVENIRS

D'UN SOUS-OFFICIER DU RÉGIMENT DE CHASSEURS
KAMTSCHATSCKY

Au mois de janvier 1855, je ne me rappelle
plus la date exacte, la 5e compagnie du régiment
Kamtschatscky, dans laquelle j'avais eu le bonheur de servir comme sous-officier, fut envoyée
aux tirailleurs, et on m'expédia en secret avec
trois soldats aux Carrières. Nous passâmes tout
doucement, sans être remarqués par la ligne des
tirailleurs ennemis, et nous nous cachâmes derrière les rochers. Quelques minutes plus tard
arrivait également en secret, un détachement
anglais que, malgré l'obscurité de la nuit, nous
pûmes reconnaître parfaitement; il se cacha près
de nous. Cette nuit-là, il faisait une forte gelée.
Les Anglais étaient transis de froid et pour se
réchauffer se mirent à aller et venir ; deux d'entre
eux s'approchèrent de nous si près, qu'ils n'en
étaient pas à plus de quatre à cinq pas. Nous sautâ-
mes alors de derrière les rochers, les saisîmes
promptement et, ne leur donnant ni le temps de se

reconnaître, ni les moyens de résister, nous les
baillonnâmes et les emmenâmes au lieu d'arrêt, et
de là, sur l'ordre du commandant de la ligne des
tirailleurs, sur la colline de Malakoff, où les prisonniers furent reçus, tandis que nos noms furent
inscrits dans le livre des faits de guerre.

*
* *

Une autre fois, je ne me rappelle plus la date
exacte, mais c'est également au mois de janvier,
quand la redoute Kamtschatscky n'était pas encore
construite, notre compagnie se trouvait pendant la
journée dans la ligne des tirailleurs, et moi avec
plusieurs soldats, dans le logement. A ce moment-
là, les soldats ennemis se mirent à passer en courant d'une tranchée à l'autre. Voyant leur audace,
je mesurai de l'œil la distance, pris une carabine
et, avec l'excellent tireur Zakharoff, nous tirâmes
sur eux une vingtaine de coups de feu ; nos soldats
virent les Français emporter sur deux brancards des
blessés et peut-être des tués à l'endroit dans la
direction duquel nous avions tiré. L'ennemi, à son
tour, tira aussi dans notre direction et si juste qu'il
s'en fallut de peu qu'il n'atteignit l'embrasure d'où
partaient nos coups : les balles qu'il nous envoya
s'aplatirent contre les pierres, sans nous causer le
moindre dégât ; mais l'une d'elles, en s'aplatissant
fit pleuvoir sur moi plusieurs petits morceaux de
plomb, qui m'atteignirent au front et sur la tête ;

je tombai inondé du sang de ces légères blessures.
L'aide-chirurgien, Tabaschnik, qui se trouvait justement là, lava mes blessures et pût en extraire les
petits morceaux de plomb. Je n'allai point à l'ambulance et mes blessures se cicatrisèrent très vite.

*
* *

Au moment où l'on construisait la redoute Kamtschatscky (au nom de notre régiment) en avant de
la colline de Malakoff, l'ennemi occupa, dans la soirée du 2 mars, nos tranchées et de là commença
à tirer sur nous et à empêcher nos travaux : c'est
alors que la 5ᵉ compagnie de notre régiment reçut
l'ordre de repousser les Français des tranchées et de
s'y installer à leur place. Nous nous avançâmes sur
eux tout doucement en rampant, aussi près d'eux qu'il
nous fût possible, puis, nous dressant brusquement
et hardiment, en poussant un formidable « Hourra ! »
nous nous jetâmes contre les Français abrités derrière leurs tranchées. Une grêle de balles vint alors
s'abattre sur nous, nous chargeâmes à la baïonnette ; le combat fut très chaud et dura assez longtemps. Dans cette attaque une balle me contusionna
le pouce de la main gauche, et me mit dans l'impossibilité de tirer ; je me bornai à accompagner
le commandant de la compagnie, le lieutenant
Samarsky, pour le protéger. Enfin, nous pûmes
rejeter l'ennemi, reprendre les tranchées et continuer sans interruption les travaux de la redoute

jusqu'à l'aube, sous le feu bien nourri de l'ennemi, qui, d'ailleurs, ne nous causa plus grand préjudice.

*
* *

Le 9 mars, notre compagnie arriva le soir pour travailler à cette même redoute qu'on était en train de construire. Le travail était à peine commencé qu'une terrible fusillade, suivie de coups de canon, s'abattit sur notre chaîne. Bientôt après, notre compagnie reçut l'ordre d'aller renforcer la chaîne. Le commandant de la compagnie, le lieutenant Samarsky, après avoir rassemblé et fait ranger ses hommes s'adressa à nous et dit : « Allons, frères, avec l'aide de Dieu, au secours des camarades ! » Il partit en avant avec le premier peloton, et m'ordonna de me tenir derrière lui avec le deuxième peloton afin qu'aucun soldat ne restât sur la batterie. En sortant de la batterie, le deuxième pelolon s'arrêta net, et je m'écriai : « Pourquoi vous arrêter ? marchez en avant ! » Le peloton ne bougea point. Ce que voyant, je me mis en tête du peloton et commandai : « En avant, amis, marchez ! » — C'est alors que le soldat qui occupait le flanc du peloton me dit : qu'à cause de la profonde obscurité on ne savait point où aller ; aussi tous les soldats s'étaient-ils arrêtés, après avoir perdu de vue le premier peloton. Il n'y avait rien à faire. Abandonnant mon peloton, je me lançai en avant sous une grêle de balles, pour retrouver le premier et bientôt je me trouvai sur le lieu du combat, où j'aperçus le commandant de la compagnie, se défendant avec son sabre dans une lutte corps à corps. Je couchai rapidement l'agresseur à terre, et, le commandant de la compagnie m'apercevant, me demanda : « Où est donc le deuxième peloton ? — Près de la batterie, répondis-je. » Il m'ordonna de l'amener immédiatement. — « Tu vois, les Français prennent le dessus ! » ajouta-t-il. Je courus précipitamment pour retrouver le peloton, et, tout en trébuchant en chemin et en tombant sur les cadavres de mes camarades, j'arrivai enfin jusqu'à lui. Quelques minutes après, je l'amenai au pas de course jusqu'au lieu du combat. A ce moment un prêtre, sans prêter la moindre attention à la nuée de balles, obus et bombes qui pleuvait autour de nous, et portant une croix dans ses mains marcha en avant, encourageant nos soldats et chantant le psaume : « Sauve, ô Seigneur, tes hommes. » Tous se ruèrent sur l'ennemi à coups de baïonnette. Le combat dura près de quatre heures ; nous luttâmes hardiment, l'ennemi se défendit désespérément, mais dût reculer. Beaucoup de nos camarades sont tombés là, mais qu'ils dorment en repos : nous avons vengé leur mort. L'ennemi essuya de grandes pertes : nous traversâmes ses trois tranchées et ce ne fut qu'au signal que nous retournâmes, bien à contre-cœur, reprendre nos postes. Notre 5e compagnie resta dans la chaîne jusqu'à l'aube, et aussi toute la journee suivante, les autres soldats

enlevèrent les morts et les blessés de ce combat
nocturne, glorieux pour nous, qui avait été dirigé
par l'intrépide Khrouleff, dont le nom fut connu de
toute l'armée. Après le combat, le lieutenant Samarsky me dit : « Eh bien ! mon cher Podpaloff, pour
ta courageuse conduite de cette nuit tu peux compter sur le Tzar, tu vas recevoir sans aucun doute la
croix de Saint-Georges et encore d'autres récompenses. » Il fut blessé plus tard à la poitrine pendant la retraite et transporté à l'hôpital. Ce vaillant
officier paya probablement de sa vie la défense
courageuse de sa patrie.

Après cet événement, je fus nommé comme garde
du corps du colonel Goleff, promu peu après général de brigade. Je demeurai pendant près de trois
mois à son service.

Un sentiment pénible et douloureux s'empara de
notre régiment, quand, le 29 mai, au soir, l'ennemi
s'empara, après une lutte cruelle, de la redoute
Kamtschatscky et de la carrière ; notre régiment se
trouvait alors sur le 3e bastion. C'est nous qui
avions construit la redoute Kamtschatscky, nous
aussi qui l'avions protégée de notre corps, quand
les Français tentaient de nous la prendre le 2 et le
9 mars. Cette audacieuse tentative de nous prendre
notre enfant avait coûté bien cher à l'ennemi :
beaucoup d'entre eux tombèrent pendant la retraite,
notre sang coula aussi à flots; mais les deux fois
nous défendîmes courageusement et avec succès
notre redoute. Notre indignation fut donc grande

contre ceux qui ne luttèrent point jusqu'à la dernière goutte de leur sang pour garder notre enfant
chérie, notre redoute Kamtschatscky. Nous étions
sûrs et certains, si nous-mêmes l'avions gardée, de
ne point nous être rendus à l'ennemi, nous aurions
repoussé l'assaut, ou nous serions tombés tous
jusqu'au dernier sur ses remblais.

Cette même nuit, les bataillons des régiments
Minsky et Wolynsky furent désignés pour repousser
les batteries sur la carrière ; mais ce fut sans succès,
car l'ennemi ouvrit un formidable feu contre nos
bataillons, où, principalement, furent tués et blessés
les chefs et les officiers. On les remplaça par d'autres
qui eurent le même sort. Le commandant des bataillons fit savoir au général Goleff, qu'ignorant la disposition des lieux il le priait de lui donner quelqu'un
qui fût capable de conduire les troupes à l'endroit
désigné pour l'attaque ; le général m'envoya, car je
connaissais parfaitement la position des batteries
ainsi que tous les environs. Je me présentai au
commandant (je ne me souviens ni de son nom ni
de son grade) et lui déclarai que j'allais conduire
les troupes par un chemin qui m'était familier. Le
commandant et moi sortîmes en tête de la colonne.
Au commandement : « En avant, amis ! » les soldats crièrent : « Hourra ! » mais sans bouger de place

et, sous le formidable feu de l'ennemi, ils se tinrent comme rivés au sol.

Malgré les exhortations de leurs officiers, qui leur assuraient que j'allais les conduire par une bonne route jusqu'à la batterie, et que par une vive attaque, on chasserait en un clin d'œil l'ennemi de ses positions et qu'on occuperait glorieusement la batterie, tous se sentaient pris de doutes. Enfin, les officiers se lancèrent en avant ; tandis que les soldats, comme frappés d'une terreur panique, baissant la tête, ne bougeaient point de place, tandis que sur eux pleuvait sans cesse une grêle de coups de feu, qui leur causa une grande perte. Nous perdîmes ainsi inutilement beaucoup de temps et pas mal d'hommes ; enfin le combat s'engagea. A l'aube, l'aide de camp des tranchées, le lieutenant Miassoïedoff, me demanda si j'avais la croix de Saint-Georges ; je lui répondis que jusqu'ici je ne la possédais pas encore. Il me promit de la solliciter pour moi ; mais à peine le lieutenant était-il arrivé au blindage, qu'il fut envoyé par le général Goleff, avec un rapport, à l'un des amiraux de la flotte, à Nakhimoff, si je ne me trompe, pour s'informer s'il fallait donner ordre de battre en retraite, car le jour commençait déjà à poindre et les Français pouvaient, en conséquence, nous causer d'énormes pertes. Sans tarder un seul instant, le lieutenant Miassoïedoff accompagné d'un sous-officier se précipite pour exécuter l'ordre du chef ; mais ils avaient à peine fait quelques pas qu'un obus parti de la batterie

ennemie, les tua tous les deux. J'ignore si le lieutenant Miassoïedoff avait eu le temps de dire quelques
mots en ma faveur, mais, le matin même, le général me décora de la croix de Saint-Georges et me
donna trois roubles de récompense.

*
* *

Le 6 juin, à l'aube, nos troupes qui occupaient les
chaînes et les glacis des redoutes et des batteries,
descendirent de leurs postes jusqu'à la baie où se
tenait la flotte. Tout à coup, une fusée est tirée du
camp ennemi, qui s'épanouit en gerbes de feu mul-
ticolores, puis une autre de l'aile gauche ennemie,
et enfin une troisième. Nos chefs comprirent la
signification de ces signaux et donnèrent l'ordre de
battre la générale. Les troupes réussirent à regagner
à temps leurs postes et se préparèrent pour recevoir
l'ennemi. Comme une nuée noire, celui-ci avançait
de toutes les directions, portant avec lui des échelles
d'assaut, des gabions et des outils de retranchement.

Il se fit un profond silence ; on n'entendait aucun
coup de feu ; nous attendions courageusement
l'assaut et nous observions attentivement le mouvement des colonnes ennemies, qui s'avançaient
menaçantes contre nous. Enfin, Français et Anglais
s'approchèrent à la distance d'une bordée de
mitraille, et alors les coups de feu brillèrent, les
canons se mirent à tonner, la mitraille sifflait, ainsi

7.

que les bombes et les balles ; cependant dans l'air, tout était calme, pas le moindre souffle de vent : la fumée de la poudre recouvrait toute l'étendue, on ne pouvait rien voir en avant des traverses, sur lesquelles nous stationnions, exécutant un formidable feu roulant. Nous défendions la batterie *Boudistschéva* du 3° bastion, au dessus de profonds ravins encaissés entre le bastion et le Faubourg des Matelots. Notre batterie avait été entourée d'un cordon de tirailleurs ; les engins de l'ennemi pleuvaient sur nous et nous enlevaient beaucoup de défenseurs ; plus d'une pièce fut brisée, mais instantanément remplacée par une autre. Le général Goleff et le commandant de la batterie, le capitaine Boudistscheff, nous encourageaient et excitaient les soldats à tirer juste et le plus rapidement possible sur l'ennemi qui avançait toujours. Bientôt le brave capitaine Boudistscheff tomba frappé d'une balle ; les soldats et les officiers devinrent très tristes et firent le signe de la croix, en voyant tomber cet intrépide guerrier. Paix à ses cendres ! Le combat continua avec acharnement. Enfin, un vent léger commença à souffler, la colonne de fumée se dissipa et nous pûmes voir les Français pénétrer déjà dans le Faubourg des Matelots. Soudain, nous voyons un général voler au galop de son cheval blanc, derrière lui court une poignée de soldats, une compagnie à peine ; cette compagnie se rue furieusement sur la batterie Gervais et y fait un tel massacre, que bientôt nous apercevons les Français

quitter le Faubourg. Nous apprîmes plus tard
que c'était Khrouleff qui, ayant pris avec lui une
compagnie quelconque, repoussa hardiment les
Français à coups de baïonnette !... C'est alors que
nous dirigeâmes notre feu directement sur ceux qui
couraient vers le Faubourg des Matelots. A ce
moment, un officier français, hissant sa casquette à
la pointe de son sabre, nous cria en russe d'un accent
assez pur : « Ne tirez pas, vous allez atteindre les
vôtres ! » Cette circonstance trompa le général qui
donna au clairon l'ordre de sonner la retraite. Les
uns continuèrent encore le feu, d'autres cessèrent,
se demandant ce que cela pouvait signifier. Cette
perplexité dura une ou deux minutes, pas plus, puis
de nouveau, le clairon, sur l'ordre du général,
sonna le signal de recommencer le feu, qui d'ailleurs n'avait point complètement cessé, mais qui
maintenant commença à retentir avec plus de gaieté.
Quand les Français atteignirent la vieille prison, le
général Pavloff, avec les deux régiments Selenguinsky et Yakoutsky, se lança à l'attaque et les
força à battre en retraite en désordre. Une multitude d'ennemis se cacha dans les maisonnettes des
matelots, où ils furent faits prisonniers ; les autres,
frappés par nos coups précis, reculèrent rapidement
jusqu'à leurs tranchées. Là, concentrant leurs forces
et se renforçant de troupes fraîches, ils essayèrent
encore une fois de nous attaquer, mais c'était déjà
là une tentative désespérée, que nous repoussâmes
hardiment. L'ennemi avait déjà subi une perte

énorme; sous notre feu, il recula en désordre, semant le champ de ses cadavres. C'est ainsi que prit fin ce combat si glorieux pour nous. L'assaut du 6 juin fut repoussé sur tous les points, et l'ennemi fut décimé. A ce moment, on n'aurait pu regarder sans frissonner l'épouvantable tableau du combat; mais pendant la bataille le cœur du soldat s'endurcit et devient indifférent à toutes les horreurs : nous nous réjouissions même de voir le champ parsemé des cadavres de nos ennemis ! Mais ce sentiment ne fut pas de longue dnrée, et notre cœur s'émut très vite de pitié à la vue de tant d'hommes tombés sous nos coups, bien que ce fussent nos ennemis.

Le lendemain, les Français hissèrent le pavillon blanc pour demander l'armistice et pouvoir ramasser leurs morts. Des deux côtés commença une triste besogne, qui dura du matin au soir. Nous célébrâmes une action de grâces au Seigneur, pour la victoire qu'il nous avait procurée, et chaque soldat, qui avait consciencieusement rempli son devoir, reçut trois roubles de récompense. Puis nous chantâmes l'office des morts pour le repos de l'âme de nos camarades tombés en défendant leurs batteries; bien des larmes coulèrent pendant cette pieuse cérémonie. Nos pertes en repoussant l'assaut, comparées à celles des ennemis, avaient été insignifiantes.

*
* *

Peu de temps après le 6 juin, un soir, une fausse

alerte se produisit dans notre file et elle fut suivie d'une terrible fusillade. Le général Goleff, se lança avec le clairon et moi sur le lieu où l'incident avait lieu et de là sur le troisième bastion. A ce moment, une bombe ennemie tomba près de nous : nous nous couchâmes promptement à terre, et quand elle eut éclaté, un des fragments atteignit le général au front, moi je fus couvert d'un amas de terre ; quant au clairon, il n'eut rien. Nous soutînmes le général blessé et nous le conduisîmes à son logement. Le lendemain matin, le général, qui avait été sérieusement blessé, nous fit ses adieux et partit sur le côté Nord ; pour moi, je m'en allai à la 7ᵉ compagnie.

★
★ ★

Dans les derniers jours de la première quinzaine du mois d'août, commença un bombardement infernal qui dura douze jours et n'eut pas un seul moment d'interruption. — Le feu venait des batteries que l'ennemi avait construites à une petite distance et particulièrement près de la colline de Malakoff, à quelques pas de la contrescarpe. Nous n'avions plus le temps de réparer, pendant les nuits, les embrasures et les traverses brisées et ébranlées, ni de changer les canons brisés. Les fossés avaient été complètement comblés, et pendant la journée ou à l'aube il n'y avait plus aucune possibilité de se montrer derrière les remblais ruinés ; nous ne pouvions nous réfugier que dans les blindages et parmi

les restes des traverses à moitié ruinées. Nous
attendions d'heure en heure l'assaut, et nous nous
y préparions. La colline de Malakoff était complétement dévastée, et ses défenseurs, exténués par de
pénibles travaux et des nuits sans sommeil, trouvaient à peine un abri derrière les remblais ruinés
des traverses. Du 3ᵉ bastion, nous avions bien vu
comment, le funeste jour de l'assaut, les Français
s'étaient réunis dans leurs tranchées, construites
en face de la colline de Malakoff, et s'y étaient
cachés. Enfin, le 27 août, à midi, les Français marchèrent à l'assaut. Un combat terrible commença
sur toute la ligne de nos fortifications, une lutte
désespérée. Nous défendîmes notre 3ᵉ bastion et nous
en repoussâmes hardiment l'ennemi; les autres bastions se défendirent de même, et l'ennemi mis en
déroute, joncha de cadavres l'espace qui s'étendait
derrière les retranchements. Néanmoins, il se jeta
sur la colline de Malakoff, dont les défenseurs ne
purent repousser cette attaque, car c'est contre
Malakoff même, qui était la fortification la plus
dévastée et celle qui avait le plus souffert, qu'était
dirigée cette attaque inattendue et formidable. Au
moment où déjeunaient ses défenseurs exténués,
qui n'avaient pas eu le temps de sortir de derrière
les traverses pour tenter de repousser l'attaque,
les Français sautèrent sur les batteries et en retournèrent les canons sur nous. Une courte lutte corps
à corps commença, et bientôt le drapeau français se
déploya sur la colline. C'est ainsi que succomba la

colline de Malakoff, qui plus que toute autre fortification avait souffert du feu de l'ennemi. Nous
vîmes tout ce spectacle du haut du 3e bastion, et nos
cœurs se serrèrent dans une angoisse insupportable...

Le bruit courait que nous allions marcher, en
faisant le tour de Kilen-Balka, pour tenter de
repousser l'ennemi et de reprendre Malakoff. Nos
cœurs se remplirent de joie à cette nouvelle, et nous
prîmes la résolution de reprendre Malakoff ou de
tomber glorieusement. Mais le sort ne voulut pas
que notre espérance se réalisât.

Quelque temps après, nous vîmes que nos braves
marins enclouaient leurs canons et se préparaient
à quelque chose; nous en fûmes fort étonnés. Bientôt on nous annonça que les troupes battaient en
retraite et se dirigeaient sur le côté Nord, en abandonnant Sébastopol, qui s'était défendu si glorieusement durant toute une année? Beaucoup de
soldats pleurèrent amèrement. Il nous était bien
pénible de quitter cette ville ; bien qu'elle fut défaite
et ruinée de fond en comble, elle était toujours si
chère à nos cœurs! La nouvelle que nous allions
battre en retraite nous avait rendus absolument
perplexes, tous s'écrièrent unanimement : « L'assaut
pourtant a été honorablement repoussé, sauf Malakoff, qui est tombé entre les mains des Français;
sans aucun doute, parce que le général Khrouleff
n'y était pas, autrement il n'eût pas laissé prendre
la forteresse ! »

Tant les soldats aimaient profondément ce vaillant et digne général, tellement était grande l'assu-
rance dans son invincibilité ! Et, en effet, où avait
passé le général Khrouleff, la victoire était demeurée.
Il avait suffi de l'apercevoir, d'entendre quelques-
unes de ses paroles chaleureuses, pour reprendre
courage et devenir un héros. Paix à ta cendre,
brave guerrier russe ! Que les prières de ceux que
tu avais conduits si glorieusement à la victoire
soient exaucées auprès du trône de Celui vers qui
s'est envolée ton âme pure !...

Vers le soir, nos troupes commencèrent à battre
en retraite vers le côté Nord, par le pont jeté en
travers de la baie; les poudrières des fortifications
sautèrent dans les airs, les canons furent brisés ou
mis hors d'usage. L'ennemi crut probablement que
des mines existaient dans les fortifications et dans
la ville elle-même; peut-être aussi eut-il peur d'engager un combat désespéré avec ceux qui battaient
en retraite, toujours est-il qu'il ne nous poursuivît
pas.

Au matin, nous étions déjà presque tous sur le
côté Nord de la baie de Sébastopol.

SOUVENIRS

DU BRAVE DENSTSCHIK KOMPANTZEFF

Tous les défensenrs de Sébastopol savent, nous
le croyons, que les denstschik des officiers de
la ville avaient autant et peut-être plus à souffrir
que les soldats de la ligne de bataille. Ces derniers,
se trouvaient, il est vrai, constamment sur les batteries, tout équipés et toujours prêts pour l'assaut,
mais grâce aux soins et à la prévoyance des chefs,
les bastions étaient revêtus de forts blindages que
les bombes ennemies, même du poids de cinq
poudes ne purent détruire, aussi ne se trouvaient-
ils en danger de mort que pendant les travaux de
terrassement, les sorties, les assauts ou les forts
bombardements, c'est-à-dire quand les pertes de
part et d'autre étaient les mêmes ; tandis que les
denstschiks devaient séjourner dans la ville,
se loger dans des maisons en ruines, et, sous les

---

¹ Denstschik veut dire en russe : soldat au service d'un officier (une ordonnance).

coups de canon, laver le linge et faire la cuisine de leurs maîtres, et chaque jour porter deux fois les marmites sur les bastions sous une grêle de balles.

Lorsque je fus promu officier, on me donna comme denstschik le soldat Clément Kompantzeff, qui paraissait incapable de servir sur le front de bataille. Il était natif du gouvernement de Poltawa, c'était un homme, d'environ 23 ans, franc et honnête. Il était très mécontent d'être denstschik; il y attachait une sorte de honte. Quand je l'eus persuadé qu'ainsi il se trouvait également au service du Tzar, il se consola et me servit fidèlement, me soigna non comme un maître, mais comme si j'eusse été son père. Je lui confiai même tout mon argent, et je le retrouvais toujours intact.

Un jour, étant de service de jour sur le front droit du 4ᵉ bastion, appelé par les Français eux-mêmes; le « Bastion de la mort », je sortais du blindage pour examiner la façade, quand tout à coup, derrière la porte, je rencontrai Kompantzeff, qui tenait à la main un fragment d'une marmite en terre glaise, où se trouvait un morceau de viande. A ma question : « Qu'est-ce que cela signifie? » Il me répondit presque avec des larmes dans les yeux :

« Mais cela signifie, votre Noblesse[1], que vous resterez aujourd'hui sans déjeuner, car je ne vous ai

1. Titre honorifique des officiers subalternes et des fonctionnaires de la 9ᵉ à la 14ᵉ classe.

apporté là qu'un seul morceau de viande et encore est-il sali de boue.

— Et comment cela est-il arrivé;

— Ces méchants Français ont déjà démoli les maisons de la ville, de sorte que d'ici peu il n'y aura plus un seul endroit où pouvoir s'abriter de la pluie; et maintenant ils s'en prennent à nos marmites, que le diable les emporte, ces anathèmes! Je vous portais votre déjeuner tout en pensant : Mon maître va bien déjeuner aujourd'hui, car j'ai préparé un fameux stschi[1]. A peine étais-je sorti sur la place du théâtre, qu'une folle balle française siffla devant moi et... pan, dans la marmite; elle se cassa, le stschi fut renversé et la viande tomba dans la boue, — je l'ai ramassée et vous l'ai apportée dans le fragment de marmite, car je sais que vous devez avoir faim. Il faudra manger la viande telle qu'elle est. »

Quand Kompantzeff eut fini son récit, le brave sous-officier Sofronoff, qui se trouvait derrière lui, ajouta en souriant :

« Ne grondez point le pauvre Kompantzeff, votre Noblesse, il dit la vérité; ayant été relevé de mon service de jour à l'ambulance, je marchais vers le bastion derrière lui et j'ai tout vu de mes propres yeux : sur la place du théâtre, les Français lancent souvent des balles et des bombes; ce sont les Français qui se sont retranchés là-bas dans une cavité

---

[1] Soupe aux choux, mets favori des Russes.

en face de la batterie « Kostomarova ». Si le commandant du bastion nous donnait la permission de les faire sortir de là, comme nous les régalerions alors ! »

J'entrai dans le blindage suivi de Kompantzeff, qui plaça le fragment de marmite avec la viande sur mon lit de camp, maudissant impitoyablement tous les Français avec toutes leurs balles.

« Frapper un homme, cela je le comprends : c'est pour cela qu'on est soldat ! mais ces damnés de Français, ils se mettent à briser les marmites, ils ne nous laisseront même pas manger notre stschi !

Tous les officiers riaient aux éclats du récit original de Kompantzeff, qui ne cessait point de jurer et de maudire les Français, les Anglais, les Turcs et tous les peuples qui attaquaient Sébastopol et qui détruisaient les maisons de la ville et les marmites contenant du stschi.

— Ne te fais pas tant de mauvais sang, dis-je à Kompantzeff, remercie Dieu d'être resté sain et sauf ; quand au stschi, tu en prépareras d'autre pour ce soir.

— Ça, c'est vrai, répondit-il, et, piétinant sur place, il murmura timidement : « Mais vous voudrez bien me faire inscrire au nombre des soldats de front, n'est-ce pas, Votre Noblesse ? Je vous en prie. »

— Et pourquoi ? lui demandai-je.

Mais on dit, votre Noblesse, ajouta-t-il d'un air triste, que le Tzar vient d'envoyer à tous les com-

battants de Sébastopol des médailles, et les denstschiks n'en auront point.....

J'assurai Kompantzeff que l'Empereur récompen-
serait par des médailles en argent tous les soldats
de la garnison de Sébastopol, même ceux qui ne
s'étaient pas trouvés dans les lignes de bataille ;
alors il s'écria tout joyeux :

— Que Dieu soit loué et que notre Père le Tzar
soit béni ! Car si je reste en vie et que je revienne
chez moi, personne ne croira que j'ai été dans un
pareil enfer ! Dans l'autre monde, les Français même
n'en auront pas un plus chaud ; mon propre père
lui-même me dirait : « Tu mens, vaurien, puisque
tu n'as point la récompense du Tzar ». Mais per-
mettez-moi donc, Votre Noblesse, ajouta-t-il, de
faire partie au moins cette nuit de la sortie contre
les Français, pour que je puisse mériter cette médaille. »

Je ne pouvais m'opposer à ce noble désir de
Kompantzeff, et la nuit suivante, après avoir obtenu
du surveillant de l'arsenal un fusil et des cartouches,
il prit part à la sortie contre le 4e bastion ? Pour
cette sortie avaient été désignées quatre compagnies
de notre vaillant régiment d'infanterie: Tobolski ;
Kompantzeff, selon le témoignage des soldats, y fit
preuve de tout le sang-froid d'un petit-russien et de
la bravoure du soldat russe.

Le lendemain matin, Kompantzeff vint à mon
blindage, vêtu d'un pantalon rouge, comme les
portent ordinairement les soldats français.

« Qu'est-ce que cela signifie? lui demandai-je, hier tu ne cessais point d'insulter les Français, et aujourd'hui tu t'es déguisé toi-même en Français?

— C'est en souvenir que j'ai pris çà, Votre Noblesse: j'ai tué un Français et j'ai pris son pantalon; j'ai pensé que puisqu'il n'en aurait plus besoin, il me servirait de souvenir, afin que personne ne pût dire que je n'ai point visité les tranchées françaises. Mais j'en ai égorgé plus d'un... ce n'est donc pas pour rien que je recevrais la médaille. Et si j'avais été dans le front de bataille, peut-être m'aurait-on donné la croix de Saint-Georges, ajouta-t-il comme se parlant à lui-même, car je leur aurais donné à manger un tel stschi, qu'ils n'auraient jamais pu le digérer!

A chacun de nous la récompense du Tzar doit être chère, dis-je à Kompantzeff; mais nous devons remplir consciencieusement tous nos devoirs de soldat non-seulement afin de recevoir une récompense, mais par amour pour le Tzar, le Trône et la Patrie.

Kompantzeff, consolé par mes paroles et joyeux d'apprendre qu'un denstschik même pouvait obtenir la croix de Saint-Georges, s'il la méritait, retourna en ville pour cuire son stschi, regardant triomphalement son pantalon rouge, et après avoir obtenu de moi la permission de prendre part de nouveau, si l'occasion s'en présentait, à une sortie contre les Français.

C'était un denstschik honnête et un brave sol-

dat, que ce Kompantzeff, et partout et dans chaque
occasion il a fait preuve de nobles sentiments d'amour
et de dévouement pour le Tzar et la Patrie. Puissent
ses actions servir d'exemple à tous les jeunes guerriers russes.

LES BLESSÉS A SÉBASTOPOL

SOUVENIRS D'UNE SŒUR DE CHARITÉ DE LA COMMUNAUTÉ
DE KRESTOVOSDVIJIENSK

Le 20 mars, nous arrivâmes du côté nord de
Sébastopol chez notre supérieure principale, Sta-
khovitschéva. Le jour suivant, elle nous emmena au
3ᵉ bastion de la caserne Alexandrovskaia et nous
répartit dans différentes sections. A ce moment, on
apporta 45 hommes grièvement blessés, de sorte
que la salle d'opérations fut occupée entièrement par
ces patients. Le plancher était couvert de sang,
l'un des blessés avait perdu la jambe, l'autre un
bras ; un autre encore avait la tête fracassée, mais
il était resté vivant ! Nous nous occupâmes avec
zèle de les panser et nous étions si entraînées à notre
besogne, que nous ne prêtions aucune attention
au terrible bombardement, qui faisait trembler
les bâtiments. Les engins arrivaient jusque chez
nous, plusieurs bombes même tombèrent dans la
grande marmite, où l'on faisait cuire les légumes, et
dans des tonneaux pleins de cidre.

Pour la première fois, j'assistai à l'amputation d'une jambe chez un soldat. On lui donna du chloroforme, mais à dose insuffisante : le chirurgien se hâtait, car il avait encore beaucoup d'opérations à faire; le malheureux soldat se réveilla au moment même de l'opération et poussa des cris épouvantables tellement la douleur était vive; je récitai tout bas une prière. Une des sœurs s'approcha du médecin et le pria de permettre de donner encore du chloroforme, ce que le médecin refusa. Heureusement, l'opération fut bientôt terminée. Le malade poussant alors un soupir, me dit : « Oui, ta prière, à ce qu'il semble, a été agréable à Dieu! je me sentais mieux, quand tu me la récitais, et j'éprouvais un grand soulagement. Mais comment vais-je faire sans ma jambe? on va me mettre à la retraite; comment retournerai-je chez moi? Trouverai-je encore quelqu'un des miens en vie? Il y a déjà seize ans que je suis au service..., peut-être tous sont-ils déjà morts dans le village... » Quand ses nerfs se détendirent, il se tut, puis, après avoir rêvé quelque temps, il dit : « J'ai laissé là-bas ma femme et deux enfants. » Puis il ajouta, en sanglotant : « C'étaient de bien gentils garçons! »

A cet instant, une bombe traversa l'air en sifflant et éclata au bout de la rue, où deux officiers étaient arrêtés à causer : l'un réussit à sauter de côté, mais l'autre tomba foudroyé sur place. On transporta le malheureux dans la salle d'opérations, mais tout secours fut inutile.

Dans la nuit du 24 mars (c'était le Vendredi Saint),
le bombardement de l'ennemi fut si fort, que le
sifflement des obus, des bombes et des fusées étouffait le service divin dans l'église. On apportait
alors à chaque instant des blessés; ils étaient
horriblement mutilés, mais ils supportaient leurs
souffrances avec un courage extraordinaire : un
officier avait le crâne brisé, le genou fracassé par
une balle, mais il respirait encore et pouvait parler,
bien que d'une voix très faible et presque inintel-
ligible; on le coucha sur un lit et le médecin se mit
en devoir de le panser. Je lui fis boire du thé et il
s'endormit.

Passant près des autres blessés, j'aperçus un
homme étendu à part près du poêle et couvert d'un
drap, qui ne laissait passer que la tête. « Voyez-
vous ce pauvre homme, me dit le médecin avec un
profond sentiment de pitié, il n'a plus ni bras ni
jambes, et possède toute sa mémoire et tous ses
sens. Après deux cruelles opérations, il n'a pas
même remué sa moustache et, fermant les yeux, il
grinçait simplement des dents; il a supporté tout
cela sans chloroforme, nous fixant de ses yeux un
peu voilés, mais dans lesquels brillaient cependant
l'espoir et l'amour de la vie! »

Comme je demandais au médecin comment ce
malheureux avait pu perdre les bras et les jambes,
il m'expliqua qu'il avait perdu les deux bras sur le
3e bastion. Quand on l'eût amené à l'hôpital, voyant
sa robuste constitution, on lui avait fait l'amputation

des bras jusqu'au coude et déjà on préparait un lit
pour le coucher, quand, tout à coup un obus traversant la fenêtre avec un sifflement, était venu lui
broyer les deux jambes un peu au-dessous du
genou... »

Le blessé nous regarda de ses yeux éteints.

— Eh bien, mon ami, comment vas-tu maintenant? lui demanda le médecin, te sens-tu un peu
mieux?

— Cela va bien mal, Votre Noblesse, répondit
le malade d'une voix sourde, qui révélait bien des
souffrances morales et physiques.

— Adresse tes prières à Dieu, continua le médecin, il aura pitié de toi.

— Certainement, mon père, il faut le prier,
mais voilà bien mon malheur! je ne puis même
plus faire le signe de la croix! » Je le bénis en faisant
le signe de la croix, et le consolai, en lui disant que
la prière du cœur, même sans aucune manifesta-
tion extérieure ne laissait pas d'être agréable à
Dieu.

— Je te remercie, ma sœur! que la volonté du
Seigneur soit donc faite! dit le malade. Quelques instants après, il reprit de nouveau : « Voyez l'étendue de mon malheur, comment faire maintenant
pour fumer ma pipe; qui me la remplira de tabac,
me l'allumera et me la tendra? Non, il vaut mieux
mourir, que de rester couché sans bras ni jambes
et sans même pouvoir fumer sa pipe! »

Le médecin sortit alors son porte-cigares et en

alluma un qu'il mit entre les lèvres du malade. Il se
mit à fumer avec une expression de reconnaissance
et de plaisir et ses souffrances se calmèrent visiblement.

« Ne t'afflige point, bon et vrai fils de la patrie !
dit le médecin, Dieu et le Tzar ne t'abandonneront
point? » Le visage du malade rayonnait. Le médecin, en lui faisant ses adieux, lui promit de lui
envoyer des cigarettes.

Je me rendis ensuite dans la seconde division de la
caserne, où l'on entendait également les explosions
des bombes, des obus et des fusées ; les sœurs n'y
prêtaient aucune attention et continuaient à faire
déjeuner les malades. Soudain une bombe éclata
sur le toit de notre caserne et ses fragments s'épar-
pillèrent sur le toit ; un obus traversa le bâtiment
de trois étages et tomba entre deux lits ; il en
arracha une planche et atteignit profondément
ceux qui étaient couchés ; quatre d'entre eux
furent tués raides, et les morceaux de leurs corps
volèrent dans toutes les directions...

En arrivant chez moi, je trouvai le mur qui
longeait notre chambre traversé par une bombe ;
elle avait franchi les trois étages et, tombant dans
le sous-sol, qu'habitaient des femmes et des enfants,
y avait tué une femme et trois enfants ; en y
entrant, j'aperçus des fragments de bombes tout
autour et le sang des trois êtres innocents.

Ce que mon âme ressentit alors est inexplicable.
J'en partis pour secourir les pauvres blessés, pour

transporter plusieurs malades sur le fort Pavlovsky :
celui qui le pouvait partait tout seul ; ceux qui ne
pouvaient marcher étaient transportés sur des
brancards ou à bras d'hommes, je les accompagnais
tous jusqu'au petit cap Pavlovsky. Il fallait monter
une montagne escarpée que la pluie avait rendue
alors glissante. J'eus beaucoup de peine à arriver
jusqu'en haut ; tandis que je grimpais, les bombes
tombaient à chaque instant sur le flanc de la montagne ; il semblait que la boue bouillonnât sous la
grêle des obus et des bombes. Il fallait voir ce
tableau ! Quand les bombes tombaient dans l'eau,
une colonne d'eau se formait à la surface et jaillissait comme le jet d'une fontaine.

Bien que commençant à perdre mes forces et
n'en pouvant plus, je ne quittais cependant point
mes soldats, car il y avait encore à transporter
leurs lits et les matelas ; cependant les coups de feu
tonnaient toujours et frappaient dans toutes les
directions...

Quand tout fut fini, je ressentis une grande
fatigue, bientôt se déclara chez moi une fièvre
typhoïde et je dus rester alitée pendant six
semaines...

Il ne nous était plus possible de demeurer sur la
batterie Pavlovsky, tellement les bombes et les
obus y pleuvaient, aussi on nous transporta sur le
côté Nord, et je fus envoyée sur la montagne où
j'avais sous ma surveillance cent baraques destinées seulement aux soldats malades, et non aux

officiers. Mais comme beaucoup d'officiers, vu la
gravité de leurs blessures, ne pouvaient être
transportés jusqu'à Belbek, à une distance de
quatre verstes, on avait cru indispensable de
mettre à leur disposition provisoirement plusieurs
baraques. Bientôt on y amena deux officiers, le
prince Gortschakoff et le prince Gévakhoff; le lendemain ce fut Obiédovsky, du régiment Poltavsky.
D'après l'examen du médecin, il était nécessaire de
faire immédiatement, à deux d'entre eux, une grave
opération. A ce moment on m'apporta encore un
officier sur un brancard; n'ayant plus de baraques
libres, je le fis coucher dans la petite remise qui me
servait de dépôt.

Le 27 août, à quatre heures de l'après-midi, je
vaquais avec mes collègues à diverses occupations,
quand, tout à coup, nous fûmes frappées par le bruit
d'un craquement terrible, dont l'écho dura plusieurs minutes; c'etait la salve d'une frégate de
soixante canons. Immédiatement après, se déclara
un grand incendie, qui éclaira tout notre camp; on
commença alors à nous apporter tant de blessés
que mes dix collègues et moi eûmes à peine le
temps de les panser. Ils étaient couchés sur une
longueur d'une verste et demie, en plein air, l'un
à côté de l'autre et si serrés qu'il était difficile de
passer, et de plus, toutes les baraques étaient déjà
remplies de blessés.

Nous nous efforçâmes de satisfaire les malheureux dans la mesure du possible : tantôt nous

leur donnions à boire du thé brûlant, tantôt de
l'eau-de-vie... nous leur apportions de quoi manger et fumer, puis nous les couvrions de nattes
et de feutres. Après avoir fait le tour des blessés,
je retournai vers ma baraque où j'aperçus l'officier
Barteneff, blessé et couché sur un chariot ; il avait
la jambe [fracturée et une profonde blessure dans
le côté. Je le fis tout de suite coucher sur un lit dans
ma baraque où se trouvaient déjà quatre autres
officiers blessés. A ce moment même, on apporta le
capitaine en second, Mistschenko, qui gémissait
péniblement ; son vêtement était percé d'une balle
et le sang s'écoulait de la blessure. D'une voix
mourante, il me pria de venir à son secours. Une
balle l'avait atteint à la poitrine. J'envoyai chercher
le médecin, et, en attendant son arrivée, je le fis
coucher dans la baraque sur le lit d'une des sœurs.
Le médecin arriva de suite, et, après avoir examiné
ses blessures, déclara qu'elles étaient mortelles.
On le pansa. Il était pénible de regarder ce jeune
martyr, luttant contre la mort jusqu'à la dernière
minute.

Il commandait une compagnie ; ses soldats arrivèrent, se mirent à genoux devant lui et le prièrent
de leur donner sa bénédiction. D'une voix faible, il
les engagea à défendre la sainte patrie et à rester
fidèles et dévoués au Tzar, comme ils l'avaient été
jusque-là. Me regardant avec des yeux éteints, il
murmura : « J'ai une vieille mère ! »... Ce fut tout ce
qu'il put dire, et il ferma les yeux. Sa respiration

devint inégale. Quand je m'approchai de lui pour essuyer la sueur froide qui lui baignait le front, il était déjà glacé... J'examinai pendant quelques minutes son visage, tâtai son front et ses joues, son pouls ne battait plus ; devant moi gisait un cadavre déjà froid. Me tournant alors vers les soldats, qui étaient restés à genoux, je leur dis : « Mes amis, maintenant tâchez de montrer pour la dernière fois votre dévouement envers votre chef : enterrez-le comme il doit l'être ». Mais tous répondirent d'un commun accord : « Mais, sœur, il dort profondément, ne le réveille pas, laisse-lui reprendre un peu ses forces, voilà bientôt trois jours qu'il n'a pas fermé l'œil...

Ces braves gens ne voulaient point croire à la mort de leur chef bien aimé, et, comme les enfants, espéraient encore et toujours qu'il se réveillerait...

Combien amère et douloureuse fut leur espérance déçue !

MÉMOIRES DU MAJOR BEZOBRAZOFF

EXTRAITS DU JOURNAL D'UN SOUS-LIEUTENANT D'ARTILLERIE

Sur la proposition du maître général d'artillerie
qui engageait les officiers d'artillerie pour le service à Sébastopol, moi, Basil Vassilievitch Bezobrazoff, sous-lieutenant de la 8ᵉ batterie légère de
la 4ᵉ brigade d'artillerie à cheval, casernée en
1855 dans la ville de Proskouroff, après avoir
accepté, me suis rendu trois jours après en avoir
reçu la permission à mon poste sous les drapeaux.
Arrivé à Sébastopol, je fus désigné pour le 4ᵉ bas
tion. Après m'être présenté au commandant de la
2ᵉ section, le major-général Choultz, et au commandant d'artillerie, le capitaine de 1ʳᵉ classe
Mikrukoff, qui m'envoya au commandant du 4ᵉ bastion, le capitaine de 2ᵉ classe Zavodosky, je reçus
l'ordre de prendre immédiatement le commandement du bastion, devenu vacant par suite de la
mort du commandant et pour étudier de près la
position des batteries de l'ennemi.

Le quart au 4ᵉ bastion était le moment le plus
dur pour moi. Quand nous y étions quatre, les
vingt-quatre heures étaient divisées en quatre, ce
qui me faisait un quart de jour. Mais cela arrivait
rarement. Le plus souvent, on était obligé d'en
monter deux par jour à cause des pertes survenues
dans le corps des officiers. Ce service était fatigant
par cela seulement qu'il arrivait souvent de le faire
pendant la nuit. Quelquefois, on passait toute la
journée du lendemain dans un état d'abrutissement.
De plus, le danger permanent de la mort me mettait
dans un état de tension nerveuse anormale ; l'air
étouffant du bastion, toujours rempli d'un nuage de
fumée provenant de la canonnade ou de la poussière soulevée pendant le jour par les obus ennemis
qui éclataient près de nous et pendant la nuit par
les travaux sur les retranchements du bastion, tout
cela ébranlait tellement ma santé, que je commen-
çais à craindre d'être condamné à traîner mes jours
dans un hôpital quelconque au lieu d'accomplir de
hauts faits de guerre. Mais bientôt je m'y habituai
et je réussis à reconnaître la position ; le temps des
épreuves était passé, et l'on me confia la batterie
qui formait le flanc gauche de la face droite du
4ᵉ bastion.

Cette nomination m'a fait revivre et m'a rendu
heureux, car elle m'a relevé à mes propres yeux.
Enfin, me suis-je dit, moi aussi, j'occupe un des
premiers postes sur la scène dont le monde entier est
actuellement le spectateur, je suis commandant

d'une batterie de la première ligne de défense, éloigné de l'ennemi de quelques dizaines de mètres seulement ; le sort de la lutte contre lui est remis entre mes mains ; une partie de la défense du point le plus faible du 4ᵉ bastion m'est confiée. C'était justement le plus faible point puisque ma batterie, élevée sur un rocher, n'était même pas entourée d'un fossé. L'accès de ma batterie n'était entravé pour l'ennemi que par des herses qui couvraient tout l'espace en avant ; cette défense n'était pas certaine du tout, puisque la plus grande partie des planches, hérissées de clous, ont été mises en pièces par les obus de l'ennemi. Donc je tiens entre mes mains le sort de beaucoup de monde. Malgré mes vingt-deux ans, je suis commandant et il me semble parfois que c'est ma batterie, qui est le point de départ de la route qui mène jusqu'au bâton de maréchal.

Je me suis bientôt habitué à ma batterie, à ma petite armée qui était sa défense et sa population ; je me suis rapproché de mes voisins ; j'ai été traité avec égard par les chefs du bastion, les commandants des régiments d'infanterie : de Tobolsk, commandant colonel Zelieny, de Tomsk, commandant colonel Lidoff et ingénieur colonel Gardner, ensuite lieutenant-général attaché à S. A. le Grand-Duc Nicolas Nicolaïevitch.

C'étaient ces deux régiments de Tobolsk et de Tomsk qui étaient la garnison de notre flanc du bastion, et leurs commandants habitaient au bas-

tion et se trouvaient nos voisins. Bientôt je fus tellement habitué à la vie du bastion, à ses dangers et
à ses troubles, que non seulement mes sombres
pensées du début disparurent, mais que cette vie
même m'offrit un certain charme.

La lutte avec mon adversaire était un vrai plaisir pour moi. Je me suis battu avec lui plus souvent
que ne le faisaient mes camarades avec les leurs,
puisqu'il m'attaquait comme étant le plus faible, de
toutes ses forces, avec l'intention à ce qu'il paraissait, de m'anéantir à tout prix. Mais je ne trouvai
le véritable intérêt de la lutte que dans cette situation. Tout le monde était convaincu que je n'arri-
verais pas à résister. Mais pour moi il ne s'agissait
pas seulement de résister, mais de vaincre. Pendant
les fusillades avec l'ennemi, non pendant un bombardement, je me tenais comme au champ de manœuvres. C'est vrai, je ne répondais que par coups
isolés au feu bien nourri de l'ennemi, mais c'étaient
toujours des coups bien dirigés, puisque j'avais le
temps de les poursuivre ; j'ai pu voir les projectiles
tomber, et pouvant en apprécier par conséquent la
certitude j'en garantissais l'effet. Je suis en mesure
de le prouver en citant le fait suivant :

Un jour le colonel Gardner avait visité ma batterie pour s'informer des dommages causés par
l'ennemi et du nombre de sapeurs. En parlant de
l'effet de nos coups, je lui proposais de parier que le
premier projectile envoyé à l'ennemi tomberait dans
l'embrasure de la batterie. Le pari fut accepté,

je fais tirer et le projectile tombe justement au point
désigné. Admettons qu'il n'y ait eu là qu'un hasard
il vaut néanmoins la peine d'être mentionné.

Pour le bombardement c'était une toute autre
chose. La canonnade de l'ennemi me mettait dans un
état vraiment pitoyable, non par sa force et le grand
nombre d'obus qu'il m'envoyait puisqu'ils tombaient,
dans la plupart des cas, Dieu sait où, mais parce que
j'étais obligé de rester les bras croisés, sans pouvoir
viser, grâce à l'épaisse fumée et à une nuée de poussière qui couvraient le champ d'opérations en ca-
chant les points de mire, sauf au moment où ils
étaient éclairés par les décharges. Ici je ne pouvais
pas garantir la certitude des coups ; aussi ne voulant
pas dépenser inutilement les munitions dont le
transport aux bastions ne se faisait que très difficilement, je n'envoyais que très rarement des projectiles à l'ennemi, assez seulement pour qu'il ne
crût pas m'avoir imposé silence.

Comparativement à moi, l'ennemi était dans une
toute autre position; l'obscurité produite par la fumée
et la poussière ne l'empêchait pas de viser, quoique
ne pouvant point voir le point de mire, il soutenait
un feu très nourri dans cette supposition certaine
que chacun de ses coups arrivait au but, sinon sur
ma batterie du moins sur la ville qui était derrière.

Au bombardement qui précéda la prise de nos
redoutes avancées je fus contusionné à l'épaule. Dans
l'intervalle, entre les bombardements du 5 juin et
du 5 août, je fus légèrement blessé deux fois aux

jambes, notamment le 20 juin et le 6 juillet, et les deux fois par le fait de ma propre imprudence. En fréquentant l'état-major, où habitaient les colonels Zelieny et Lidoff, j'étais obligé, pour gagner du chemin, de traverser une terrasse car cela demandait trop de temps de suivre les tranchées et où, d'ailleurs, on étouffait.

Cette terrasse séparait mes blindages de ceux de l'état-major, et c'est lui principalement qui recevait tous les projectiles qui passaient au-dessus du parapet du bastion. Pendant ce temps, notre vie avait été très monotone ; tous nos jours avaient été occupés par la lutte avec l'ennemi. Mais peu à peu nous nous étions habitués à cette vie ; ses manifestations qui, au début, avaient frappé nos yeux et nos sentiments par leur grandeur, nous parurent à la fin très ordinaires, ayant perdu leur caractère grandiose. Nous nous étions tellement familiarisés avec cette vie que nous passions la plus grande partie de notre temps hors des blindages, sans faire attention au feu de l'ennemi. Nous nous croyions hors de tout danger surtout quand une des batteries, celle-là justement qui pouvait canonner le dos de notre batterie et qui a même quelquefois essayé de le faire, avait cessé le feu, en voyant que ses projectiles passant au-dessus de la batterie portaient dans les tranchées françaises. Étant à l'abri, grâce à cette circonstance, du tir en enfilade, j'avais installé au-dessous du parapet de ma batterie un petit banc et j'y passais tout le temps où j'étais libre à causer

avec mes hôtes ou à lire un livre; bien qu'un de
mes camarades ait eu une main emportée par un
éclat d'obus. N'ayant pas fait attention à cet aver-
tissement, je manquai d'en être sévèrement puni.

Une fois, je me fis apporter le thé, contre l'habitude, au blindage et non sur mon petit banc ; pendant que je prenais mon thé, le banc fut mis en
pièces par un éclat de bombe !

Voici quelques faits qui me sont arrivés pendant
mon service à Sébastopol :

1° Le 17 juin, je n'avais pas dormi de toute la
nuit et je me promenais le long de la batterie en
surveillant les travaux. Tout d'un coup, je me sens
frappé au côté gauche par quelque chose de massif,
mais je restais debout. Je me tâte le côté, je le sens
mouillé; je n'éprouve aucun mal à l'endroit frappé.
J'entre vivement au blindage, je regarde : toute ma
capote est ensanglantée; je me dis : probablement
la chair est emportée puisque je ne sens pas la blessure; je me déboutonne, tout est sec. Grâce à Dieu,
je suis sain et sauf. Je me rends avec une lanterne
à l'endroit ou je m'étais senti frappé : c'est un pied
d'homme tout en sang, que je vois par terre! Alors
je compris qu'un homme avait été mutilé par une
bombe éclatée et que j'avais été frappé par le pied
du malheureux.

2° Le 27 juin, à une heure du matin, nous étions
ensemble avec le commandant d'artillerie du bastion,
A. P. Spitzyne, dans mon petit blindage. Tout d'un
coup, nous entendons une bombe tomber sur les

marches d'en haut et les descendre une par une. Le
moment était critique, notre vie ne tenait qu'à un
fil. La bombe éclate subitement et un éclat assez
haut en est projeté vers nous et va frapper le mur
entre moi et Spitzyne. La secousse fut tellement
violente et agita tellement nos nerfs que nous ne
pûmes dormir de toute la nuit à cause d'un bourdon-
nement terrible dans la tête. Le lendemain matin,
nous sentions encore l'affluence de sang à la tête et
nous nous en fûmes aux casernes de Nicolas où l'on
nous posa des sangsues derrière les oreilles. Cela
nous soulagea, mais toujours est-il que nous
devînmes sourds, moi de l'oreille gauche, et A. P.
Spitzyne, de l'oreille droite, car je me trouvais près
du mur gauche du blindage, et Spitzyne près du
mur droit.

3° Mon blindage se trouvait près du sentier par
lequel les hommes montaient et descendaient inces-
samment de bastion à bastion, aussi se sauvèrent-
ils souvent dans mon blindage quand ils étaient
menacés par une bombe. Une bombe éclate une
fois pas très loin de nous et un éclat en est projeté
sous l'avant-toit de l'entrée du blindage. Là, plusieurs de ceux qui se sont abrités de la bombe ont
été tués et blessés ; un soldat a eu la tête emportée
comme par un rasoir.

4° Le 9 juillet, une bombe lancée par l'ennemi
mit le feu à la garniture extérieure du parapet de
ma batterie. Il était impossible de l'éteindre,
puisque la pompe qui était placée dans le fossé du

4° bastion ne portait pas jusqu'à ma batterie. Or,
devant ma batterie il n'y avait précisément pas de
fossé. Par conséquent celui qui aurait voulu éteindre
le feu aurait été obligé de sortir sur l'endroit découvert et aurait été ainsi le point de mire de l'ennemi. Mais ici comme partout ailleurs, le soldat
russe a montré qu'il était prêt à se sacrifier. Le
maître d'équipage de ma batterie s'introduisit dans
l'embrasure, sauta à terre et se mit à secouer le
gabion enflammé, pendant qu'une grêle de balles
sifflait autour de lui. Il se jeta à plat-ventre, puis
se levant en un clin-d'œil, il recommença à secouer
le gabion ; ce n'est qu'au troisième coup seulement
qu'il réussit à éteindre le feu, mais il en fut quitte
pour une légère blessure.

5° Le 15 juin, à l'occasion de la fête de mon père,
j'ai eu une petite réception dans mon blindage. Tout
d'un coup, j'entends une bombe tout près de là. Je
ferme la porte du blindage pour que la poussière
soulevée par la bombe n'entre pas dans la pièce et
je la tiens fermée avec la main, malgré l'opposition
de mes hôtes qui restaient dans l'obscurité, puisque
le blindage n'avait pas de fenêtre et que le jour
n'entrait que par la porte. Pendant ce temps là, la
bombe éclate et un petit éclat vient frapper la porte
avec une telle force que je tombe par terre, me
luxant le pouce de la main droite avec laquelle j'ap-
puyais sur la porte. Mais quoi qu'il en soit, si la
porte était restée ouverte, l'éclat eût été projeté dans
l'intérieur du blindage et eût atteint quelqu'un

9

d'entre nous, comme il avait tout à l'heure frappé
la porte. Parmi les hôtes qui m'avaient honoré de
leur visite se trouvaient : le colonel Zelieny, le
colonel Lidoff, le capitaine de l'état-major Vessel,
et l'attaché auprès du chef de la première et de la
deuxième section, le hussard Poustorosleff, qui
m'ont remercié de les avoir protégés.

6° Le même jour, vers quatre heures de l'après-
midi, je remarque que l'on se met à travailler à la
plus proche batterie ennemie, sur le champ je dirige
le feu contre elle; mais à peine ai-je fait tirer
quelques coups de canon, que la batterie de mortiers, dite la « Blanche » attaque la mienne et je
suis grièvement contusionné au côté gauche de la
poitrine par un éclat de bombe. On me transporta
aux casernes de Nicolas, où, une heure après, mes
hommes viennent me voir. Je fus profondément
touché par ces marques d'attention de la part de
mes subordonnés temporaires (c'étaient tous des
marins qui n'avaient rien à attendre de moi, — ils
étaient tous décorés de l'ordre de Saint-Georges).

7° Un jour qui ne s'effacera jamais de ma mémoire ! le 22 juillet, vers trois heures, la batterie
française la plus proche, composée de sept pièces,
ouvre le feu contre la nôtre et dès les premiers
coups, une de mes pièces est démontée, enfin,
il n'en restait plus que quatre sur quatorze !
Malgré des forces si inégales, le devoir et la
conscience ne me permettaient pas de m'écarter
du combat, d'autant plus qu'en démontant mes

pièces, l'ennemi m'avait piqué au vif; aussi je
décidai de lutter avec la dernière énergie, en
concentrant le feu sur la batterie composée, la
plus périlleuse pour moi. Elle était composée de
pièces d'un fort calibre et j'avais avant tout envie
de me venger d'elle. Je braquai moi-même les
canons contre l'ennemi. Notre feu était peu nourri,
mais terrible; presque chacun de nos coups portait
et un hasard heureux a voulu qu'ils portassent
presque tous dans l'embrasure, de sorte qu'en
deux heures et demie mon adversaire se tût, ayant
cinq pièces endommagées et deux autres comblées.

En apercevant la perte de son compagnon, mon
plus proche adversaire cessa le feu lui-même; moi
aussi je cessai le mien, ne voulant plus perdre
d'hommes : 15 sur ma petite batterie avaient déjà
été mis hors de combat dans cette courte lutte. Je
triomphai. Mon succès était évident et appréciable
pour tout le monde. La joie des hommes de ma batterie était à son comble. Le chef d'artillerie du bastion
vint s'informer des resultats de son attaque, et,
voyant mon brillant succès, il le fit savoir au chef
de la section, le major-général Schoultz, qui examina avec une longue vue les pertes de la batterie
ennemie, s'assura de sa ruine et me remercia en
disant que j'étais digne de la croix de Saint-Georges.
Aussi, en fit-il un rapport au chef de garnison. Le
lendemain, l'adjudant général comte Osten-Sacken,
se rendit à ma batterie, examina également les ruines
de la batterie ennemie, qui, pendant la nuit, n'avait

pas encore eu le temps de se rétablir, m'embrassa, m'appela, en me remerciant, un brave et capable artilleur. Le lendemain parut un rescrit ainsi conçu :

« J'exprime ma sincère reconnaissance au sous-lieutenant de la 8ᵉ batterie légère à cheval, Bezo-brazoff, qui, opérant pendant deux heures et demie d'abord avec 5 pièces et ensuite avec 4 contre des batteries ennemies à 7 pièces, et qui, n'ayant tiré en somme que 70 coups, a mis hors de combat 5 pièces ennemies, en faisant cesser le feu de l'ennemi et en lui imposant silence pour une longue durée, fait qui prouve les capacités de Bezobrazoff et l'exécution stricte des devoirs dont il était chargé.

« Comte, OSTEN-SACKEN. »

J'ai été ensuite décoré pour ce fait de l'ordre de Saint-Georges de 4ᵉ classe.

8° Au cinquième bombardement, je fus blessé à la tête par un éclat, qui blessa en même temps le sous-officier et tua le maître d'équipage. On me transporta au blindage où je passai quelques heures, jusqu'à ce que le feu ennemi fut calmé. En route pour les casernes de Nicolas, je sollicitai, comme une récompense, du commandant d'artillerie, de ne nommer personne à ma place jusqu'à ma complète guérison, espérant la regagner bientôt. Le lende-main, on m'amena à la côte du Nord, chez ma sœur Barbe Alabine, chez laquelle je restai jusqu'au 24 août. C'est ma sœur elle-même qui m'a soigné,

qui m'a pansé, qui m'a lavé ma blessure et qui a
veillé près de moi. Le 24 août, au point du jour, a
commencé le dernier bombardement de Sébastopol.
Pendant une demi-heure je contemplai sa violence.
A la fin, je ne pus plus rester spectateur étranger à
cette lutte terrible ; ma batterie opérait sans moi ;
elle présentait le point le plus faible, elle pouvait
être prise. J'avais demandé de ne nommer personne
à ma place, jusqu'à mon retour... Toutes ces
pensées me déchirèrent l'âme, et, malgré ma blessure, qui n'était pas encore guérie, je me rendis au
bastion, à travers une grêle de balles qui venaient
à ma rencontre. Épuisé par de vives émotions, dont
j'étais déjà déshabitué, affaibli par la maladie et la
chaleur suffocante qu'il faisait, c'est avec peine que
je me traînai jusqu'au blindage du chef de la section,
le major général Schoultz.

Je trouvais là le conseil auquel assistaient les
commandants des régiments de la 10ᵉ division.

Le général Schoultz me remercia devant tout le
monde pour la décision courageuse que j'avais prise
d'aller partager avec les camarades le danger dont
j'avais le droit de m'écarter. Apres m'être présenté
à mon commandant, je me rendis à ma batterie ; mes
hommes ne voulaient pas en croire leurs yeux et
me reçurent avec une joie exprimable.

Dans le feu et la fumée d'une canonnade inces-
sante, mes jours rentrèrent dans l'ancien ordre
auquel je m'étais habitué dès le début de ma vie de
bastion.

9° Le 27 août quand les Français attaquèrent la redoute de Schwarz, j'ouvris un feu roulant contre le flanc de la colonne des assaillants, aussitôt la plus proche batterie de 7 pièces me répondit par un feu bien nourri, qui causa beaucoup de dommages à la mienne. La partie supérieure du parapet de ma batterie fut mise en pièces par un des projectiles de l'ennemi, moi-même je fus enterré sous les sacs avec de la terre; cinq hommes furent tués et plusieurs autres blessés. Débarrassé des sacs et voyant les colonnes d'assaut se retirer, je dirigeai le feu de ma batterie contre mon adversaire le plus proche, décidé à ne pas cesser le feu avant d'avoir vengé les pertes essuyées. Mais la Providence en avait décidé tout autrement : bientôt nous reçûmes l'ordre de nous retirer à la côte du Nord !... Les bras m'en tombèrent! Il est difficile d'exprimer le sentiment douloureux avec lequel nous reçûmes cette nouvelle, d'autant plus que personne ne s'y attendait, après avoir repoussé avec tant de succès l'assaut de notre flanc. — A 11 heures du soir, après avoir encloué les canons et recueilli le matériel, je ramenai avec moi mes hommes qui quittèrent la batterie la tête penchée tristement et des larmes plein les yeux. Nous passâmes sur le pont, qui courba considérablement sous le poids des hommes et des pièces, de sorte que nous entrâmes dans l'eau jusqu'aux chevilles. Arrivé à la côte du Nord, je transmis le matériel à la batterie de Michel et j'amenai les hommes au fort du Nord.

Quelques jours après cette mémorable retraite, je reçus l'ordre de dresser une batterie sur les hauteurs entre les forts de Constantin et de Michel, de l'armer et d'en accepter le commandement. Je me mis immédiatement à l'œuvre. La batterie fut nommée « le numéro 17 », et je commençai à opérer sur tout l'espace compris entre les docks couverts et le fort Alexandre.

La batterie a soutenu un feu très fort pendant tout le bombardement de la côte gauche.

Le 8 octobre, arrivèrent les réserves de Koursk et de Jeletz. Il faut rendre justice aux aptitudes du soldat russe : deux semaines à peine s'étaient écoulées depuis l'arrivée des réservistes, et cependant ils étaient déjà devenus de braves artilleurs, au moins en pratique.

Le 3 novembre, à peine avais-je tiré, l'après-midi, deux coups de canon que j'aperçus par la fenêtre, près de la ville de Balaklava, un tourbillon épais de fumée qui, rougissant de plus en plus, finit par couvrir tout le ciel. Bientôt je sentis une trombe d'air si violente que je faillis tomber. C'était l'explosion du laboratoire ennemi où, d'après les on-dit, 50,000 poudes de poudre et quelques milliers de bombes venaient de sauter.

10 décembre. — Un brouillard épais au matin. Quand il se fut dissipé, on aperçut un trois-mâte anglais qui était entré dans la baie de Sébastopol; aussi le fort de Constantin ouvrit-il le feu contrs

lui ; ma batterie se mit à le soutenir et en un quart d'heure le navire fut incendié.

De cette manière, en passant notre temps en de petites fusillades, moi et mes hommes nous nous sommes reposés jusqu'à la conclusion de la paix, sur la batterie n° 17 que j'avais créée. Nous avons joui de l'air frais, du tableau merveilleux de la mer ouverte et sans limites et de l'inoubliable Sébastopol située au-dessous de mes bouches à feu.

MÉMOIRES D'UN COMBATTANT

DE SÉBASTOPOL

LE SERGENT-MAJOR DU RÉGIMENT D'INFANTERIE D'OUGLITCH,
LAZAR JEFRENOFF, EN RETRAITE

Depuis le 6 octobre 1854, j'étais à Sébastopol.
Notre régiment était placé derrière les ailes de
l'hôpital de Sébastopol. A ce moment-là on engageait
des volontaires ; la plus grande partie de notre régiment se présenta, mais le commandement supérieur
refusa de les accepter tous, puisqu'il était impossible
de les envoyer contre l'ennemi. On ne choisit que
les plus habiles et les plus courageux tireurs. Dans
notre position, nous n'étions pas protégés contre le
feu de l'ennemi et notre régiment fut déplacé et vint
camper derrière les bâtiments de la place du théâtre.
Un soldat qui traversa la place eut la tête emportée
par une bombe. Alors nous reçûmes l'ordre de nous
garder contre les projectiles ennemis. Quant à moi,
étant sergent-major, je me dirigeai chez l'adjudant
du régiment pour recevoir des ordres, quand une
bombe tomba à trois pas derrière moi, pendant
qu'elle franchissait l'air, je faisais attention à ce

qu'elle ne tombât pas sur moi, tantôt j'accélérais le pas, tantôt je m'arrêtais ; je me couchai immédiatement à plat-ventre, comme cela avait été ordonné par le commandant, c'est ainsi que je me sauvais ; la bombe éclata en faisant dans le sol un trou de près d'un archine de profondeur : les éclats de la bombe se dispersèrent et je demeurai sain et sauf.

Le 24 du même mois, notre régiment a pris part à la bataille qui a eu lieu sur les hauteurs d'Inkermann, près de Sébastopol. Pour nous préserver contre la mitraille qui faisait rage tout autour de nous, on nous a cachés derrière des prunelliers. Le chef du bataillon, capitaine Roussanof, couché près de moi fut blessé au front et la même balle alla se loger dans la tête du soldat Souchoff; le soldat fut tué sur le coup. Le capitaine a été aussitôt transporté à l'ambulance, suivi par son frère qui avait aussi été blessé; c'est moi qui restais à la tête du peloton et, malgré les nombreux coups tirés par nos ennemis, je ramassai promptement la quantité nécessaire de cartouches et les envoyai à mes tirailleurs. Dans cette affaire, nous nous sommes distingués, et j'ai reçu la croix de Saint-Georges.

En 1855, à Sébastopol, dans la nuit du 19 au 20 avril, la bataille dans les tranchées du bastion Schwarz fut tellement acharnée qu'elle s'est transformée en combat à l'arme blanche. Un soldat, Mourachtine, placé à mes côtés, a eu l'œil crevé par la baïonnette d'un Français, mais au même moment

ce Français fut blessé à mort par Mourachtine;
c'était encore plus que « œil pour œil, dent pour
dent ». Mourachtine, une fois guéri, a obtenu la
croix de Saint-Georges et le grade de sous-officier.
Beaucoup d'officiers ont reçu pour cette affaire des
croix et des épées.

Dans la nuit du 10 au 11 mai, on s'est battu de
nouveau à la même place; beaucoup des nôtres ont
été tués derrière les batteries; mais l'armée française
a eu beaucoup plus de morts. Pendant la première
journée, les morts restaient sur le champ de bataille,
malgré la grande chaleur. De nos batteries, on
voyait les blessés se remuer parmi les morts. Un
de nous, un soldat intrépide, plein de compassion
pour les blessés, remplit son bidon et le tenant
au-dessus de la tête et sans armes alla, avec la permission du chef, hors des batteries, du côté des
blessés; il revint après les avoir désaltérés; l'ennemi
n'a pas tiré sur lui.

Un peu plus tard, j'étais blessé à la jambe par un
éclat de bombe, malgré mes souffrances je n'allai
pas à l'ambulance; en récompense je reçus 5 roubles.
Quelque temps après, j'ai reçu au bras droit et à la
main de fortes contusions, néanmoins je ne suis pas
allé à l'hôpital. Par suite de cette contusion et de
l'œdème, la peau de ma main s'était gangrenée et
sur le moment j'en souffris beaucoup. Mais je tenais
à rester dans les rangs jusqu'à mon dernier souffle,

jusqu'au bout de mes forces. Aussi le chef du régiment, le colonel Popoff, m'en remercia-t-il plusieurs fois; il me donnait comme exemple. Au moment de ma retraite, il m'a donné un certificat d'excellents services.

Le 6 juin, on repoussa l'assaut sur les batteries du tertre de Malakoff; chaque homme de la garnison de Sébastopol reçut deux roubles de gratification ; comme on ramassait les cadavres, le cheval du général Khrouleff buta contre deux soldats tués; on vit bien que ce n'était pas des lâches : leurs mains crispées tenaient encore leur fusil, les baïonnettes avaient transpercé la poitrine de l'un, un Français, et de l'autre, un sous-officier de notre régiment, de Siewsk. Le général les remercia ; « Merci, mes enfants ! qu'importe que vous soyez morts, vous êtes des braves. »

Sur le mur de la batterie, près de la redoute de Schwarz, se tenait une vedette pour prévenir contre le danger des bombes le personnel qui travaillait tout autour ; il criait chaque fois : « Gare la bombe! » Mais il en tomba une juste auprès de lui; il n'eut pas le temps de se sauver et fut mis en pièces par les éclats. Pendant la nuit, un chasseur ramassa un bras arraché et l'apporta pour l'enterrer.

Un jour, notre régiment campait sur une place du marché. Il faisait chaud. Nous étions allés nous

baigner dans la baie, il y avait beaucoup de camarades de divers régiments. Voilà une bombe qui
tombe au milieu de nous et éclate dans l'eau qui se
met à bouillonner; personne heureusement ne fut
blessé. Il est quelquefois avantageux de prendre un
bain sous le feu de l'ennemi.

Après avoir fini notre garde, nous nous en allions
chacun à notre place sous les toits. Le soldat Ban-
nikoff enlevait ses bottes; au même moment sa
jambe fut cassée au-dessous du genou par un fragment de bombe qui avait éclaté sur le toit. Il ne faut
pas se déchausser à tort et à travers.

Dans un cabaret, onze personnes ont été blessées
par une bombe qui a éclaté dans le cabaret même;
la mort y pouvait être agréable mais pas très utile.

Les scribes de notre régiment occupaient les
appartements au-dessus des magasins de mercerie.
Une bombe est tombée dans ces appartements, a
traversé le parquet et a éclaté dans le magasin. Le
parquet fut mis en pièces, la marchandise jetée çà
et là, une grande glace brisée. J'ai encadré un morceau de cette glace, long de quatre centimètres, et
je le garde comme souvenir de la guerre de Sébastopol ; c'est un bel héritage.

Dans un établissement de bains, situé non loin de
notre camp, se trouvait une provision de balais secs;

tous ont été mis en flammes par une bombe. La nuit sombre a été tout à coup éclairée par les balais en feu. L'ennemi s'est mis alors à bombarder l'établissement et les balais, ce qui nous a fait grand plaisir.

En même temps, les coups de fusil de l'ennemi ont fait éclater un grand nombre de bombes et d'obus préparés dans notre laboratoire. C'était un craquement continu. Des étincelles s'élevaient en gerbes, une fumée noire s'en dégageait. L'ennemi nous bombardait avec acharnement; les bombes éclataient tout autour; c'était encore pire que les balais.

Une fois, nous avons tiré sur l'ennemi derrière les tranchées. Notre fantassin Kostscheef a eu les deux bras emportés par un éclat qui lui a enlevé aussi son fusil. Ce qui prouve qu'il ne faut pas, par conséquent, montrer son flanc à l'ennemi; du reste tout est possible.

Dans la cuisine de la 9ᵉ compagnie, une bombe a coupé le cuisinier en deux et cassé la marmite au stschi; ce jour-là, la compagnie fut privée de stschi et regretta beaucoup le défunt.

Pendant le dernier bombardement des 24, 25, 26 et 27 août, nous nous trouvions sur le bastion de la redoute Schwarz. Pendant l'attaque, un grand nombre d'ennemis furent faits prisonniers; nos bombes firent beaucoup de victimes parmi les ennemis ; le champ de bataille en était couvert.

Dans la nuit du 27 au 28 août, nous avons quitté la ville de Sébastopol sur un pont mobile. Sébastopol présentait un tableau saisissant : tout autour des explosions nombreuses faisaient des ravages indescriptibles. On se croyait à la fin du monde! Partout des flammes, des étincelles, la fumée et la poussière montaient vers les nuages. Adieu, Sébastopol chérie !

Notre régiment était campé près de la montagne de Mekensieff, le long de la petite rivière Tschernaïa. Tout d'un coup la terre est ébranlée par une explosion qui vient de se produire dans le camp ennemi. Nous sommes tous sortis de nos baraques pour apprendre ce qui était arrivé de si extraordinaire.

Notre commissionnsire Smirnoff racontait, qu'au moment où il achetait de la viande à Sébastopol, un bœuf attaché à l'abattoir au bord de la baie, se détacha, se jeta dans la baie et se mit à nager. Il gagna le rivage et commença à courir comme un enragé devant nos batteries. Les carabiniers tirèrent sur lui sans l'atteindre, enfin le bœuf disparut derrière un champ de Koulikoff. Il y a eu probablement quelqu'un qui a mangé de cette viande, mais ce ne fût pas nous.

C'était au début de la guerre de Crimée. La veille du 8 septembre 1844, nous nous préparions pour le premier combat sur la rivière de l'Alma ; on avait mis du linge propre. Le fantassin Satukoff avait mis des bottes neuves et des « portianki » (chaussettes russes) propres ; il les garda pendant deux mois et ne les ôta qu'au moment où il fallut ressemeler ses bottes. On fut obligé d'en couper les tiges ; on n'enleva les bottes que péniblement, tellement elles adhéraient aux pieds ; quant aux « portianki » ils ne faisaient qu'un avec la peau ; on mouilla la toile, et alors il fut possible de dérouler les bandes. Les pieds de Satukoff étaient en très bon état ; pourtant il est resté dans les rangs comme nous autres. Voilà l'importance d'une « portianka » bien enroulée et d'une botte solide. Prends-en note, infanterie ! Une bonne chaussure est la chose fondamentale, avec elle tu arriveras à tout.

En 1855, notre régiment campait dans les fortifications du côté nord de Sébastopol. Le premier jour de Pâques, en sortant de l'église après la messe, un obus a éclaté près de la sentinelle sans la blesser. Ce fait s'est passé en présence du maréchal Gortschakoff.

Un jour, nos soldats sont allés des fortifications du Nord à Sébastopol ; en rentrant ils nous ont raconté qu'ils avaient vu des petits-russiens venus pour emmener les blessés, qui s'étaient arrêtés sur le pré. Voilà une bombe qui tombe près d'eux sans éclater, seule une fumée épaisse s'en dégage ; les paysans s'approchent par curiosité pour voir ce qui se passe, à ce moment la bombe éclate, tue un paysan et en blesse deux. Nous regrettions ces curieux.

Le fait suivant nous est arrivé dans ces mêmes fortifications : dans un pavillon où étaient enfermés des prisonniers français et anglais, la blanchisseuse a fait rougir au feu quelques bombes pour lessiver le linge ; parmi ces bombes, s'en trouvait une qui nous avait été envoyée par l'ennemi et n'avait pas encore éclaté. Mise dans le poêle, elle éclate cette fois bien entendu ; le poêle est mis en pièces et les prisonniers en ont été quittes pour la peur. Nos soldats disaient aux prisonniers : « Voilà le cadeau que vous nous avez envoyé, et c'est vous-mêmes qui en profitez. »

Dans le combat du 19 au 20 avril, le sergent-major Oboukhof est tué par une balle et tombe à la renverse ; au même moment une moitié de son visage et le côté gauche de sa poitrine sont emportés par un éclat d'obus ; la croix de Saint-Georges, qui était fixée sur sa poitrine est projetée on ne sait où.

A Sébastopol, on pouvait voir un grand nombre d'engins des plus variés : des bombes, des obus, des boulets. Les uns éclataient dans l'air, les autres

10

se dirigeaient en ricochet, jetant des étincelles tout
autour comme une roue de feu; il y en avait qui
étaient en fer, troués de tous les côtés; un grand
nombre de balles arrivaient à chaque moment; elles
augmentaient surtout le matin et le soir, au moment
où on changeait les batteries. Elles parcouraient le
champ de Koulikoff dans toutes les directions, et
Sébastopol n'était pas épargnée. A chaque instant,
on voyait transporter des hommes tués ou blessés;
dans toutes les rues et ruelles de Sébastopol, on
ramassait les boulets et on les mettait en tas.

Voilà tout ce que je peux me rappeler; le temps
passe, coule comme un fleuve, en emportant tout, le
bien comme le mal. Mais je n'oublierai jamais ma
Sébastopol chérie; son souvenir m'accompagnera
jusqu'à la tombe.

LA 17e BRIGADE D'ARTILLERIE

SOUS SÉBASTOPOL

MÉMOIRES DE RASKASOFF, SOUS-OFFICIER D'ARTILLERIE
EN RETRAITE

Quand la 17e brigade d'artillerie reçut l'ordre de quitter la ville de Borowsk, gouvernement de Kalouga, et de se mettre en route par Serpoukhoff, Toula, etc..., les cadets de cette brigade furent obligés de quitter Moscou et de rejoindre leurs brigades à Serpoukhoff. J'étais de ce nombre avec le titre de bombardier de la troisième batterie. Le 26 novembre 1853, nous avons quitté les casernes de Spasse sous le commandement de Smirnoff, sous-officier d'artillerie de 2e classe. En route, selon notre désir commun, nous nous sommes arrêtés dans la chapelle de Notre-Dame d'Iwersk pour chanter un *Te Deum* et baiser la sainte icône.

A Serpoukhoff, nous nous sommes joints à nos batteries, et nous sommes partis en Crimée par Toula et Kharkoff. En passant, je veux dire quelques mots sur la manière dont nous étions reçus et reconduits par nos concitoyens. Il y en avait qui nous regardaient de travers; ce fait m'a beaucoup affligé, mais il peut être expliqué par le grand nombre de soldats qui traversaient le pays. Toutefois, la plupart étaient des gens de bon cœur, qui nous traitaient comme des parents avec des mots affables et nous servaient tout ce qu'ils avaient de mieux. C'étaient surtout les prêtres qui nous réjouissaient le plus et notamment ceux qui, la croix à la main, versaient de l'eau bénite sur les soldats qui allaient risquer leur vie pour leurs amis.

Je dois surtout mentionner l'archiprêtre de Charkoff; il nous a reçus, le 27 janvier 1854, au milieu de l'église, entouré des saintes images, la croix victorieuse à la main. En plein air, au son des cloches, au milieu des défenseurs de la patrie, l'archi-prêtre a chanté le *Te Deum*. Je ne veux rien dire sur le discours qu'il a fait : les larmes témoignaient de l'effet qu'il produisait. L'archiprêtre a donné sa bénédiction, du pain et des saintes images à tous les soldats, et nous a congédiés en paix.

Pendant la longue campagne de Crimée, il m'est arrivé un fait extraordinaire qui servira peut-être de ligne de conduite aux autres; il s'est gravé dans ma mémoire et m'a appris à être exact et infaillible dans l'exécution de mon devoir; il m'a aussi démontré, ce qui est l'important, combien Dieu est miséricordieux et proche pour tous ceux qui l'implorent.

C'était pendant la marche du 30 décembre 1853. La journée était à la neige et à la tourmente, le

froid très vif, le chasse-neige épouvantable. Il nous
fallait faire 25 verstes de la station Gostomlia jusqu'à la station Kotomki, gouvernement d'Orel. La
batterie eut grand'peine à parcourir cette distance.
Presque tous les hommes étaient complétement
gelés, chez l'un c'étaient les bras, chez l'autre les
pieds qui souffraient du froid excessif, même
MM. les officiers n'étaient pas épargnés. Aussitôt
arrivés, il fallait selon l'habitude, arranger d'abord
les canons. Sur la place, désignée pour le parc, la
neige formait une couche épaisse et il fallait pas
mal de temps pour l'enlever. Quant à moi, j'entrai
sans faire halte, dans l'isbah pour me réchauffer,
avec l'intention de ne pas prendre part cette fois-ci
à l'arrangement de l'artillerie, et décidé à me
reposer pendant ce temps; après, me disais-je,
j'irai avec tout le monde dans les villages voisins.
A cause du manque de place, tous n'ont pas pu
rester à cet endroit et nous fûmes obligés de camper
à 3 verstes du parc. Il est vrai que j'étais très
fatigué par la neige épaisse et que j'étais arrivé
avec beaucoup de peine, bien que m'appuyant
tout le temps sur l'affût; mais les autres n'étaient
pas moins fatigués ! Après m'être reposé un peu, je
quittai l'isbah. Tous les soldats, l'artillerie une fois
en ordre, s'étaient déjà dispersés dans les villages.
Le chasse-neige continuait, le froid devenait plus
intense. Cela ne fait rien, me dis-je, maintenant je
me suis reposé et je pourrai faire mon chemin tout
seul. En route, je rattrapai un ouvrier de notre

batterie qui était resté en arrière; nous allâmes ensemble en bavardant. Mais peu à peu mon compagnon de voyage me devançait, je le suivais, mais il avançait toujours. En vain j'essayai de marcher le plus vite possible, mes jambes ne me portaient plus, elles étaient comme brisées au niveau des genoux et je ne pouvais plus bouger. Que faire? Le tourbillon de neige me couvrait peu à peu. Je vis alors, que j'allais périr par la gelée, car je n'apercevais personne ni devant ni derrière moi et le chemin était entièrement couvert de neige. A ce moment, je me rappelai mon procédé infâme à l'égard de mes camarades, mon départ de Moscou, les adieux que j'avais faits à Notre-Dame. Je commençai à crier comme un lépreux : Mon Dieu, je sais que je suis un misérable; mais tu es bon! Ne me laisse pas périr ici; mieux vaut que ce soit par le fait des balles ennemies au milieu d'un combat; tandis que cette mort honteuse n'affligera pas seulement que moi... Les larmes de repentir coulaient sur les joues du pécheur enfoui dans la neige jusqu'à la ceinture. Eh bien, le secours du Tout-Clément n'a pas tardé ! Je me suis levé et mis en route. Je ne sentais plus la fatigue et j'avançai comme si je n'avais pas été en marche depuis le commencement de la journée. Enfin, j'étais au milieu des camarades auxquels je racontai sincèrement tout ce qui m'était arrivé.

Le 24 octobre 1854. — A cette date, notre batterie était au pied de la montagne, jusqu'à 8 heures du

matin, quand après avoir traversé le pont d'Inkermann, nous montions très lentement les hauteurs, les
projectiles ennemis nous saluaient déjà et le combat
battait son plein. Bientôt, on rencontrait en route de
nombreux blessés, en outre un général commandant, de je ne sais plus quelle division, mortellement
blessé. Tout cela m'excitait beaucoup. Un de mes
camarades, attaché avec moi au même canon, Victor
Velikanoff, a attiré notre attention par sa profonde
tristesse. A ma question : « Pourquoi es-tu si
triste ? » il a répondu : « Je serai tué ! Quant à moi,
cela ne me fait rien, mais pendant mon congé je me
suis brouillé avec mon père, et cela me tourmente
beaucoup ». Je le consolai tant que je pus en lui
disant, que s'il était tué il mourrait pour la patrie
et recevrait la couronne du martyre ; « pour ce
qui concerne ton père, sois convaincu, que dans le
cas où tu serais mort, je lui écrirais et que j'implo-
rerais ton pardon ». Velikanoff s'est tranquillisé un
peu et m'a prié de remplir ma promesse. Pendant
ce temps, la batterie s'approchait du champ de
bataille ; une balle ennemie avait déjà réussi à
blesser le sous-officier Ounkowsky. Enfin, sous une
pluie de projectiles ennemis, notre batterie a occupé
la position et commençait à tirer. Ayant à peine
tiré sept fois, mon camarade Velikanoff reçut une
balle dans la région du cœur. Le malheureux est
resté debout pendant quelque temps, courbé en deux
et appliquant sa main sur la plaie, enfin il est tombé,
en demandant de l'eau ; on l'a emporté. Quelques

minutes plus tard, j'ai appris que Victor Velikanoff était mort. C'était une mort digne d'un brave soldat. Nous le regrettions tous parce qu'il était pour nous l'exemple de l'obéissance et de l'accomplissement du devoir. J'ai rempli pieusement la promesse que je lui avais faite avant la bataille.

Parmi les autres victimes de cette journée, je me rappelle surtout le canonnier A. Nowikoff. Une balle l'atteignit dans l'épaule, traversa la capote, la chemise et s'arrêta dans l'humérus. Cet accident ne lui a pas fait peur; il haussa les épaules, retira la balle de la plaie, la jeta devant la batterie et dit en riant : « Reprenez-là, nous n'avons pas besoin de cela ! » J'ai eu peur de perdre encore un camarade et je lui ai conseillé de faire panser sa plaie. Mais il m'a répondu : « Je ne lâcherai pas le canon, à moins que de perdre mes jambes et alors on m'emportera, mais moi je ne m'en irai pas ». Et il est resté près du canon jusqu'à la fin du combat, remplissant son devoir de la plus belle façon. Nowikoff a reçu le grade de canonnier en chef.

Un autre canonnier V. Lobareff a reçu une balle dans le genou. Il s'efforçait de cacher sa douleur devant les camarades et restait, quoique courbé en deux, près de son canon. Enfin notre brave commandant de la division, le lieutenant Andreef a réussi à convaincre Lobareff à se faire soigner. Le pauvre diable a abandonné son canon, les yeux pleins de larmes. Le colonel Sorokine, chef de la batterie a voulu donner à Lobareff le grade de sous-

officier d'artillerie pour cet acte de bravoure et de
zèle, mais Lobareff, dans sa modestie, a refusé cet
avancement.

Le 18 décembre 1854. — Le bombardier V. Lobareff, blessé au genou, est venu pour reprendre son
poste; nous lui conseillons de rester tranquille pour ne
pas raviver la plaie; mais Lobareff a répondu qu'il
préférait mourir plutôt que de rester les mains dans
les poches pendant le combat. C'était au moment où
l'ennemi attaquait en très grand nombre le petit
détachement de Tschergounsk, notamment notre
peloton n° 4 commandé par le brave lieutenant
Andreef. (Les autres pelotons de la batterie se trouvaient à droite à une grande distance). Le çanon
n° 8 a plusieurs fois forcé la cavalerie ennemie à se
retirer, son embrasure étant détruite. Mais quand
les bombes et les obus ennemis ont commencé à
tomber sur nous drus comme la grêle, par ordre du
chef de détachement, le général Kiriakoff, nous
nous sommes retirés, accompagnés par la même
grêle de projectiles ennemis. Mais, chose étonnante,
nous n'avons alors perdu qu'un seul cheval. C'est
avec plein droit que nous pouvions nous écrier :
« Sachez tous que Dieu est avec nous ! »

4 août 1855. — Avant le 4 août, j'ai quitté ma
brigade. J'étais attaché avec les autres sous-officiers
de l'artillerie — j'ai reçu ce grade pour ma conduite
dans le combat du 24 octobre — à la batterie n° 1 de
la 16e brigade d'artillerie, où il manquait des sous-
officiers. La batterie était commandée par le brave

lieutenant-colonel Kondratieff. Dans la journée du
4 août, nous avons détruit trois batteries ennemies,
l'une après l'autre, tandis que notre batterie, malgré
les projectiles qui venaient de tous les côtés, n'a
perdu qu'un seul sous-officier, Kostiouk, blessé à la
jambe. Je veux dire quelques mots de ce dernier :
le sous-officier Kostiouk était dans le premier
peloton de cette batterie; il faisait son service avec
zèle, était aimé par ses camarades et considéré par
son chef. Mais les plus sages sont sujets à faillir!
Du reste j'écris ces lignes non pour le blâmer, mais
plutôt pour l'édification de nous autres. Autant que
je puis me souvenir, le sergent-major de cette batterie, Kisseleff, m'a communiqué les faits suivants :
Quand la batterie se préparait pour le combat du
13 octobre 1854, Kostiouk s'était fait porter malade
et était resté aux bagages sans prendre part à la
bataille. Plus tard, quand la batterie se préparait à
la grande sortie du 24 octobre, Kostiouk avait
obtenu encore une fois la permission de rester aux
bagages. Il s'était donc encore retiré d'un combat.
Voilà enfin le 4 août 1855. Le sergent-major Kisseleff était très malade et Kostiouk, le plus ancien des
sous-officiers de la batterie, le remplaçait. Il lui a
bien fallu alors prendre part au combat. Un obus,
lancé par l'ennemi, tombé près du peloton n° 4, roulait lentement jusqu'à Kostiouk, qui était dans le
premier peloton; il y éclatait en lui brisant le pied.
Le malheureux se mit à hurler. Nous le regrettions.
Je lui ai donné ma bande pour faire un pansement.

Alors j'ai entendu le chef de la brigade dire au blessé : « Voilà, cher Kostiouk, tu as eu beau te cacher, mais on ne peut pas éviter ce qui est écrit à l'avance ». On lui a coupé le pied ; la plaie ne guérissant pas, on fut obligé de faire une seconde amputation, ce qui a évidemment soulagé le malheureux. Il faut voir dans ce fait la haute justice du Tout-Puissant : Kostiouk a échappé à deux combats et deux fois on lui a coupé la jambe.

LA DÉFENSE DE SEBASTOPOL

PAR GOLOVATY, CAPITAINE EN RETRAITE

Le 1er avril 1855, par ordre supérieur, notre régiment, le régiment de Krementchoug, faisant partie de la 8e division de l'armée active, arriva après la prise de Silistrie, dans la partie nord de la Crimée. Il y séjourna jusqu'au 11 du même mois. La flotte ennemie, pareille à une forêt, entourait Sébastopol. Plus d'une fois, nous avons vu la tempête se déchaîner; près de la ville d'Eupatoria j'ai vu sept navires brisés, d'autres encore ont coulé, deux se trouvaient échoués sur un bas-fond : la nature elle-même travaillait à notre profit.

De temps en temps, les Français faisaient des manœuvres sur l'eau, tiraient des coups de canon pour nous menacer et ornaient leurs navires de drapeaux, en vue de nous attaquer, tout en procurant des distractions aux troupes. Souvent leurs navires s'approchaient de Khersonèse et tiraient des salves ; les ennemis auraient bien voulu entrer dans la rade, mais les deux batteries : celle de Nicolas et celle de Constantin, les menaçaient, en même temps que les navires coulés formaient aussi un obstacle pour eux. Souvent l'ennemi lançait des fusées vers la batterie Constantin qui lui répondait si bien que la flotte française se trouvait forcée de gagner le large.

Le 11 avril, nous avons reçu l'ordre de nous transporter au sud de Sébastopol. Les soldats ne se possédaient plus de joie : « Depuis la prise de Silistrie, disaient-ils, nous sommes habitués à nous battre et nous marcherons contre les alliés pour le Tzar et la patrie ! » On nous a transportés à bord du navire *Saint-Vladimir*. Aussitôt débarqués, on nous a assigné nos positions pour nous envoyer de là aux travaux de fortification.

Le soir du 13 avril, les régiments de Krement-choug et de Poltava furent désignés pour travailler la nuit sur le tertre de Malakoff. L'ennemi connaissait l'heure où les régiments se relevaient pour les travaux et nous recevait toujours par un feu de carabine nourri, des bombes, des obus, des boulets et des fusées, de sorte que la terre tremblait et que le ciel paraissait incendié. Mais aucune force n'était capable de nous intimider ; elle ne faisait, au contraire, que nous irriter et nous exaspérer, chacun de nous était prêt à combattre à lui seul cent ennemis. Nous allions aux travaux en chantant, la pipe à la bouche, le chapeau sur le côté, un sac derrière les épaules. La moitié de nous travaillait, tandis que l'autre, tout armée, gardait les bastions.

Nos vedettes étaient, sur toute la ligne de défense,

d'anciens matelots, garçons résolus ; ils nous aver-
tissaient de l'arrivée d'une bombe ou d'un « hérissé »,
comme ils appelaient les obus. Dans le cas d'une
attaque, tout le monde abandonnait son travail
pour repousser l'ennemi, et on s'en acquittait très
bien, même contre des forces doubles. Les Français
marchaient dans la nuit en colonnes serrées en vue
de faire une attaque, mais cette attaque ne leur
réussissait jamais. Cette nuit-là, l'ennemi nous
bombarda fortement et ce bombardement ne cessa
qu'à l'aube. Les blessés étaient emportés à l'ambulance Paulowsky. Notre artillerie grondait; elle
couvrait les évolutions des régiments qui se remplaçaient les uns les autres : les travaux allaient
leur train. Les officiers de génie, sous la conduite
du général-adjudant Totleben, travaillaient comme
des fourmis, malgré de grandes pertes d'hommes.
Chacun de nous était décidé à se sacrifier pour la
patrie.

Je ne peux pas m'abstenir de citer la sortie d'un
matelot. Il gardait une pièce d'artillerie, lorsque
devant lui une bombe éclata, emportant la jambe
d'un soldat de la 5e compagnie, celle qui portait le
drapeau et était placée sous mon commandement.
Le matelot prit dans ses mains la jambe du tué,
chaussée d'une botte et cria fortement, s'adressant
aux soldats : « Qui donc d'entre vous a perdu sa
jambe? » Un rire général se fit entendre. Mais à
l'instant même lui aussi fut touché : un obus lui
arracha une jambe, et déjà on l'emportait sur un

bancard. Il était pâle, mais ferme, sans gémir et sans crier. Les soldats répondaient à sa plaisanterie par une autre : « Prends maintenant les deux jambes à la fois », disaient-ils.

Tous les jours les troupes étaient en éveil, dans l'attente d'une attaque. Une grande prudence était observée sur toute la ligne. L'ennemi faisait des sorties sur différents points pour produire une fausse alerte, mais ne pouvait aucunement pénétrer dans Sébastopol, étant partout repoussé avec de grandes pertes.

A certaines époques, il arrivait qu'il était impossible de trouver un biscuit, la soif aussi nous tourmentait. Pendant la chaleur, quelquefois on n'avait pas le temps d'emporter les blessés ; les corps des tués étaient empilés comme des morceaux de bois scié.

L'atmosphère était affreuse ; souvent on s'endormait la tête appuyée sur un cadavre. Il est impossible d'oublier le spectacle qui s'offrait lorsqu'on regardait vers le nord, du haut de la ville : on voyait creuser des fosses pour les héros tombés, et enterrer, au son de la musique et avec des chants funèbres, le général, son état-major et les officiers supérieurs, couchés dans des cercueils roses.

Les batteries du nord faisaient beaucoup de tort à l'ennemi par leur feu plongeant, aussi les Français recevaient-ils avec peine nos présents russes. Et cependant, nos armes étaient d'ancien système et les bataillons de tirailleurs étaient seuls armés.

Si nous avions eu les armes actuelles, cinq armées françaises pouvaient venir attaquer Sébastopol, elles n'auraient jamais réussi. Mais en raison de l'étendue de l'action, le nombre de nos mortiers était insuffisant ; quant aux fusées, on n'en jetait pas du tout. Les mortiers auraient pu nous aider par leur feu plongeant, dirigé contre les tranchées des Français et jamais l'ennemi ne serait arrivé jusqu'à nous aussi vite. Et pendant ce temps notre hiver serait arrivé, cet hiver bienfaisant pour nous, mais funeste pour les Français, et les affaires auraient pu prendre une autre tournure.

Les pièces de nos navires gisaient pêle-mêle près de la rade, les armes blanches étaient jetées inutilement dans le faubourg Karabelny, tandis que dans les bastions on n'en apportait que peu, un nombre limité seulement. Plus d'une fois il m'est arrivé, dans la batterie de Paris, d'aller avec mes hommes pendant la nuit pour prendre dans la rade les pièces destinées à remplacer celles qui étaient hors de service. Nous étions obligés de les monter le long des talus raides et de les placer dans les créneaux, sous un feu infernal, et combien d'hommes avons-nous perdus ainsi ! Il aurait fallu le faire à l'aide d'une machine, tandis que, faite avec les mains, cette besogne causait beaucoup d'ennuis et était considérablement ralentie. Cependant, le temps s'écoulait, l'ennemi ne cessait pas sa canonnade, et nous gardions toujours nos armes pour une circonstance plus grave, tandis qu'il fallait les employer tout de suite, car nous en avions en abondance. Il fallait répondre avec beaucoup plus de force, pour affaiblir les Français d'un coup et détruire leurs tranchées et leurs remparts.

Les batteries de Volyn et de Selenguinsk commandaient les positions; les Français dirigeaient de la hauteur le feu sur le 1er et le 2e bastion; le feu le plus nourri venait de la batterie Victoria d'où l'on lançait vers le nord des fusées et des obus plongeants qui, pourtant ne faisaient pas grand mal. Nos travaux s'avançaient assez bien; les créneaux, criblés pendant le jour, étaient réparés pendant la nuit. Les Français ouvraient toujours un feu très nourri pendant la nuit. Il m'est arrivé un jour d'être envoyé au poste d'observation à Kilen-Salke; les Français ont ouvert le feu, j'ai commandé à ma compagnie de faire un feu de salve et de s'unir aux forces de la garnison. Le feu a été fort: les Français étaient occupés cette nuit-là à établir une batterie et la couvraient de leurs colonnes.

Au premier bastion se trouvait la batterie de Paris, sous le commandement de Pereliechine, capitaine du navire *Paris*. Cette batterie était très bien armée. L'ennemi la bombardait impitoyablement des batteries de Volyn, de Selenguinsk et de Victoria; une poudrière était installée au sommet de la montagne et il était impossible de passer par là, à cause du feu continuel. Le magasin était menacé d'explosion, mais on le réparait jour et nuit

11

malgré tout. Lorsque les nouvelles troupes eurent relevé les régiments du bastion, on a reçu l'ordre de se diriger vers la rade, dans les tunnels qui, autrefois, étaient comblés et que le prince Ouroussoff, commandant de la 8e division d'infanterie, a découvert alors pour que les hommes y fussent à l'abri. Les bombes et les obus cabriolaient comme des moutons le long des talus ; les balles bourdonnaient comme des abeilles sur des tons variés. Du haut des mâts de leurs navires, les Français faisaient des signaux dans notre direction avec des plaquettes de mica ou des miroirs, et lorsque le reflet arrivait jusqu'à nous, aveuglant comme le soleil, des bombes innombrables se mettaient à tomber et une fusillade impitoyable commençait.

On nous avait remplacés et nous nous disposions à descendre vers la rade, mais notre mouvement a été aperçu par l'ennemi qui a ouvert le feu. Nous nous approchions de la poudrière. Sept bombes y étaient tombées. « Couchez-vous », criai-je à mes hommes. Pendant ce temps le général-lieutenant Khrouleff, notre courageux chef, notre camarade et ami, et avec lui Osten-Sacken, le comte Worontzoff et son état-major, visitaient notre ligne de défense. Des bombes éclataient devant eux, les soldats se jetaient vers la poudrière pour la réparer ; on s'est mis à courir sous la fusillade le long de la pente vers le tunnel, en plaisantant, on disait, en riant, que les balles savent nous faire courir, on se racontait des histoires gaies, on se demandait ce qu'il y aurait demain. Le soir, l'ordre est venu d'aller dès le matin au travail à la redoute de Kamtchatka. Les troupes sont allées vers des points différents. Il est impossible de s'imaginer un feu aussi nourri que celui qui nous a poursuivis pendant ce mouvement. Une large tranchée était nécessaire pour nous permettre de passer. Nous étions descendus du premier bastion vers les deuxièmes bataillons des régiments de Krementchoug, de Poltava et autres, en avant de la redoute de Kamtchatka, en nous dirigeant vers les abris. Une forte pluie se mit à tomber en ce moment. Pendant une journée entière nous devions rester dans l'eau jusqu'aux genoux sous un bombardement affreux ; une bombe descendait quelquefois le talus et arrivait vers nous, pour « mourir » dans les abris. « Ce n'est pas tous les jours fête, » disaient les soldats en plaisantant sur son compte.

L'ennemi se disposait à nous attaquer et s'approchait de nous en colonnes ; à gauche des abris se trouvaient les fougasses et près d'elles le poste d'observation. Nos colonnes attendaient les Français. Les scaphandriers nous ont prévenus et la redoute de Kamtchatka a tiré sur l'ennemi jusqu'à l'aube. Au lever du soleil nous sommes arrivés sur nos positions, dans le faubourg Karabelny. Après le dîner, des hommes, par ordre supérieur, sont allés avec moi se laver et laver leur linge. Le soldat russe est en même temps guerrier, ménagère et blanchisseuse. Cela se passait près du magasin de réserve. En descendant vers le rivage, j'ai aperçu un grand canon de bronze, visiblement un canon turc. C'était une pièce de gros calibre, d'une beauté de travail remarquable. On y voyait des ornements coulés figurant le croissant, exécutés avec beaucoup d'art. Si j'avais eu les moyens nécessaires, je l'aurai transférée sur le côté nord de Sébastspol. Mon cœur battait fortement et je pensais : Mon Dieu, comment se fait-il que ce trophée, acquis au prix du sang russe, ne puisse être transporté au nord de la ville pour être conservé comme une rareté ! Cette pièce a été probablement prise à Sinope ou pendant la bataille de Navarin et il serait dommage de la laisser aux mains des Français. Peut-être, diront-ils, pensais-je, que c'est par leur courage à eux seuls qu'ils l'ont prise aux navires ennemis. Le prince Ouroussoff, chef de la 8ᵉ division d'infanterie, se trouvant dans le poste caserne de la ligne de défense gauche, me demanda et me dit : « Voici la croix de Sainte-Anne de 2ᵉ classe, surmontée de glaives; prenez vos hommes de l'escorte avec vous et portez cette croix au capitaine Ribentzoff du 2ᵉ bastion; décorez-le, en le félicitant pour sa bravoure de ma part, et priez-le de venir vers moi. » J'ai rempli l'ordre. Sur notre chemin, une bombe tomba devant nous; nous attendions qu'elle éclatât; tout d'un coup, un fracas retentit, ma bélière se rompit et je restai ébahi. Le comte Ouroussoff félicita le capitaine Ribentzoff. Bientôt après, ce dernier fut gravement blessé et quitta les rangs, et à sa place fut nommé le capitaine Wackausen.

On était au 6 mai. Les Français se jetèrent de bonne heure, à l'aurore, à l'assaut de toute la ligne ; le soleil n'était pas encore levé, lorsque le sang coulait à flots ; mais notre brave général Khrouleff et tous ses compagnons ont laissé sur le champ de bataille 12,000 Anglais et Français. Les héros de Sébastopol, poussaient des cris de « Vive la Russie, vive le Tzar russe ! »

Il était touchant d'entendre les soldats, qui priaient qu'on leur donnât la permission de se jeter des bastions à la poursuite des Français. Deux jours après, a été conclu l'armistice ; des pavillons blancs ont été arborés. Les Français portant leurs demi-cuirasses, sauf quelques-uns, restaient à moitié dans les tranchées et regardaient emporter les corps des deux côtés. Nos généraux observaient et ne permettaient pas d'examiner Sébastopol avec des longues-vues ni des jumelles. Tout s'est tu. Mais une fois les corps mis dans les tombes, les drapeaux enlevés, nos boulets volent vers les hôtes désagréables ; la bataille recommence et l'amitié est oubliée.

Les Français, battus dans la nuit du 11 au 12 mai, ont fait une attaque très énergique entre le 5e et le 6e bastion ; la bataille dura toute la nuit ; nos autres renforts étaient prêts à se mêler au combat à tout instant. Les Français tentaient de nous donner l'assaut. Au lever du soleil, ils se cachèrent dans des casemates de matelots et firent du feu. Le général Khrouleff prit la compagnie du régiment de Moguilew et ordonna de combler les casemates ; les

Français, jugeant la situation dangereuse, les abandonnèrent; nos troupes les atteignirent et en firent
une quantité considérable prisonniers, après leur
avoir enlevé leurs armes. Nos soldats se tenaient
les côtes en disant que le Français n'a pas voulu
qu'on l'ensevelisse vivant et a préféré fuir! D'autres
Français ont été ensevelis et nos soldats montraient
tant de zèle qu'ils se battaient pour ne plus avoir à
faire de ce côté.

Le chef de la division, le comte Ouroussoff, m'a
nommé avec ma compagnie dans la batterie à mortier, pour couvrir la redoute de Kamtchatka; j'y
suis resté dix jours avec ma compagnie; on n'avait
pas une minute de libre; le feu des mortiers a
détruit le 2ᵉ bastion jusqu'à sa base. Que de difficultés on avait à travailler et à se défendre jour et
nuit? Lorsqu'on nous envoyait de l'eau, c'est à peine
si un tonneau sur dix nous arrivait; lorsqu'on
emportait les cadavres et les blessés, une bombe
faisait souvent sauter tout le monde, comme j'en ai
été témoin une fois. Des batteries étaient détruites,
des forteresses brûlaient; il se repandait une chaleur et une poussière insupportables, une fumée
gris-jaune, composée de soufre et de poudre.
Lorsqu'une bombe éclatait, la fumée s'élevait difficilement au-dessus du sol; lorsque celle-ci pénétrait
ensuite dans la gorge, il devenait très pénible de
respirer. Nos soldats disaient: « Quel païen! il a
mis du tabac dans sa poudre et voilà qu'elle nous
étouffe! »

Il était deux heures de l'après-midi, quand arriva à pied, sans être attendu, notre cher prince Gortchakoff à notre 2ᵉ bastion; nous étions en chemise, mais il nous dit : « Ne vous dérangez pas, messieurs; eh bien, comment allez-vous par ici? » Nous répondîmes : « Tout doucement, Dieu merci, Votre Excellence! »

« Eh bien, montrez-moi si les Français sont loin de la batterie, dit-il » et s'approchant des pièces, il monta sur un canon et prit la longue-vue. En regardant, il marqua sur son plan; puis il demanda à boire et dit : « Adieu, messieurs; que Dieu vous vienne en aide, battez-vous bravement. Quant à moi, je ne vous oublierai pas, je ferai sur votre héroïsme un rapport à l'Empereur! ». Il partit ensuite avec un convoi, sous un affreux feu d'enfer. Il faut croire que les Français l'avaient remarqué sans l'avoir reconnu, car il se produisit une véritable grêle de balles. Le prince nous a comme ranimés, nous et nos soldats. Les soldats se mirent immédiatement à dire : « Voyez-vous quels sont nos généraux; ils ne craignent rien, vont sans fusil et se moquent de tout le monde. Pensez donc, le prince Gortchakoff en personne est venu à nous; que Dieu le garde! Que devons-nous faire, nous, si lui ne se ménage pas? » Et ainsi de suite, ils commencèrent des contes et des récits. « Comment, disait-on, le prince Gortchakoff est venu nous demander comment nous sommes logés! »

De nouveau, nous nous mîmes à fortifier; on éle-

vait des remparts pour affaiblir l'effet du feu. Le
1ᵉʳ bastion de bandière, au-dessous du rempart de la
batterie à mortiers, avait été occupé par le régiment
des chasseurs de Zamaisky, qui s'était blotti derrière
un rempart tout au long. Derrière le magasin de
réserve avait été installée d'une façon imprenable la
batterie de Henri, qui devait posséder des mortiers,
mais elle n'avait que des affûts, car les mortiers
n'ont pas été fournis. Il parut suspect à l'ennemi
de ne pas l'entendre faire feu et il bombardait
impitoyablement. Trois chevaux traînaient un
tonneau d'eau; une bombe plongeante tombe et
rentre dans la terre; le matelot qui gardait le canon
s'abattit dans la casemate, en laissant les jambes
seules dehors, le soldat du train qui conduisait le
tonneau s'approcha de lui et le tira par les jambes
en disant : « Le navire flotte! » et le retira de la
hutte. Le matelot le remercia et lui dit : « Ne crains
pas, je sais ensorceler les bombes ; en tombant la
bombe s'enfonce immédiatement; fumons un peu
maintenant! » Soudain une autre bombe approche
et s'enfonce à la même place. « Vois-tu, dit le
matelot, si tu te caches, l'affaire tournera mal ».
C'était la place où s'était arrêté le chariot et où la
terre à cause de l'eau répandue était devenue molle.
Le soldat repartit pour chercher de l'eau et recom-
manda de ne pas s'abriter. « Quel sorcier est ce
matelot », disait-il ensuite à ses camarades, et tout
le monde se tordait de rire.

Le 20 mai, le régiment d'Alexapol, de Krement-

choug et une partie de celui de Poltawa, ont été
envoyés au travail de nuit, à la redoute de Schwartz,
dans le 6ᵉ bastion ; le travail marchait bien et, au
lever du soleil, on a ouvert un terrible feu d'attaque ;
l'ennemi se jeta sur la batterie à l'aurore ; nous
l'avons repoussé et fait vingt prisonniers. Un officier français était étendu près de la batterie ; je me
suis avancé ; il a reconnu que j'étais officier et me
pria de lui donner à boire ; le soldat du train qui
était avec moi le prit violemment par le bras pour
le relever, mais l'officier cria : « Attends, attends ! »
Le soldat de l'escorte le lâcha ; moi, en me retour-
nant je dis avec colère à celui-ci : « Je t'attends
aussi ! » J'ai donné à boire à l'officier et ordonné de
le porter à l'ambulance au promontoire de Paul. En
revenant du travail et en passant devant les murs
de Sébastopol, nous y aperçûmes la grande image
de la Sainte-Vierge devant laquelle brûlaient des
cierges ; chacun de nous pria avec ferveur et il nous
parut que la Sainte-Vierge pleurait ; tout d'un coup
une bombe s'abat sur le mur, juste au-dessus de
l'Image ; elle éclate, mais ne fait aucun mal à
l'Image ni à nous. Les soldats disaient en se signant :
« Dieu nous garde tous ! »

Le 26 mai, l'ennemi dirigea l'attaque sur les
redoutes de Kamtchatka, de Wolyn, et de Selin-
guinsk ; il y avait là un combat indescriptible ; on
transportait les blessés dans la batterie de Nicolas ;
les sœurs de charité les soignaient ; on en a presque
rempli la batterie, de sorte qu'il ne restait plus de

place. Je n'oublierai jamais un soldat du régiment
d₃ Kamtchatka : sans bras ni jambes, il priait la
sœur de charité : « Ma sœur, fais-moi donner à
fumer et ensuite apporte-moi un verre de thé ».
D'autres blessés gémissaient et lui leur disait : « Un
soldat russe ne doit jamais pleurer ».

On était au 5 et au 6 juin ; une canonnade fut
faite tout le long de la ligne de défense de Sébastopol. C'était un enfer. Le 6 juin, toute la ligne a
repoussé l'ennemi. Nous triomphions. Le 15 juin, les
régiments de Krementchoug, de Poltawa et autres
se sont jetés sur les postes de l'ennemi, devant le
2ᵉ bastion, et les ont battus à plate couture et détruits
de fond en comble. On a emporté beaucoup de tro-
phées, des mortiers de petit calibre et des fusils. Le
24 juin, à six heures du soir, l'ennemi nous a lancé
du 1ᵉʳ bastion de sa ligne de défense gauche deux
bombes à la fois dans différentes directions, mais
surtout dans celle de la poudrière. Soudain, une
bombe éclata tout près de nous, arracha une jambe
au clairon et me blessa moi aussi à la jambe
gauche ; on m'a amené à l'ambulance, au promontoire de Paul. Je n'ai pas voulu aller à l'hôpital, j'ai
préféré rester dans les rangs jusqu'au dernier
assaut du 27 août. A cause de la grande perte
d'hommes, notre régiment fut transféré dans la
réserve de la 5ᵉ section ; et avant l'assaut du 27 août
il s'est produit des phénomènes étranges : le 18 août,
le soleil à son coucher avait un volume extraordinaire, n'envoyant pas de rayons, il avait l'air d'un

disque de cristal rempli de sang humain et entouré
d'un anneau d'or brillant. Un peu plus tard, apparut
un terrible nuage de sauterelles, qui s'abattit sur le
côté nord. Ensuite, vers le soir, un boulet rouge,
parti de la batterie à double visée, tomba sur le
navire *Berezagne;* celui-ci prit feu, et les mâts en
brûlant retombaient les uns sur les autres. Cela
faisait mal à voir.

Le lendemain, un nouveau convoi fut incendié.
Les soldats disaient : « Que nous arrivera-t-il encore,
il faut attendre la fin ! »

Vint le 27 août; on pousse des cris : « A l'assaut ! »
Et de la réserve où nous étions, nous nous jetâmes
sur le 2ᵉ bastion. Dans le 1ᵉʳ bastion, se trouvait le
régiment des chasseurs d'Alexopol avec la milice de
Koursk, qui abandonna les fusils pour prendre les
haches ; alors commença une tuerie terrible ; on s'est
glorieusement et désespérément battu ; on a repoussé
les Français du nº 2. Le commandant de la batterie
nous dit : « Messieurs, faites donner les engins à
mains, coupez, allumez et lancez par-dessus les
remparts. » Lorsque les soldats se mirent à agir
avec une grande impétuosité, les Français se voyant
dans une situation très dangereuse, s'enfuirent tous
vers le tertre de Malakoff. Les artilleurs voulaient
charger les derrières de l'ennemi, mais les pièces
étaient enclouées ; faute très grande : personne
n'avait de foret !

Les officiers et les soldats montèrent sur les remparts et se battirent avec acharnement. Le capitaine

en second, Koukhin du régiment de Krementchoug, commandant la 2ᵉ compagnie, enleva à un Français son guidon et ne voulait pas se rendre ; il reçut sept coups de baïonnette, fut élevé en l'air par des zouaves et jeté par terre.

Qu'il était douloureux de voir le drapeau sanglant des Français flotter sur la forteresse de Malakoff ; nos armées brûlaient du désir de se venger de l'ennemi. Tout à coup parut dans le 2ᵉ bastion le 5ᵉ bataillon de tirailleurs, un vrai miracle ! Honneur et gloire au commandant et au 5ᵉ bataillon de tirailleurs. Il faut remarquer que l'artillerie française envoya 100 pièces vers le dock. Elle voulait faire une décharge sur la batterie de Henri, mais le 5ᵉ bataillon de tirailleurs fit une décharge sur le flanc de l'artillerie française. L'artillerie tomba et devint une barricade, de sorte que les colonnes ne purent aller à l'assaut.

En ce moment, arrivèrent des armées du côté du nord ; le feu devenait de plus en plus fort et cela dura jusqu'au soir.

Je me rappelle que le prince Vassiltchikoff vint et demanda : « Le 2ᵉ bastion est-il pris ? » — Non, Votre Excellence, il n'est pas pris ; il le fut, mais les nôtres l'ont repris ». — « Qui commande le bataillon ? Conduisez-y moi. » Je lui dis : c'est le général-lieutenant Schabaschinski.

Le général Vassiltchikoff partit pour le bastion nº 1, il nous dit : dès qu'une troisième fusée aura été lancée de Khersonèse, vous allez vous replier

vers la rade et passer au nord de la ville. C'était
tout ce qu'il y avait de plus pénible; je ne connais
pas les sentiments des autres, mais quant à moi, je
me sens malade maintenant encore à ce souvenir.
J'eus préféré être tué.

La nuit vint. Une première fusée partit, puis une
seconde, une troisième; j'étais au nombre des chasseurs qui protégaient le bastion. Je me dirigeai vers
la rade, avec mes 37 soldats, tout ce qui restait
de notre regiment. Nous descendîmes le talus,
suivis d'une trace de feu, partie depuis le magasin
de réserve tout droit vers le 2e bastion et qui tout
d'un coup se répandit en une pluie de feu, incendiant le ciel. Puis une bombe française nous éclaira
d'un feu de Bengale. Mais il était déjà trop tard,
nous avions atteint la rade.

A dix heures se firent entendre des cris; on
appelait les soldats des différents régiments: « Ivanoff! Gavziloff, Stepanoff! Ici, ceux du régiment de
Yakoutsk! Ici, ceux de Zabalkanie! Ceux de Ieka-
terinbourg sont là! » On s'appelait les uns les
autres, comme dans la vallée de Sandjar lors de la
construction de la tour de Babel. Je me suis dirigé
vers le navire *Saint-Vladimir*. Nous avons monté
l'escalier, et bientôt nous étions transportés de
l'autre côté sur la rive nord de Crimée.

Toutes les troupes russes étaient disposées sur
le rivage. Sébastopol brûlait devant nos yeux;
l'amirauté était incendiée; des mines, des maisons
entières sautaient en l'air. On voyait les flammes,

on entendait les fracas et les gémissements des blessés; des canons tournaient dans l'air, des bombes, des obus éclataient. Plus loin on voyait brûler tout le rivage gauche de Sébastopol, les nôtres allumaient eux-mêmes les bâtiments. La flotte anglo-française s'approcha de la ville, fit un feu de salve et se retira. Les Français n'osaient pas se jeter sur nous; la clameur qui régnait dans Sébastopol se faisait entendre à 10 verstes de distance. Lorsque la ville fut en feu, la rade parut incendiée; les navires et les frégates étaient là, attendant leur sort. Le côté gauche de Sébastopol était plongé dans l'obscurité, éclairé par la lune naissante. La nuit arrivait; la fusillade continuait toujours, et sans cesse des mines et des poudrières sautaient en l'air. Cependant on ne faisait toute la nuit que transporter les troupes, sans aucune crainte.

Minuit vint. Le navire *Saint-Vladimir* s'approcha sous nos yeux du navire *Paris*, ouvrit ses écoutilles et s'enfonça; les autres en firent autant. La rade se vida. A l'aube un nouveau spectacle s'offrit à nos yeux : une mine fit sauter le promontoire de Paul et cet énorme amoncellement de pierres s'effondra dans l'eau; son corps séculaire que personne n'a jamais touché fit entendre une plainte...

Aussitôt arrivées sur la côte nord, les troupes furent rangées en ordre. Un commandement se fit entendre et les régiments se dirigèrent sur Belbek; après un trajet de 6 verstes, on nous fit arrêter au milieu des champs, et, les soldats étant très fatigués, il y eu une halte. A l'aube, un courrier passa, venant de Saint-Pétersbourg. « Quels sont ces hommes ? » demanda le général. Nous nommâmes le régiment. « Et combien sont restés vivants ? » « 37 hommes et 5 officiers » — « Sébastopol est-il pris ? » — « Non, mais on a ordonné de passer sur la côte nord ».

Le matin nous arrivâmes à nos positions et le 28 août je fus envoyé avec une escouade et la musique, à la batterie de Constantin pour chercher les drapeaux. Trois jours après, notre régiment fut mis en ordre et nous entrâmes dans l'avant-garde du général-major Teterevnikoff, près de Ienisala, près du remblai où les Français occupaient leurs positions. Son Altesse Impériale, le grand-duc Nicolas Nicolaïevitsch, a daigné nous rendre visite et à dîné là. Il y avait alors au jardin l'orchestre de musique de la 8e division et en avant étaient rangées les colonnes de cette division, composées de cosaques et de scaphandriers. L'ennemi, au son de la musique, s'est montré sur le remblai et s'est replié de nouveau sur la rivière Tchernaïa. Après le dîner, le grand-duc a remercié et embrassé le général Soukhosanet. Puis il est parti. Le 1er octobre a eu lieu le mouvement offensif de l'avant-garde du général-lieutenant Siemiakine près de Fotz-Sala et celui des avant-gardes des généraux-lieutenants Ouchakoff et Montrésor, le premier vers Abat, le second vers Tatar-Osman. La division ennemie descendit vers le soir du remblai et alluma des feux sur tout le talus et dans toutes les gorges des montagnes. Le tableau était magnifique. Le lendemain matin, les Français ont fait une attaque contre nous, et les nôtres, placés de l'autre côté de la rivière, ont ouvert le feu et fait perdre leurs positions aux Français. Ils avaient beaucoup de tués et de blessés, tandis que nous, nous n'avons pas éprouvé de pertes et il nous était possible de conserver nos positions. Peu de temps après, les Français allaient au fourrage ; leur cavalerie marchait au pas, tandis que l'infanterie suivait de côté. Après avoir pris au village tartare voisin du bétail et du pain, ils se sont dirigés vers le remblai.

Bientôt, je fus nommé par le commandant de notre corps d'armée, le général Soukhosanet, instructeur de la milice de Kalouga de la 72e troupe, de Peremychl. Au mois de janvier, il m'est arrivé de prendre part avec elle à la fusillade qui a eu lieu sur le remblai, sous le commandement du colonel Oglobgio, en présence du général-lieutenant Soukhosanet, commandant de notre corps d'armée.

J'ai rejoint ensuite, avec la milice, mon régiment, et j'ai pris en mains le commandement d'un bataillon de chasseurs. Bientôt après, la paix fut conclue.

Vive la Russie ! Vive l'Auguste Empereur, le Tzar Allexandre II et son Auguste famille ! On a crié : Hourrah ! Les soldats disaient : « Rentrons

maintenant chez nous, en Russie, pour nous reposer. As-tu entendu que c'est la paix ? » — C'est
vrai ? Dieu soit loué alors ! Fumons un peu !

GOLOVATY.

LE SOUVENIR DE MES NOURRISSONS

PAR EUDOTIA ANDREFF

Je ne suis qu'une femme du peuple, mais je suis la nourrice et la bonne de deux héros, de mes deux chers nourrissons qui ont mérité de leur patrie le nom de « braves parmi les braves ». J'ai eu l'occasion d'entendre et de lire le récit des exploits de tous les héros de Sébastopol, récit où on leur rend complètement justice et, comme j'ai été témoin d'exploits aussi dignes d'attention accomplis par mes deux nourrissons, nourris, élevés et choyés par moi, j'ai cru de mon devoir de les raconter dans la mesure de mes sentiments et de mes forces, persuadée que j'étais que mon travail, malgré tous ses défauts, peut servir à conserver des renseignements qui, sans cela, auraient pu tomber dans l'oubli avec le temps ou même rester complètement inconnus.

Voici, en résumé, la biographie de mes deux chers nourrissons :

L'un deux avait cinq ans et l'autre trois, lorsqu'ils ont perdu leur mère. Leur père, au service dans la ville de Nicolaïeff, m'a confié le soin de leur enfance

et même, plus tard, la surveillance de leur instruction. Il ne reculait devant rien pour leur donner
une bonne instruction : il a engagé un précepteur
connaissant bien le français et l'allemand, et aussi
des instituteurs pour leur enseigner les sciences.
Lorsque l'aîné eut atteint sa treizième année et le
cadet onze ans et demi, leur père les a fait entrer
au corps de la marine. Ils ont passé brillamment
leurs examens, furent admis dans les classes
supérieures des cadets et, au bout de deux ans, ils
purent entrer tous les deux dans la classe des officiers. C'était au moment où s'allumait la guerre de
Crimée. Aussitôt que les deux garçons ont pu prévoir la lutte que notre Patrie serait obligée de soutenir contre la coalition des ennemis de l'Occident,
unis aux Agariens, ils se mirent à prier instamment
leur père de leur permettre de quitter l'école pour
partir à la défense de la patrie. Le père, animé qu'il
était pendant toute sa vie par le sentiment du dévouement au Trône, n'a pu rejeter leurs prières et s'est
empressé de donner son consentement. Les deux
frères arrivèrent aussitôt à Nicolaïeff, et de là partirent bientôt avec l'amiral Korniloff à Sébastopol,
où ils furent nommés : l'aîné sur le navire « *Ouriil* »
et le cadet sur le « *Brave* ». Leur père fut appelé
également à Sébastopol pour y être attaché à la personne du commandant en chef. Moi aussi, je résolus
de les accompagner pour me trouver avec eux et
les protéger, autant que possible, contre les dangers. Je m'étais placée en qualité de ménagère chez

l'amiral Novoselsky, où j'eus le plaisir de les contempler presque tous les jours, en les régalant de café et de gâteaux. L'aîné eut l'occasion de prendre part à la bataille de Sinope, ce qui lui a valu le grade de lieutenant. Le cadet a assisté à la bataille d'Alma. Au moment où l'ennemi attaquait Sébastopol au sud, l'aîné se trouvait attaché à l'amiral Novoselsky, commandant du 4e bastion, exposé plus encore que les autres aux coups funestes et aux attaques de l'ennemi. C'est là que mon pupille montra son courage, vraiment noble, et son dernier exploit, accompli en présence des Grands-Ducs, du commandant en chef, de ses supérieurs et de ses camarades, et a laissé dans tous les cœurs un souvenir ineffaçable. Ce n'est pas seulement l'amour pareil à l'amour maternel que j'avais pour tous les deux, mais aussi le sentiment de la vérité et de l'admiration devant leurs exploits et leur abnégation qui me poussent à consacrer quelques lignes à leur mémoire, surtout à celle de celui qui a péri. Beaucoup de jeunes héros se sont distingués dans les murs de Sébastopol, mais je dois dire, en toute vérité et non-seulement à cause de mon amour pour mes deux pupilles, que la grandeur d'âme, l'abnégation vraiment chrétienne et le désir ardent de se sacrifier pour la Foi, le Tzar et la Patrie — toutes ces qualités réunies dans la jeune âme de mon pupille — doivent rester pour toujours dans la mémoire de ses compatriotes et démontrent que la patrie ne s'était pas trompée en le surnommant le plus « brave parmi les braves ».

Le désir de se sacrifier ne peut pas être plus grand,
on ne peut pas se vouer davantage à la mort que
lorsqu'on prend part à une sortie, car une sortie est
la même chose qu'un brûlot, un bûcher, l'autel
d'Abraham : Dieu seul peut sauver alors la vie.
Quelle différence y a-t-il, en effet, entre une sortie et
l'allumage d'un brûlot? De même qu'en incendiant
le navire ennemi, il n'y a rien de plus facile que
de tomber victime de son explosion ou de celle de
son propre navire, de même, pendant une sortie,
chacun est exposé non seulement aux balles innombrables de l'ennemi, mais, au milieu des ténèbres,
dans un combat corps à corps, la balle ou la baïonnette des siens peut aussi frapper.

La nuit du 30 novembre 1854, la veille du jour de
l'apôtre Saint-André, mon pupille, choisi par l'amiral Novoselsky pour commander quatre-vingts matelots, fut désigné pour prendre part à la sortie, sous
le commandement du colonel Golovinsky. On sait
qu'aucune sortie n'était entreprise et ne réussissait
sans le secours des braves marins de la flotte de la
Mer Noire, et c'est pourquoi l'aîné de mes deux
nourrissons, Léon Batianoff, fut désigné pour commander les matelots. Le jour de la sortie, Léon
vint demander la bénédiction de son père. Tout en
comprenant le péril qui le menaçait et le cœur plein
de tristesse, celui-ci lui a néanmoins donné sa bénédiction, pareil à Abraham envoyant son fils au sacrifice. Aussitôt la bénédiction paternelle reçue, Léon
plein de joie s'empressa de remplir le devoir qui

lui incombait. Accompagné de ses matelots, il s'élança le premier vers la tranchée française. Après avoir tué une multitude de Français et encloué tous les canons, nos guerriers ont fait prisonniers une vingtaine de Français avec leur officier et ont emporté quatre mortiers. Ceci est absolument exact : l'officier français qui se trouvait dans l'ambulance en même temps que mon pupille, ne cessait d'admirer le courage des guerriers russes et racontait qu'il y avait dans les tranchées françaises près de 200 soldats, sans compter les réserves, et que tous ont fui en traîtres. Mais la preuve la plus éclatante que cette sortie a été une des plus brillantes et que l'exploit de mon pupille est inoubliable, est fournie par l'ordre envoyé aux troupes de la garnison de Sébastopol sous le n° 118, le 18 décembre 1854, par son Altesse le comte Saken.

Je ne peux pas m'empêcher de citer les dernières paroles prononcées par mon pupille avant sa mort, paroles qui ont fait jaillir des larmes à tous ceux qui étaient autour de lui. Lorsque, pour adoucir les derniers moments du mourant, le prêtre lui eut dit : « Consolez-vous et réjouissez-vous, vous mourez de la mort héroïque de Korniloff », mon cher pupille s'adressa à son père qui, agenouillé près du lit, pleurait et priait pour son fils, et lui dit d'une voix basse, mais distincte : « Ne pleurez pas, mon père, le prêtre m'assure que je meurs de la mort héroïque de Korniloff; je meurs maintenant consolé et vous devez vous réjouir en voyant que votre fils a accompli avec honneur son devoir envers la Patrie. » Ces paroles ne démontrent-elles pas clairement, combien profondément il était pénétré de la conscience de ses devoirs civiques, qu'on lui a enseignés en même temps que les préceptes de la religion chrétienne dans sa maison paternelle ?

Dans une autre occasion, il montra également la noblesse de son caractère. Lorsque le fonctionnaire, envoyé par le grand-duc Constantin Nicolaïevitch pour proposer des secours aux officiers qui étaient dans le besoin, se fut approché de mon pupille, le premier jour où il reçut sa blessure mortelle, et eut demandé au nom de son Altesse Impériale, le général-amiral, s'il avait besoin de quelque chose et quels étaient ses désirs, il répondit, malgré le grand besoin où il se trouvait : « Je remercie Son Altesse pour sa gracieuseté, mais mon seul désir est d'être guéri pour me sacrifier encore pour la Foi, le Tzar et la Patrie. » Une telle noblesse de son cœur, un tel désintéressement dans les derniers moments de sa vie ont laissé une impression profonde dans les cœurs de ceux qui l'entouraient et ont fortement étonné le fonctionnaire qui s'adressa au père, le prit par la main et le félicita, avec toute la sincérité d'une âme russe, d'avoir un fils aussi brave. Mais ni les larmes de son frère, ni les chaudes prières du père, ni les souhaits sincères de ses camarades ne purent le sauver, et il mourut après neuf jours de souffrances. Les Grands-Ducs qui ont daigné le visiter plusieurs fois à l'ambulance lui disaient : « Quel brave garçon !

Quel brave garçon ! » Ces paroles étaient sa dernière consolation, et même en rendant le dernier soupir, il prononça en souriant les mots : « Brave garçon ! »

L'apôtre Mathias dit : « Personne ne mérite un amour plus grand que celui qui sacrifie son âme pour les autres » ; que le Créateur reçoive dans son sein sacré l'âme du jeune héros et qu'il repose en paix !

Quant au frère cadet, j'ai eu le bonheur d'assister à son exploit et je crois de mon devoir de le mentionner. Son acte a été accompli sous mes yeux, dans un moment terrible. De l'avis de tous ses camarades, sans exception, je puis dire en toute tranquillité de conscience, qu'il a conjuré le grave danger pouvant résulter d'une explosion de poudrière et a peut-être sauvé par là, au premier jour d'un bombardement terrible, la vie de son héroïque chef et de ses braves compagnons.

L'ancien commandant en chef lui-même, Son Altesse le prince Menchikoff, tout sévère qu'il était quant aux distinctions, lui a rendu justice et a daigné le mentionner dans un rapport particulier adressé au feu empereur, d'inoubliable mémoire, Nicolas Pavlovitch. Cet exploit a été accompli le 5 octobre pendant le premier bombardement, si terrible qu'on n'en trouve pas d'exemple dans les chroniques militaires. Ce jour-là, quand la balle fatale a atteint l'héroïque Korniloff, lui mon pupille, se trouvait si près de lui qu'il fut éclaboussé par son sang. C'est lui qui monta aussitôt à cheval et

partit chercher le médecin. Ce même jour, jour
triste et mémorable, il fut envoyé cinq fois du
fort de Malakoff à Appollon-Balka avec différentes commissions : c'était extrêmement dangereux, car sur toute l'étendue à parcourir il devait
passer sous des milliers de balles, d'obus et de
bombes et cinq fois en rendant compte de sa mission, il s'est entendu appeler par feu le contre-
amiral Istomine : « Brave officier ». Lorsqu'il
rendait compte pour la dernière fois de sa mission,
on est venu dire au contre-amiral Istomine qu'une
bombe venait de tomber dans la poudrière et un
danger menaçait le fort et toutes les personnes qui s'y
trouvaient. Le contre-amiral s'adressa alors à mon
pupille et dit : « Voilà une occasion de te distinguer, vas-y et tâche d'éteindre le feu ». L'autre n'a
pas réfléchi un instant ; il fit le signe de la croix et
se précipita vers la poudrière. Là, tout brûlé et blessé
qu'il fût, il réussit, avec l'aide du Tout-Puissant, à
éteindre le feu et à conjurer le danger d'une
explosion. Toutes les personnes présentes le félici-
taient.

Pour tous les exploits accomplis par eux, mes
deux nourrissons ont reçu de la Patrie le nom de
« Braves parmi les braves ».

Amen !

DU 19 MAI AU 8 JUILLET 1855

A LA PREMIÈRE SECTION DE LA LIGNE DE DÉFENSE
DE LA VILLE DE SÉRASTOPOL

Deux devoirs incombent à un guerrier : il doit bien connaître son métier et garder l'honneur de son pays. Un soldat étant un homme, un être doué de l'instinct de conservation, il doit, dans un combat, obéir à ce sentiment et se préserver du danger, sans toutefois oublier un seul instant son devoir sacré ?

La défense si longue de Sébastopol est un exploit accompli de la force de la Russie entière, et si les alliés ont pu occuper Sébastopol, ce n'est que grâce à l'inégalité des conditions de la lutte et des obstacles naturels qui n'ont pas permis à la Russie d'étaler sa force véritable comme les alliés.

Pendant sa défense, Sébastopol était pareille à un navire échoué sur un bas-fond, loin des côtes natales, et se défendant contre un ennemi qui l'attaque de trois côtés.

La Patrie est chère à chacun. Ce sont probablement les forces nutritives tirées du sol natal qui font qu'un homme est attiré par une force invincible vers sa Patrie, quelque éloigné d'elle qu'il soit, et quelque agréable que soit son séjour à l'étranger. C'est ce besoin qui a poussé le capitaine Leontieff, originaire de Sébastopol, à demander à ses supérieurs de l'envoyer à Sébastopol des usines métalliques d'Oural où il était en service. On lui en a accordé l'autorisation.

Pendant son voyage de l'Oural jusqu'à Sébastopol, Leontieff a rencontré son ancien camarade Perekomsky, lieutenant d'artillerie de marine. Perekomsky qui, pendant le premier bombardement avait perdu, à un bastion, plusieurs os du crâne, ayant été blessé avec des pierres, revenait alors de Sébastopol après avoir été en traitement à Nicolaïeff.

Nicolas Mikhaïlovitch souffrait visiblement du voyage mais se consolait à la pensée de revoir sa ville natale.

La première chose qu'on voyait en arrivant aux fortifications du Nord et en jetant un coup-d'œil sur la ville, c'était la longue ligne brisée des travaux de défense au-dessus de laquelle s'élevaient çà et là des tourbillons de fumée. Il était près de sept heures du soir. Le soleil jetait ses rayons sur les positions droites et le mélange de l'ombre et de la lumière se disputant leur domaine frappait l'œil par sa teinte triste.

Après être descendue vers la rade, les voyageurs ont traversé à bord d'une barque la baie qui sépare le côté nord du côté sud et se sont trouvés dans le domaine de la guerre. A leur droite, se trouvait le palais de Catherine II; en face, l'Assemblée de la Noblesse, transformée en ambulance, où il y a si peu de temps encore on dansait avec entrain, sans prévoir que bientôt les murs de ce temple du plaisir allaient entendre les plaintes des blessés. A gauche se trouvait la large rue de Catherine, dont les trottoirs étaient occupés par des troupes qui bivouaquaient là.

Leontieff est allé aussitôt à la recherche de son ancienne maison. Mais pas une pierre n'avait subsisté: ces pierres, la maison ayant été détruite pendant le premier bombardement, avaient été transportées peu à peu et employées pour les besoins de la 3e section.

La première nuit à Sébastopol fut employée à observer les bombes qui volaient tout autour et à comparer leur éclat à celui des étoiles immobiles. La situation de la maison de Gouchtchine était telle qu'on ne pouvait voir, lorsqu'on était là, que l'action de la première section seule; malgré cela on pouvait considérer comme très réussie la nuit passée chez le camarade qui occupait une dépendance de la maison. De temps en temps, on entendait distinctement des explosions et les éclats des bombes remuer les tuiles des toits voisins. Le camarade expliquait d'où venait l'étoile brillante et où elle se dirigeait pour tomber, comme un esprit malin, en semant autour d'elle l'épouvante, pour tuer ou blesser les êtres vivants qui se trouvent sur son funeste trajet.

Le capitaine Paul Ivanovitch Arnaoutoff a travaillé au laboratoire de la marine pendant toute la durée de l'assaut. Le 18 mai, il occupait une dépendance de la maison de Gouchtchine, tandis que la maison elle-même et la cour étaient encombrées des lits d'hôpital, occupés par des blessés dont la guérison était douteuse. Des pensées variées lui passaient par la tête à la vue de ces défenseurs mourant en silence après avoir accompli leur devoir, et des chemins parcourus par les points de feu.

Le cœur se serrait à la pensée que peut-être après s'être endormi on ne se réveillerait plus. Au milieu de cet entourage et sous l'influence de ces pensées, on arrivait facilement à cette conclusion qu'il valait mieux mourir au bastion qu'en ville et qu'il vaut encore mieux mourir où Dieu le veut.

Le 19 mai, le capitaine Leontieff est entré dans la ligne de défense, en qualité de commandant des batteries à mortiers, disposés sur cette ligne,

Lorsqu'on montait de la rade d'artillerie vers la batterie de Chemiakine, on devait passer par un endroit où on entendait très distinctement le sifflement des balles. Les ennemis ayant investi Sébastopol du côté sud-est et ouest, il leur a été possible de voir quelques-uns de nos côtés faibles.

On n'a pas pu cacher à leurs yeux le chemin qui servait au transport des vivres à la section, aux déplacements des troupes et des soldats envoyés pour des besoins divers. Ce mouvement, considérable à certaines heures, a pu être étudié des hauteurs situées vers le côté oriental et occupées par l'ennemi ; il était facile en même temps de diriger un feu de carabine sur les communications établies entre la ville et la première section.

Aussi, le capitaine Leontieff, en montant le talus, ne pouvait ne pas entendre le crépitement des balles et, par instants leur claquement, quand elles ricochaient sur les pierres de la route où qu'elles s'amortissaient sur les murs de défense. Quoi d'étonnant, dans ces conditions, à ce que plusieurs vies, nullement responsables sans doute des pertes causées à l'ennemi, eussent péri sur la route ?

Il y avait déjà longtemps que, encore dans sa première jeunesse, le capitaine Leontieff, avait eu l'occasion de faire connaissance avec la signification des balles. C'était lorsqu'il tenait garnison dans la forteresse de Guelendgiek, située sur les bords nordest de la Mer Noire. Là, une balle de montagnard arrivait rarement sans produire son effet. Silencieusement, ces balles frappaient à la façon d'un rôdeur de nuit, et l'on n'eût pu deviner d'où arrivait la mort. Tandis qu'aujourd'hui, sur Sébastopol, les balles des alliés s'abattaient franchement, annonçant haut leur arrivée, et aussi désignant clairement le lieu de leur provenance ainsi que leur nationalité.

Sur la première section de la ligne de défense, les batteries à mortiers étaient installées, soit dans la cour des forts, soit derrière leurs créneaux. En

sorte que l'action de ces batteries à mortiers se
trouvait subordonnée aux conditions de combat se
présentant devant le bastion, la redoute, la batterie.
Si dans le jour, les merlons du fort avaient été
détruits, la nuit, on était obligé pour les reposer de
faire un peu de trêve à l'action de l'ennemi, lequel,
de son côté, avait aussi besoin de repos pour le succès
de sa marche en avant. C'est alors que, pour ne pas
attirer le feu de l'ennemi, la batterie à mortier fixe
était obligée de se taire ou de se contenter tout au
plus de quelques coups de feu. Mais cette trêve ne
convenait pas toujours aux fonctions des batteries
à mortier, dont l'objet était de ralentir les opérations
de l'assaut.

Outre les mortiers, les batteries à mortier de la
1re section comprenaient les caronades et les obusiers.
Il va sans dire que les caronades, de même que les
obusiers, ne pouvaient, à cause de leur calibre et
de la disposition de leurs affûts, lancer leurs projectiles sous un angle abordable aux mortiers ; et c'est
à cause de cela que les engins dirigés sur les devants
de l'ennemi tombaient sous un petit angle et ricochaient pour la plupart, parfois très loin, éclatant
en dehors du rayon des positions de l'ennemi.

Le jeu des batteries à mortier, sauf durant les
quelques heures d'armistice accordées après l'assaut
du 6 juin, ne s'arrêta pas. Ordinairement, c'était
pendant la nuit des jours de bombardement que
l'action atteignait son maximum d'intensité. Cela se
produisait également tous les jours ou l'ennemi était

obligé, par ses tranchées, de transporter les vivres
ou de déplacer ses troupes. Les projectiles, cependant, n'étaient lancés qu'avec beaucoup de circons-
pection, et on peut dire que chaque bombe n'atteignait qu'avec sûreté ; de sorte que, malgré un
nombre restreint de mortiers, notre feu ralentissait
d'une manière sensible la marche des opérations de
l'assaut, gênées déjà par un sol rocailleux, à travers
lequel les alliés devaient se frayer la route vers nos
positions. Nos soldats de Sébastopol n'avaient guère
moins de peine que les alliés dans ce déblaiement du
terrain. Pourtant, bien plus de bombes s'abattaient
sur nos travaux que nous n'en lancions sur l'ennemi.

Le 29 mai fut un jour mémorable pour le capitaine Leontieff. Ce jour-là, il eut l'occasion de constater le courage des artilleurs de la batterie à mortier, sur qui particulièrement pleuvaient des bombes
de gros calibre, lesquelles tombaient si juste, que
c'en était vraiment effrayant. Les rangs des assiégés
s'éclaircissaient à vue d'œil. En dehors des bombes,
labourant la terre et trouant les merlons, les fusils
opéraient un feu sortant des limites ordinaires. Il
serait difficile de s'imaginer le chaos dans lequel se
heurtaient les divers projectiles.

L'ennemi, après avoir pendant 30 heures de suite
et sans relâche foudroyé notre flanc gauche, (les 5e,
4e et 3e sections) se recueillit un moment, pour,
tout à coup, diriger sa fureur sur le flanc droit, (les
1e et 2e sections). On ne sut d'abord d'où lui venaient
ces renforts et comment il nous avait fait sortir de

l'état d'observation. Mais cela s'expliqua bientôt.
Le soir seulement, nous connûmes les pertes des
redoutes de Kamtchatka, de Wolhin et de Selengua,
ainsi que la batterie de Zabalkanié. Nous reconn-
nûmes aussi que l'assaut au fort de l'avant-garde,
fortifiant la défense des bastions du flanc gauche
avait coûté du sang au flanc droit. Ce jour-là, chez
les Français, une explosion suivie d'incendie se produisit, causée probablement par les fascines allumées.

Les troupes qui, les premières, avaient occupé
les bastions de Sébastopol, s'étaient monté des abris
et approvisionnées. Comme nous, nouvellement
arrivés au fort, elles n'étaient pas obligées de se
mettre en quête d'un refuge et de vivres. Tout ce
qui est indispensable pour calmer la faim existait
dans leur campement. Il y avait des cuisines, généra-
lement montées en plein air, en quelque coin caché,
d'après l'avis du cuisinier choisi parmi les matelots
sagaces, coin où ne pouvait pénétrer qu'une balle
folle, égarée, dont un Russe sait fort bien éviter
l'aberration. Le cuisinier y cuisait les aliments
ramassés de part et d'autre. En voyant ces instal-
lations de hasard, on avait de la peine à croire que la
soupe aux choux (stschi) et la bouillie de gruau
(kascha) fussent avalées sur les bastions avec autant
d'appétit et que ces mets nourrissants pussent se
préparer convenablement sur deux pierres faisant
fonction de fourneau, ou dans le trou faisant office
de four.

Journellement cependant, Pierre Stepanoff, le cuisinier, faisait preuve, à son semblable, du grand dévouement qui anime le cœur de tout Russe.

Avant que le réfectoire du bastion fut installé, on avait été obligé, pendant quelque temps, d'aller en ville où l'on ne pouvait manger qu'à la carte. Mais que de bonne volonté il fallait alors pour manger au restaurant de Sébastopol le dîner d'un rouble ? C'était pire que malpropre ! Sous les blindages, au moins, les dîners étaient tout autres...

Parmi ces blindages, ceux des officiers, à peu d'exceptions près, étaient si petits, qu'à peine deux ou trois lits pouvaient y contenir. On peut juger par là de la difficulté qu'il y avait à dormir sous ces blindages, en été. Et rien d'étonnant, par conséquent, à ce que la plupart des officiers restassent peu dans ces dortoirs, préférant dormir entre les canons, en se préservant au moyen de toiles de hamacs imperméables disposées en auvent.

Du 26 mai au 5 juin, progressivement, la canonnade habituelle augmenta. Par moments, elle se taisait ; parfois elle prenait le caractère d'un duel. Ce dernier genre d'action s'accomplit une fois ainsi : la batterie française avait ouvert le feu sur le front gauche de notre bastion n° 6. Comme le bastion restait silencieux, le feu des Français s'échauffa et notre bastion répondit alors. Tandis que les Français tiraient à boulets de 30 livres, notre bastion répondait par des bombes de 120. Le feu de la batterie française était vif et ses boulets étaient lancés les uns à

la suite des autres. Nos bombes de 120 sortaient
des bouches de canons soit par fragments ou bien
se brisaient en morceaux pendant leur trajet, avant
d'arriver à l'ennemi. Cette dernière circonstance
provenait, non pas de l'explosion du projectile, mais
du fait que ces bombes étaient d'anciens « brands-
kugel », dont quatre fenêtres sont bouchées par des
dragées de fonte, et dont la cinquième contient le
petit tube de la bombe. On conçoit que de pareilles
bombes ne pouvaient que se briser ou éclater dans l'intérieur d'une pièce de 120, ou bien encore qu'ayant
heureusement évité leur destruction dans l'intérieur
de la pièce, elles pussent faire explosion en chemin,
obéissant à la tension de la trajectoire, laquelle,
forçant le projectile d'avancer jusqu'au point désigné, agissait en même temps sur lui d'une façon
destructive. C'était un spectacle désagréable ! Aussi
est-ce pour y mettre fin que les batteries à mortiers
lançaient leurs bombes aux Français. Alors commençait la canonnade partielle.

Le 5 juin de grand matin commença le bombardement général. Il dura vingt-quatre heures. Pour
une action de cette importance, nous étions prêts ;
et il y a lieu de croire que nos efforts n'avaient pas
été infructueux, puisqu'ils eurent pour résultat
de repousser l'assaut du flanc gauche, donné le
6 juin. Dans cette journée mémorable, non seulement les projectiles, mais encore des pierres, pleuvaient sur nos bastions et sur ceux de la première
section en y ricochant âprement.

Le capitaine Leontieff, du bastion n° 5, se rendit au bastion n° 6. Le précédant de quarante pas, dans la même direction, un officier d'infanterie marchait, vêtu d'une capote grise de soldat. Le vent qui soufflait à la rencontre des marcheurs faisait flotter les pans de la capote. Alors, un boulet, passant près de Leontieff et à sa droite, atteignit l'officier de gauche, qui s'arrêta. Leontieff, le croyant blessé, se précipita vers lui ; pendant que l'officier, retroussant le pan où le boulet avait fait un trou, se constatait lui-même indemne.

Cette aventure ne laissa pas de provoquer des discussions animées. D'aucuns croyaient l'officier contusionné, d'autres affirmaient le contraire. Cependant l'officier attestait ne ressentir aucune douleur. La bombe ne l'avait que doucement tiré par le pan, à la manière dont quelquefois son ordonnance faisait usage pour le réveiller.

Après l'assaut non réussi qui coûta à l'ennemi une dépense considérable de projectiles, un silence se fit. De temps en temps seulement, on voyait devant la ligne de défense s'élever une petite fumée blanche. Pour quelques instants alors, l'alarme était donnée. Mais l'action habituelle des batteries à mortiers ne se ranimait que la nuit. Ainsi, les unes après les autres, des journées entières se passèrent. On avait assez de repos pour pouvoir aller visiter les camarades blessés, qu'on avait transportés des bastions à l'hôpital, où, les uns étaient entrés pour dire adieu à la merveilleuse vie terrestre, où, les autres, après avoir supporté la commotion organique, devaient se lever du lit hospitalier pour continuer de vivre avec une infirmité incurable, sort triste, mais respectable!

On plaçait les officiers gravement blessés dans les forts les plus voisins, au nord. C'est dans l'un de ces forts que Leontieff trouva son cher ami Stanislovsky, capitaine d'artillerie de marine, décoré de la croix de Saint-Georges. Là, il était étendu sans connaissance, tandis que la sœur de charité compatissante chassait avec soin les mouches importunes qui se glissaient sous la mousseline couvrant le visage du malade. Leontieff apprit, de la sœur de charité, que son ami venait de subir la double amputation des jambes, jusqu'aux genoux. A ce moment, un médecin, qui s'était approché du lit du blessé, dit à Leontieff que l'amputé était perdu pour ses amis. Ce fut une triste nouvelle! Longtemps, Leontieff demeura près de son ami qui, de temps en temps, prononçait des paroles démontrant que ses pensées étaient toujours au tertre de Malakoff. Et Leontieff se rappelait le passé, le temps de sa liaison intime avec cet homme qui mérita absolument ce qualificatif très significatif « d'homme » : sa haute taille et sa corpulence d'athlète, son visage expressif et respirant la franchise, son âge dépassant à peine les limites finales de la jeunesse, son caractère belliqueux ennobli par la générosité, tout, chez lui avait été en harmonie, tout s'était dirigé dans la voie du bien.

Et c'est un tel homme qui devait mourir d'un éclat de fonte dont il venait d'être frappé et qui lui avait arraché une partie du pied?... Hélas! Stanislovsky mourut, en effet. Leontieff ne put même pas jeter une poignée de terre sur sa tombe.

Leontieff se rendit après dans un autre fort pour causer avec le lieutenant-colonel Stankevitch, un ami d'enfance. Enveloppé tout entier de diachylon, le visage d'Alexandre Ulutch n'était pas reconnaissable. Seulement, au-dessus de la bouche et sous le nez, on avait laissé des jours correspondant; de sa main gauche, en outre, laquelle il ne pouvait soulever qu'avec douleur, deux doigts se voyaient à moitié, grâce à une autre ouverture du diachylon, et c'était de ces doigts que le malade, impatient par nature, s'efforçait à maintenir le brûle-gueule qu'il fumait, tout en grognant de ce qu'il y eût de la poudre dans son tabac. La bonne sœur de charité ainsi que le fidèle ordonnance de Stankevitch, s'empressaient simultanément pour lui changer son tabac, lui offrant cigares et cigarettes, mais le colonel restant persuadé du mélange de la poudre à la fumée du tabac, avait encore d'autres exigences, que les patients gardes-malades tâchaient aussi de satisfaire. On n'eût pu dire qui était ce malade, exigeant qu'on lui versât les médicaments avec de grandes précautions; de même qu'on ne peut se faire une idée des soins qu'il fallait pour conserver, à ce moribond enflé et immobile, la faible vie qui, pourtant, se manifestait avec conscience. Stankevitch avait été brûlé par une explosion de poudre et ce n'est pas de prime-abord qu'on eût pu décider s'il était mort ou vif.

Lorsqu'on eût remarqué qu'il donnait encore des signes incontestables de vie, on le transporta sur la côte Nord de Sébastopol pour le soigner. Il convient de remarquer, à ce propos, que le sergent Perekomsky, venu à Sébastopol en même temps que Leontieff et se trouvant au bastion, avait été aussi bientôt gravement blessé.

Le capitaine Leontieff vit l'explosion de la poudre carboniser les hommes. Trois personnes avaient été placées près de la batterie à mortiers, une dizaine de pas en arrière d'un mortier de 200 livres. L'un de ces hommes tenait un baril de cuir contenant une charge de neuf livres environ. Deux autres avaient été postés auprès d'une bombe enveloppée de cuir, prêts à l'approcher de la pièce au premier signal. Lorsque le signaliste cria : « Bombe ! » les servants s'écartèrent en même temps que les artilleurs prêts à soulever la bombe. Le garde-feu en fit autant, après avoir posé à terre le baril à poudre. Tout droit, la bombe tomba dans le baril. Au même instant, une explosion se faisait entendre, et trois hommes furent brûlés. L'un de ces martyrs se leva instinctivement..., mais quel spectacle affreux présentait son corps ! Quelques débris de ses vêtements brûlaient encore ; sur son corps une cloque sous-cutanée générale s'était formée ; la peau, par places, était brûlée jusqu'aux nerfs. On jeta quelques gouttes d'eau sur le malheureux afin d'éteindre le reste du feu, mais il tomba sans connaissance.

Il est impossible d'expliquer de quelle façon A. J. Stankevitch, qui se trouvait sur le lieu de l'explosion, ait pu échapper à la mort. Peut-être notre bombe, pesant 500 livres, et enveloppée dans du cuir, n'avait-elle pas éclaté : cela est possible dans les cas où le tube des bombes est hermétiquement bouché.

Le matin du 6 juin, les colonnes assaillantes, après nous avoir, pour la dernière fois, tourné le dos, se dissimulèrent dans leurs tranchées. La fusillade qui jusqu'à ce moment était si nourrie qu'elle couvrait même les coups de canon, diminua, puis se trouva réduite à des coups de fusil isolés. Au milieu de cette belle matinée bien calme, lorsque le soleil venait d'envelopper Sébastopol de ses doux rayons caressants, en ce beau moment, un tourbillon de fumée, produite par l'explosion d'une bombe en l'air, monta du parc d'artillerie.

Encore et encore... les tourbillons s'étendaient paresseusement se réunissaient entre eux pour n'en former qu'un seul pareil à un nuage s'augmentant d'un moment à l'autre et traversé par des éclairs de feu qui rivalisaient avec la lumière solaire. Un grand fracas accompagnant ce phénomène, on comprit aisément que c'était un magasin de bombes, installé dans la cour, en contre-bas de la batterie n° 8, qui venait de sauter. Mais il demeurait impossible de dire quelle était la cause de ce malheur. On affirma, plus tard, que le magasin avait été allumé par une bombe ennemie. Et, en effet, pendant toute cette nuit assez obscure, les navires ennemis s'étaient approché à plusieurs reprises de la batterie n° 10, en faisant chaque fois un feu de salve sur notre flanc droit. Cependant, malgré la forme des tourbillons de fumée qui s'élevaient dans l'air à une hauteur prodigieuse, il nous avait semblé qu'au-dessous du magasin de bombes se trouvait une charge de poudre et que c'est cette charge qui avait projeté les bombes, lesquelles, ensuite, avaient éclaté en l'air.

Après le 26 mai, il y eut des changements considérables ; Sébastopol se vida : tout ce qui put être transporté le fut dès lors sur le côté nord ; le reste, les choses les plus indispensables, étaient placées dans les solides casemates de la batterie de Nicolas. C'est là aussi qu'on organisa l'ambulance. Des temps durs arrivèrent alors.

Le 5 juin, vers le soir, le capitaine Leontieff, se trouvant à la batterie de Rostislaw, eut la tête contusionnée par une pierre ; c'est pourquoi, le lendemain, il s'en fut à l'ambulance. Là, se trouvaient les blessés, venus les uns pour chercher des soins et demander une consultation en racontant leur cas comme ils le pouvaient, et les autres, pour formuler leurs derniers désirs. Autant que possible on les soulageait après les avoir tous écoutés. Il serait difficile d'imaginer une résignation vraiment aussi chrétienne et un zèle aussi sincère avec lesquels le personnel de l'ambulance consolait les militaires souffrants, couchés ou assis en des attitudes variées. Ce matin-là, ils étaient nombreux. Ç'avait été une période de bonheur pour Sébastopol, aussi étaient-ils tous fiers d'avoir bien défendu la ville. C'est sans doute parce qu'il était entouré d'une auréole de gloire, que le spectacle présenté par l'ambulance ne paraissait pas aussi pénible que sa réalité même.

Muni d'un document lui permettant d'entrer à l'hôpital, le capitaine Leontieff quitta l'ambulance. A vrai dire, il avait l'air d'un homme ne comprenant pas très clairement ce qui se passe autour de lui. Un mal de tête très pénible et une faiblesse générale confondaient ses idées. Comme il approchait du port, Leontieff rencontra un voisin, Nicolas Ivanovitch Khartchevnikoff.

— Je te félicite pour tes étrennes! lui dit le voisin, en plaisantant.

— Merci !

— Où te diriges-tu ? poursuivit-il alors plus sérieusement.

— Là où il y a de l'eau fraîche.

— Je connais une source d'eau vive. Allons vers elle !

Khartchevnikoff le conduisit à bord du navire *Grosiastchy* où il y avait, en effet, de l'eau vive, comparativement à celle apportée à la première section, eau qu'on conservait dans des récipients en fer. De plus, l'aimable voisin, qui commandait, du reste, le vaisseau, entoura Leontieff de soins inces-

sants, de sorte qu'au bout de quatre jours celui-ci
put retourner à sa section poursuivre ses occupations ordinaires.

Vers le 10 juin, les fortifications de Sébastopol
renaissaient de leurs ruines à la façon d'un phénix
fabuleux surgi de ses cendres, et cette comparaison
se trouve ici juste à sa place. Elles avaient un
air imposant. Alors le temps nous sembla long. On
s'ennuyait même, et souvent il nous arrivait de
nous fâcher contre l'ennemi dont l'attention ne se
portait pas sur nous, tout comme s'il se fût reposé
sur ses lauriers. Dans le jour, les alliés nous paraissaient devenus moins animés, peut-être parce qu'ils
avaient bien mangé, mais en même temps, d'autres
soupçons nous venaient à l'esprit. Un temps s'écoulait ainsi ; puis, dès que les canons recommençaient
à gronder, la chaude conversation des ennemis,
vers onze heures du matin, cessait complètement et
tout d'un coup. Alors, un silence de mort régnait,
et cela jusqu'à ce que les chaleurs cessassent. C'est
à cause de la saison et du climat du pays, que les
deux ennemis ne pouvaient agir autrement.

Le 28 juin, l'amiral Nakhimoff quitta le service
du bastion. Les bastions de la ligne de défense de
Sébastopol, seuls, peuvent savamment parler de
l'activité employée dans les derniers temps de son
service, car ils étaient fortifiés sous ses ordres.
Tous les services rendus à la Russie par ces travaux
de courte durée doivent être dus à la force morale,
à la volonté de cet officier qui ne connaissait pas

l'envie et ne faiblissait pas devant les exigences des
passions humaines qu'il cachait toujours sous une
forme attrayante pour plus sûrement atteindre son
but.

Le capitaine Leontieff, indépendamment de ses
contusions avait reçu plusieurs coups dont il n'avait
pas parlé à l'ambulance. Le 26 mai, se trouvant au
bastion n° 6, il avait été atteint à la tête et à
l'épaule droite par la terre soulevée par l'explosion
d'une bombe ; le 1er juillet, à la batterie de Rostislave, il avait été atteint, du côté gauche, à la poitrine, au front et au bras, par une planche arrachée
de la cantine du bombardier par un éclat de bombe
qui le précipitait de sa banquette ; le 26 juin, se
trouvant à la batterie à mortiers du 5° bastion, il
avait été atteint au mollet de la jambe droite et
au côté droit par des pierres arrachées d'un rempart.

La contusion du 5 juin, ainsi que les nombreux
coups sans importance reçus par lui, avaient à ce
point ébranlé la santé du capitaine Leontieff, qu'il
ne pouvait rester longtemps debout, pris d'étourdis-
sements. Il s'évanouissait même et crachait le sang.
C'est pour cette raison que Leontieff fut envoyé, le
8 juillet 1855, à Nicolaïeff, pour y être soigné.

Le 30 avril 1856, le capitaine Leontieff 1er, du
corps de l'artillerie de marine, par ordre de l'empereur et en récompense de son courage au siège de
Sébastopol, était nommé chevalier de l'ordre de
Sainte-Anne de 3° classe, surmonté de glaives.

Les qualités montrées par le capitaine Leontieff pendant la défense de Sébastopol résidaient en l'accomplissement ferme et courageux de ses devoirs militaires, ce qui avait permis une action utile des batteries à mortiers de la première section contre l'ennemi.

En 1863, le capitaine Leontieff fut nommé lieutenant-colonel, et le 8 novembre 1865, il était mis à la retraite, pour cause de maladie, avec le grade de colonel et le droit d'en porter l'uniforme. En outre, il lui fut accordé une pension de 430 roubles par an, payée par le Trésor, indépendamment des 160 roubles 25 copecks, par an aussi, et payés par la caisse éméritale de la marine.

DIMITRI NIKIFOROVITCH LEONTIEFF,
Colonel en retraite de l'artillerie de marine.

SOUVENIRS

DE LA GUERRE DE SÉBASTOPOL

Dès le premier jour du siège de Sébastopol, je me trouvais détaché au service de la 4ᵉ section, à la 3ᵉ ambulance installée dans les baraques construites au contre-bas du fort de Malakoff. De nombreux blessés y furent apportés au cours du bombardement de ce fort, bombardement qui avait lieu aussi bien du côté de la terre ferme que du côté de la mer. Parmi ces blessés, il y en avait un certain nombre de frappés mortellement. L'amiral Korniloff et les autres défenseurs célèbres de Sébastopol étaient trépassés en ma présence, après s'être confessés et avoir reçu l'Extrême-Onction. Le point où se trouvait l'ambulance était l'un des plus périlleux, de sorte que les blessés se trouvaient là de nouveau exposés au danger, les obus et les bombes y tombant. Pour les en préserver, le principal médecin de l'ambulance, alla, dès le premier jour du bombardement, trouver l'amiral Vladimir Ivanovitch Istomine, pour le prier de transférer l'ambulance dans le faubourg Karabelny. Mais l'amiral refusait, sous prétexte qu'il était trop occupé. C'est alors qu'en présence de cette malheureuse situation des blessés, je fus pris de commisération et que, le soir même, sous une fusillade nourrie, j'allai à la tour Malakoff, située au sommet du tertre, trouver Istomine pour lui demander une dernière fois de placer l'ambulance dans un endroit plus protégé. Non toutefois sans difficulté, l'amiral accorda son consentement et délégua son aide de camp Obesianinoff, aux fins de procéder au transfert immédiat de l'ambulance.

Le lendemain matin, l'amiral Istomine me faisait une visite au fort de Malakoff. Là, en présence de l'amiral, sous un bombardement intense, je chantai un *Te Deum* sur les batteries. Puis, sous le feu considérable de l'ennemi, revêtu de mes ornements sacerdotaux et croix en main, je rendis visite à toutes les batteries de la quatrième section, afin d'y soutenir le courage des hommes.

La même année, dès la première semaine du carême, pour satisfaire aux dévotions des militaires du 39° des Equipages de la flotte, j'étais désigné par Jourkovsky, capitaine du 1ᵉʳ rang, pour dire la Messe dans une chapelle militaire détériorée par les bombes et les obus.

Le samedi de la même semaine, Jourkovski accompagné de ses officiers et de tout son détachement se confessa et reçut la communion. Quant à Istomine, amiral de la 4° division, il n'avait l'intention de faire ses dévotions qu'à la deuxième semaine de carême, cela à cause des multiples occupations où le retenait

la construction de certaines redoutes au devant du
fort de Malakoff. Ses nombreuses occupations firent
même qu'il ne put assister à la messe avant le jeudi.
Ce jour-là, au retour de ses travaux, il vint me
trouver au moment où allaient commencer les
Vêpres, et il me dit :

« Mon père je ne peux pas recevoir le sacrement
de l'Eucharistie. » A ma question : « Pourquoi
donc ? » il répondit : « Ma conscience ne me permet
pas de communier avant d'avoir été à l'église pendant plusieurs jours ». J'ai cru de mon devoir, alors,
de lui faire la réponse suivante : « A maintes occasions, vous risquez votre vie ; malgré que, retenu
par vos nombreuses obligations envers le salut de
la Patrie, vous n'ayez pu assister, ces jours derniers,
à l'office divin, je puis vous donner le sacrement de
l'Eucharistie sans aucun doute et sans crainte de
responsabilité devant Dieu, qui ne demande que
votre repentir sincère. » Après cet entretien, l'amiral
Istomine assista aux Vêpres. Le jeudi et le vendredi,
il vint à l'église, pendant l'office divin, et, le samedi
matin, je le confessai dans la tour Malakof', où il
reçut de mes mains le Sacrement d'Eucharistie.
Très préoccupé par la construction des redoutes,
l'amiral voulait quitter l'église immédiatement, sans
avoir entendu le *Te Deum*, mais je l'arrêtai, si bien
qu'il ne put partir qu'après avoir assisté à toutes les
prières et baisé la sainte croix. Quelques jours après
l'accomplissement de ce devoir de chrétien, Istomine, accompagné de Siniavine et de Tschistiakoff,

officiers de l'état-major général, inspectait la construction des redoutes. Un obus arriva, et Istomine tombait la tête fracassée. Je fus prévenu immédiatement de cet accident douloureux. Le corps fut recueilli ainsi que le cerveau et le crâne d'Istomine, et placé sur un brancard, à la suite de quoi nous nous dirigeâmes vers la ville sous une grêle de projectiles ennemis. On installa le corps dans l'appartement du défunt, et les prêtres de la marine y vinrent faire des prières, chacun à leur tour, jusqu'au moment des funérailles.

Durant la semaine de la Passion, une place fut réservée dans les blindages, afin d'y célébrer le saint office. On lisait le saint Évangile en présence de toute l'armée de terre et de mer et de ses chefs, du général Khrouleff et d'autres. Dans la matinée du samedi saint, je célébrai la messe des Morts au-dessus du Saint-Suaire, en présence de toute l'armée et de Mme Stakhowitsch, supérieure des Sœurs de charité. Puis, ayant obtenu du général Khrouleff la permission de porter le Saint-Suaire vers la tour de Malakoff, nous partîmes. Dans la procession, se trouvait un grand nombre de soldats, et pendant qu'on faisait le tour du fort, personne ne fut blessé, malgré les quelques projectiles envoyés par l'ennemi.

Le dimanche de Pâques, j'officiai solennellement les matines et la messe. Le chœur était composé par les officiers de la marine. L'office terminé, je félicitai tous les soldats présents, et je pris dans la tour

14

même mon premier repas gras, avec les chefs de l'armée.

Aussitôt après ce repas, j'allai visiter les blessés dans les casernes de Pawlowsky, où, après avoir dit la messe, je félicitai tous ces blessés.

A deux heures, je fus invité, par M. Jurkovsky, à un dîner servi dans la tour de Malakoff.

Vers trois heures et demie, une bombe éclata près d'un des blindages dans lequel se trouvaient douze marins. Ils furent tués sur le coup, et nous pûmes seulement ramasser leurs membres parmi les décombres du blindage détruit par la bombe. A quatre heures, je partis, ainsi que MM. les officiers, dans le blindage afin d'y célébrer les vêpres. Ayant pris la croix, un cierge et l'encensoir, à peine avais-je prononcé le premier verset : « Béni soit Dieu et les ennemis mis en fuite », qu'une bombe vînt à tomber sur le blindage et éclata avec un fracas tel que nous fûmes tous assourdis. Le blindage n'était pas détruit, mais il était rempli de fumée. Malgré l'explosion et la fumée, le saint office s'accomplit en bon ordre, comme il avait commencé.

Le lendemain de Pâques, commença un bombardement terrible. Mes devoirs m'obligeaient à rester à l'ambulance près des blessés pour les confesser et les munir du saint Sacrement, et aussi pour enterrer les morts. Je disais la messe toujours en plein air, devant la tour de Malakoff, et tout, ordinairement, se passait à souhait. Notre chef,

M. Jurkovski, fut grièvement blessé au cours du premier assaut de Sébastopol. Il souffrit horriblement pendant quelques jours et mourut bientôt après avoir reçu le saint Sacrement. Je l'enterrai près du bastion du Nord.

Repose en paix, brave homme!

En parlant du défunt, je dois rappeler que son caractère était brave et vertueux. Durant les nombreuses batailles, il ne s'accordait à lui-même aucune indulgence. Quand on lui disait qu'il devait se ménager à cause de sa famille, il répondait : « Je ne peux pas agir autrement; mon devoir me commande de me sacrifier pour le bien de la patrie et je me sacrifierai jusqu'à la dernière goutte de sang; pour le reste, je m'abandonne à la Providence ». Et cela n'était pas seulement des mots : le sentiment du devoir était très puissant en lui. Quel est celui en lequel, du reste, ce sentiment eût pu être faible! Pour moi, je ne connus aucun exemple de faiblesse. Le courage de Korniloff, Istomine, Nakhimoff, Jurkovsky et autres se communiquait à chaque soldat russe pendant la glorieuse défense de Sébastopol. Au tribunal de la pénitence j'entendis très souvent des soldats grièvement blessés ou mourants balbutier : « Où est mon fusil, où est mon briquet? » Il me semble que tout cela démontre assez leur bravoure.

Mais ce n'était pas seulement les soldats qui donnaient l'exemple du courage et de l'abnégation. Je connais un grand nombre de personnes civiles qui

sacrifièrent leurs biens et mirent leur vie en danger
pour venir soigner les blessés. Ma mémoire con-
serve, par exemple, le souvenir de Matrena Alexan-
drowna, femme du capitaine Egoroff; elle resta dans
Sébastopol assiégé, prit volontairement le rôle de
sœur et le remplit maintes fois sous le feu ennemi;
tous ses moyens, elle les dépensait pour assister les
blessés. Pour mieux prouver son dévouement à la
patrie pour les courageux défenseurs de Sébastopol,
elle assistait et consolait les blessés aux plus terribles moments du siège, durant le bombardement
le plus acharné. Et les blessés l'adoraient; et quand
elle s'approchait, chacun disait : « Voilà notre
mère qui vient ».

Par son exemple, elle inspira à son fils la résolution généreuse de sacrifier sa vie au bien de la
patrie. Malgré sa jeunesse (il avait 14 ans), ce fils
était dans le 6me bastion, comme volontaire, faisant
des patrouilles, montant la garde dans divers
endroits, portant des sacs de terre pour la construction des batteries, apportant les boulets et faisant
le tout avec un souci particulier d'être utile, dans
ce moment si difficile, à chaque habitant de Sébastopol. Au début du bombardement, il avait été blessé
à la joue et à la tempe; mais, malgré sa douleur, il
ne put être retenu dans la maison : aussitôt le pansement fait, il accourait à la batterie, et continuait
à travailler, encouragé par sa mère.

Après la mort de Jurkovsky, la 4me division fut
commandée par le capitaine Kern. Dans la nuit du

28 juin, j'officiai devant la sainte Image'des apôtres Pierre et Paul, à l'entrée de la tour de Malakoff. Kern, le général Youféroff et les autres chefs assistaient à l'office, pendant lequel un tumulte se produisit : c'était l'arrivée de l'amiral Paul Stepanowitsch Nakhimoff, désigné pour inspecter les batteries. Kern lui proposa de prendre part à la prière collective ; mais Nakhimoff répondit : « Priez, priez » ! et s'en fut immédiatement vers les batteries construites derrière la tour de Malakoff, d'où il se mit à observer avec sa longue vue. A ce moment, une balle lui frappant la tempe, il tomba sans connaissance. J'en fus prévenu avant la fin de l'office et aussitôt je me dirigeai vers la batterie, espérant le trouver encore vivant, le confesser et le munir du saint Sacrement. Je ne pus remplir ce devoir de chrétien : Nakhimoff était toujours sans connaissance. On le transporta au bastion Nord, où je restai près de lui jusqu'à sa mort. Le corps de Nakhimoff fut alors transporté à Sébastopol, en son domicile, où tous les aumôniers de la marine le veillèrent en lisant le Saint Évangile. Nakhimoff fut ensuite enterré avec de grands honneurs dans le même endroit où reposaient déjà les autres défenseurs de Sébastopol : les amiraux Korniloff et Istomine.

Tout le clergé de Sébastopol, l'escadre de la mer Noire et un grand nombre de personnes appartenant aux diverses classes de la société assistèrent aux funérailles.

En terminant, je crois de mon devoir de dire que, pendant les obsèques de l'amiral, aucun coup de feu ne fut tiré du côté de l'ennemi, et ce n'est qu'après la cérémonie qu'un feu de salve annonçait la reprise des hostilités.

SÉRAPHIME,

Supérieur du monastère de Saint-Nikaudre.

SÉBASTOPOL

PRÉFACE

—

Il y a des victoires sans gloire et il y a de brillantes défaites; il ne reste pas toujours au vainqueur la gloire du héros.

Sébastopol n'a pas pu résister contre les ennemis, mais sa défense compose une des plus mémorables et des plus glorieuses pages de notre histoire, et tous les Russes sont obligés de l'étudier. Nous espérons que notre littérature s'enrichira bientôt de savantes recherches concernant la campagne de Crimée; mais les œuvres des savants ne sont point à la portée de tout le monde, tandis que chaque paysan, chaque enfant doit répéter avec le plus profond respect les noms des héros tombés pour la patrie. Mon modeste ouvrage est donc dédié au peuple et aux enfants.

On ne trouvera point dans cette courte

esquisse le sommaire d'évènements historiques, mais j'ai tâché, autant qu'il m'était possible, de donner à mes lecteurs une idée du
caractère général de la lutte sanglante dans
laquelle sont tombées tant de chères victimes.

Mᵐᵉ T. TOLITCHEVA

SÉBASTOPOL

« Mourons tous, car les morts
n'ont pas de honte ».

SVÉABOSLOW IGORIEVITCH.

La cité est petite, mais elle est glorieuse; elle a
succombé devant la force supérieure de l'ennemi,
mais elle a succombé avec honneur. Beaucoup de
généreuses victimes ont péri pour elle, il a coulé
pour elle beaucoup de sang honnête, et la patrie
n'oubliera jamais les martyrs qui ont lutté pour
elle et pour elle sont tombés. Des siècles s'écoule-
ront et les grands-pères raconteront à leurs petits-
fils, comment, sous les murs de Sébastopol, le
soldat russe ne déshonorait point le nom russe et
son drapeau : comment il mourait et ne se rendait
pas.

Il n'est pas un coin reculé de notre vaste pays,
où l'on ne répéta le nom de Sébastopol; mais chacun sait-il comment est née cette ville glorieuse,
pourquoi ont paru devant ses murailles les régiments ennemis et pourquoi tant de sang a coulé?
Et à ceux qui l'ignorent nous allons le raconter.
Peut-être quelque jeune campagnard, un peu ins-

truit, livrer-t-il un jour ces histoires aux soirées villageoises, et peut-être aussi quelque vieux soldat de Sébastopol les écoutera et se rappellera le temps passé, quand il marchait sans peur contre l'ennemi, la bénédiction maternelle sur la poitrine et le fusil en mains.

L'impératrice Catherine II avait conçu l'idée de construire une flotte sur la mer Noire, afin de repousser l'ennemi, s'il nous attaquait avec ses navires, et elle ordonna de rechercher un endroit propice pour une station navale. On le trouva sur la côte de Crimée; on y fonda une ville qui fut appelée Sébastopol et l'on commença à construire une flotte.

Bientôt parurent des vaisseaux sur la mer Noire. Ils ne craignaient ni la tempête, ni les forces de l'ennemi, et se promenaient gaiement sous le drapeau russe. Les matelots y vivaient comme des enfants de la même famille et ils aimaient leurs navires, comme notre paysan aime son foyer natal. Ils s'étaient tellement habitués aux vagues de la mer, que la terre leur était devenue étrangère. Ils vivaient sur les ondes, ils y mouraient, et la mer était leur sépulture. Lorsqu'un marin s'endormait du sommeil éternel, on l'enveloppait dans un drap bien propre, le prêtre de la flotte lui donnait l'absoute, puis les camarades lui faisaient leurs adieux, et on laissait glisser son corps dans la mer. Lorsqu'il fallait prendre quelque repos, les vaisseaux rentraient dans le port de Sébastopol.

Femmes et enfants venaient alors en foule sur le quai à leur rencontre. Les matelots embrassaient leurs femmes et leurs enfants, leur faisant de longs récits de leurs navires, ainsi que des merveilles de la mer, mais ils ne restaient pas longtemps avec eux ; car, tout à coup, les voiles des vaisseaux se déroulaient déjà de nouveau et il était temps que le matelot prît congé des siens et qu'il se remît en route sur la mer aux flots d'azur.

Les femmes et les enfants de Sébastopol aimaient à regarder les beaux navires, savaient le nom de chacun d'eux et accouraient sur le quai, lorsque quelque nouveau vaisseau entrait dans le port, salué par les coups de canon. La vague les berçait de son chant éternel : ils s'étaient habitués à s'endormir sous le bruit de son murmure, et la mer ne leur était plus étrangère. Ils lui confiaient leurs fils et leurs frères, et lorsque la tempête la démontait, les femmes priaient pour le salut de nos vaisseaux. Et les petits enfants enviaient la vie libre du marin et attendaient avec impatience l'heureux moment, où, avec la bénédiction de leur mère, ils revêtiraient l'habit de matelot et se promèneraient sous les voiles.

Souvent nos marins avaient à se mesurer avec les ennemis, et ces derniers avaient fait connaissance avec la vaillance russe. La jeune flotte de la mer Noire s'illustrait de nombreuses actions d'une hardiesse inouïe. Quarante années à peine se sont

écoulées depuis le moment où ses premiers navires ont été lancés, qu'elle a [déjà écrasé les
forces marines des Turcs. Nous allons raconter au
peuple russe de quelle manière ses frères se sont
distingués à cette époque : Un de nos navires
voguait près du rivage de Turquie. Il était muni
de dix-huit canons et avait pour commandant de
brave Kozarsky. Tout à coup les nôtres s'aperçoivent qu'ils sont poursuivis par deux navires turcs
sur lesquels on comptait près de deux cents canons.
Kozarsky rassemble ses officiers et leur ordonne de
tenir conseil : faut-il rendre aux ennemis le drapeau
russe et devenir leurs prisonniers? ou, vaut-il
mieux faire sauter le vaisseau et périr tous ensemble? Les marins tinrent conseil et décidèrent de
« périr tous ». Bon, reprit Kozarsky, mais essayons
tout de même de repousser l'ennemi, et si nous ne
réusissons pas, nous aurons toujours le temps de
mourir : nous ferons alors sauter le navire », et il
donna l'ordre pour que tout fut prêt pour l'explosion. Les Turcs approchèrent et poussèrent le cri :
« Rendez-vous! » Nos canons leur répondirent par
un feu formidable et un combat acharné s'engagea.
Durant trois heures entières pleuvait d'un côté et
de l'autre une grêle d'obus et de bombes; la force
russe prit enfin le dessus et les ennemis s'éloignè-
rent avec honte. Kozarsky, pour ce fait d'armes,
monta en grade, reçut la croix militaire de Saint-
Georges, et le Tzar lui accorda, ainsi qu'à ses braves
marins, une pension viagère.

LA GUERRE

Mais pour la flotte russe est arrivé un jour de revers.

Un côté de la mer Noire nous appartient, et sur le rivage opposé s'étend l'empire de Turquie.

La Turquie possédait douze millions de sujets orthodoxes et elle n'osait pas les opprimer, car la Russie défendait toujours leur cause. Il avait été signé à cet effet un traité entre nous et le sultan, et nos coréligionnaires de la Turquie vivaient en paix sous la protection de la Russie. Cet ordre de choses durait depuis quatre-vingts ans, quand tout à coup les chrétiens commencèrent à se plaindre des Turcs. Alors l'empereur Nicolas exigea l'affermissement, par le sultan, de l'ancien traité. Le sultan n'y consentit point, et, sachant qu'il ne s'arrangerait pas facilement avec nous, il appela à son aide la France et l'Angleterre. Des pourparlers commencèrent à Constantinople, la capitale de la Turquie. Y arrivèrent : le prince Menchikoff, envoyé par l'empereur Nicolas, et l'ambassadeur d'Angleterre, qui soutenait vivement le sultan. Les pourparlers durèrent longtemps, mais l'Empereur espérait encore que l'affaire s'arrangerait à l'amiable; il prit néanmoins ses mesures pour être prêt à tout évènement.

Nous disions plus haut que la mer Noire s'étendait entre nous et les Turcs. L'empire turc en

fait le demi tour et se joint des deux côtés au territoire russe. L'empereur donna l'ordre à notre
armée de terre d'occuper le territoire turc près du
Danube, et à la flotte de se tenir prête; il s'arran-
gea pour pouvoir attaquer le sultan sur terre et
sur mer, dans le cas où la guerre éclaterait.
Enfin, le sultan déclara formellement qu'il ne
signerait aucun traité avec la Russie. Le prince
Menchikoff quitta Constantinople et fut nommé
commandant en chef de toute l'armée de terre et de
mer de Crimée. La guerre avec la Turquie commença.

Peu de temps avant cette époque, les habitants
de Sébastopol et les marins enterraient, avec une
profonde douleur, dans la cathédrale Saint-Michel,
l'illustre amiral Lazareff. Il avait vieilli sur mer,
avait été fort éprouvé par les combats, avait sacrifié
les meilleures années de sa vie à la flotte de la mer
Noire, élevé plus d'une génération de braves
marins et laissait des successeurs dignes de lui.
Déjà depuis longtemps, on parlait avec une profonde estime d'un de ses élèves préférés du nom de
Wladimir-Aleixéevitsch Korniloff qui, bientôt après
la mort de son maître, fut nommé vice-amiral et
s'efforça de soutenir dans la flotte les règlements
qui y avaient été introduits par Lazareff. Mais son
collègue et ami, Paul Stépanovitsch Nakhimoff,
inspirait un attachement tout à fait extraordinaire
à ses matelots. Il fut aussi l'élève de Lazareff, et
nommé également vice-amiral. Les ennemis le

craignaient, mais les petits-enfants ne le craignaient point. Il venait toujours en aide aux pauvres et les consolait avec de bonnes paroles et avec le doux regard de ses yeux clairs. Jeunes gens et vieillards venaient toujours à lui, sans crainte, avec n'importe quelle demande. Il n'avait point de prestance, car il était d'un embonpoint excessif et un peu voûté, il n'avait point non plus l'air d'un commandant, et il vivait avec les matelots en parfaite intimité, comme avec ses égaux. Il était d'un caractère emporté : il aimait que sur ses navires tout fut en ordre et que chacun sut son affaire, et s'il s'apercevait de quelque omission, il devenait terrible de colère et d'indignation, il criait, jurait à tout rompre. Cependant sa colère ne faisait pas grand'peur à ses subordonnés, car ils savaient que Paul Stépanovitsch était sévère, mais qu'il avait bon cœur. Ils savaient qu'après avoir crié et juré à son aise, il se calmerait et commencerait à questionner le matelot qu'il grondait tout à l'heure, l'interrogerait sur son pays natal, sur le nombre de ses enfants et s'informerait s'il n'avait besoin de rien. Il était débonnaire et le paraissait, mais quand l'heure de la bataille eut sonné, le débonnaire devint un guerrier terrible.

Et l'heure de la bataille avait sonné.

Les vaisseaux de Nakhimoff se promenaient sur la mer Noire, quand tout à coup on le fit avertir de Sébastopol que la guerre était déclarée aux Turcs. Il ne se sentit point de joie. Depuis longtemps déjà

15

il s'ennuyait de rester inactif et désirait ardemment l'occasion de pouvoir attaquer l'ennemi. Il félicita ses soldats, donna l'ordre de célébrer une action de grâces et se mit à la recherche de la flotte ennemie. Il la trouva en face de la ville turque de Sinope. Nos marins aperçurent les mâts des vaisseaux de l'ennemi et se préparèrent gaiement pour le combat. Bientôt la canonnade éclata. Pendant que nous échangions des coups de canon avec la flotte ennemie, du côté de la ville, un feu terrible s'ouvrait sur nous. Les ondes écumaient sous la grêle de bombes et d'obus et s'empourpraient de sang. Sinope fut brûlée. Beaucoup de navires turcs y périrent. Beaucoup de drapeaux turcs s'abaissèrent devant le drapeau russe ; et, lorsque toutes les forces ennemies furent écrasées, un formidable « Hourra ! » ébranla au loin la mer et annonça notre victoire. Cette glorieuse bataille fut appelée la « Bataille de Sinope », et nos ennemis eux-même rendirent honneur aux vainqueurs. Nakhimoff fut comme rajeuni par la joie et retourna à Sébastopol, où toute la population, jeunes et vieux, accourut à sa rencontre. Le Tsar le félicita, le remercia chaudement, et lui envoya en récompense la croix de Saint-Georges.

Bientôt la nouvelle de la bataille de Sinope fut connue partout. La France et l'Angleterre entrèrent avec nous en de nouvelles négociations et, enfin, exigèrent que la Russie renonçât au droit de libre navigation sur la mer Noire. On comprend aisément que les vainqueurs ne pouvaient point se décider à signer un pareil traité. L'empereur Nicolas refusa. Il ne céda pas, mais les autres puissances ne cédèrent pas non plus, et les négociations finirent par ce fait que l'Angleterre et la France nous déclarèrent la guerre. Elles s'allièrent avec le sultan et envoyèrent leurs navires dans la mer Noire.

Ces navires s'arrêtèrent dans les ports turcs et commencèrent à s'approvisionner de tout le nécessaire. On leur amenait par mer, de la France et de l'Angleterre, des hommes, des chevaux et des armes de toute sorte.

Les Turcs, de leur côté, ne perdaient pas de temps, et, aussitôt que tout fut prêt, les alliés quittèrent les rives turques et commencèrent à s'approcher de nos ports avec leurs armées de terre et de mer. A Sébastopol, nous aussi, nous nous préparions. Mais il y avait alors très peu de chemins de fer chez nous, et Sébastopol en était éloignée de plus de mille verstes; avec nos routes ordinaires, il était bien difficile d'amener des canons et de faire marcher des régiments. En outre, nous n'étions pas prêts pour une guerre, nous n'avions pas d'armes aussi perfectionnées que celles de l'ennemi, et il nous manquait bien des choses; à la hâte, on ne pouvait point s'approvisionner de tout ce qui était indispensable.

La mer Noire, en s'enfonçant dans la côte de Crimée, forme une baie d'une verste de largeur et

de six verstes de longueur. Son côté droit, qui
regarde la terre, s'appelle le côté Nord, et celui de
gauche : le côté Sud. Sur ces deux côtés s'étend la
ville de Sébastopol; c'est là que se trouvent les
ports où s'arrêtent les navires. Les maisons et les
églises se concentraient sur le côté Sud, et sur le
côté Nord se trouvaient seulement quelques pauvres
maisonnettes et le cimetière. On peut traverser
d'un côté à l'autre en chaloupe; pour y aller par
terre, il faut faire le tour de la baie. Sur les quais
s'élèvent çà et là des bastions; du côté de la mer,
la ville est toujours prête pour repousser les ennemis.

Au delà d'un large fossé s'élèvent les remparts
qui entourent la ville et dans lesquels des ouver-
tures sont pratiquées pour y placer les canons. Les
remparts ne sont pas situés en ligne droite, mais ils
forment des courbes qui portent des noms différents. L'ennemi, pour occuper la ville, est obligé
de détruire les remparts, au delà desquels elle se
réfugie, et ce n'était point chose facile.

La formidable flotte ennemie s'approchait. En
attendant l'attaque du côté de la mer, nous nous
occupâmes à réparer les vieux bastions et à élever
des fortifications nouvelles. C'est une tâche bien
difficile que de fortifier une ville. Ces travaux
furent accomplis par un homme de génie, auquel
chaque Russe doit être reconnaissant. Il s'appelait
Totleben. C'était un artiste dans son métier, et il
s'acquitta consciencieusement de la tâche qui lui

était confiée. Pendant de longues années, il avait travaillé et étudié, il avait passé à l'œuvre bier des nuits blanches ; il érigea des fortifications telle ment formidables, qu'elles ne devaient pas être facilement détruites par les obus et les bombes.

LE DÉBARQUEMENT

ET LA BATAILLE SUR LA RIVIÈRE DE L'ALMA

L'ennemi ne commença point par nous attaquer du côté de la mer, mais, abordant nos côtés, à soixante-dix verstes de Sébastopol, il fit débarquer sur notre rivage toute son armée de terre. C'était au commencement de septembre 1854. Cette armée était très nombreuse, et, en outre, nous étions aussi entourés d'ennemis à l'intérieur. Toute la Crimée est peuplée de Tartares qui sont nos sujets. Ils sont les coréligionnaires des Turcs et auraient bien voulu pouvoir devenir les sujets du sultan. A peine leurs coréligionnaires, aidés de leurs alliés, eurent-ils débarqués sur notre rivage, que les Tartares envoyèrent dans leur camp des délégués de tous leurs villages. Le commandant en chef les reçut gracieusement et les délégués lui promirent, au nom de tous leurs coréligionnaires, de fournir à l'armée de la coalition du bétail, des fourgons et tout ce dont l'armée aurait besoin.

Nous apprîmes que l'armée des alliés se trouvait sur notre rivage. A Sébastopol, il n'y avait point de

fortifications du côté de la terre ferme, et de ce côté-là
l'ennemi aurait pu entrer facilement dans la ville
ouverte, comme en 1812, Napoléon entra librement
à Moscou. Le prince Menchikoff ordonna immédiatement que quinze cents ouvriers se mettraient, sous
la direction de Totleben, à fortifier Sébastopol du
côté de la terre ferme ; quant à lui, il réunit autant
de soldats qu'il lui fut possible de le faire, et
marcha à leur tête contre l'ennemi, qui approchait
déjà vers la ville en longeant la côte. Le prince le
rencontra sur la rivière l'Alma et se prépara pour
le combat. C'était le jour de Noël. Le temps était
splendide, le soleil brillait, pas le moindre nuage
dans le ciel pur. Mais ce fut dans un mauvais
moment que nous engageâmes le combat ; nous
comptions dans nos rangs trente-deux mille hommes,
et les alliés faisaient avancer contre nous plus de
soixante mille soldats. La lutte s'engagea près du
bord de la mer ; une lutte acharnée, terrible. Tandis
que le formidable ennemi nous prenait face à face,
des centaines de canons tonnaient sur ses vaisseaux
et nous envoyaient leur feu. Les nôtres marchèrent
vaillamment au devant de la mort. Avec un formidable « Hourra ! » ils se jetèrent en avant sous le
feu croisé de l'ennemi et tombèrent par rangs
entiers. En vain se remplacèrent-ils les uns les
autres : tous furent mis hors des rangs. Durant
quatre heures entières, le rugissement de la canonnade étouffait les plaintes et les gémissements des
blessés et des mourants. Nos régiments furent mis

en désordre et enfin nos troupes, exténuées de fatigue, commencèrent la retraite. Des fourgons furent chargés de blessés, pourtant nous n'avons pas pu les ramener tous, mais nous avons eu affaire à des ennemis honnêtes, et nous ne leur en gardons point rancune. Ils n'abandonnèrent point nos malheureux soldats sur le champ de bataille, ils les ramassèrent et les firent transporter à Odessa. Là, nos martyrs trouvèrent des soins et des secours.

Nos régiments s'acheminèrent tristement vers Sébastopol, qui se trouvait à vingt-cinq verstes du champ de bataille. Dans la ville on avait déjà appris la triste nouvelle. Tout le monde était sur les dents.

Mais le temps était précieux : l'ennemi nous menaçait de deux côtés, sur terre et sur mer, et ni du côté de la terre, ni du côté de la mer nous ne pouvions résister à son assaut. Son armée était deux fois plus forte que la nôtre, et ses innombrables navires ressemblaient au loin à une forêt épaisse qui serait sortie des profondeurs de la mer. Encore quelques heures, et ils allaient apparaître près de nos ports; il fallait absolument leur barrer la route de Sébastopol, coûte que coûte; il fallait se décider à faire un grand sacrifice.

Korniloff réunit un conseil militaire et le premier proposa ceci : « Nous allons sortir avec toute notre flotte en mer, nous attaquerons la flotte ennemie et nous la mettrons en déroute, et, au cas où nous n'y réussirions pas, nous l'aborderons et nous nous

ferons sauter tous ensemble. Nous aurons sauvé
ainsi Sébastopol et l'armée ».

Tous étaient prêts à accomplir cette brillante
action. Mais Zarine et Nakhimoff répondirent que,
quoique personne ne doutât point de la fermeté de
nos marins et de leur empressement à mourir glorieusement pour la patrie, il valait mieux pourtant
essayer de lutter jusqu'à la mort sur la terre ferme,
où nous pouvions avoir encore quelques chances,
plutôt que d'aller au devant d'une mort certaine et
inévitable. Et tous les deux proposèrent de « barrer
l'entrée de la rade, en laissant couler à fond nos
vaisseaux en cet endroit.

Le commandant en chef donna son consentement
à cette proposition et, les larmes aux yeux, Korniloff s'en alla pour exécuter l'ordre de Menchikoff.
Tous les matelots des navires qui devaient être
submergés furent incorporés dans les compagnies
qui se trouvaient dans la ville; on y transporta
également les canons et les munitions de guerre.

LA DÉFENSE

Korniloff sortit et s'achemina vers le port. Les
matelots venaient à sa rencontre en pleurant. Il
leur annonça que le sort de la flotte était décidé, et
donna les ordres nécessaires. A son ordre, sept
navires furent rangés à l'entrée de la baie, comme
des victimes condamnées à mort. On les débarrassa
de leurs voiles et des canons qu'ils contenaient et on
commença à trouer leurs flancs, pour que l'eau pût

y entrer. Dans la nuit ils devaient s'enfoncer pour toujours dans les flots.

Un chagrin brûlant, une angoisse inexprimable s'emparèrent de Korniloff et lui serrèrent le cœur.

En quittant le port il retourna chez lui ; plusieurs matelots l'y attendaient. Eux aussi ne purent se faire à l'idée de la destruction projetée de leurs chers navires et ils supplièrent Korniloff de conduire la flotte au combat. Mais Korniloff répondit : « Il faut se soumettre au destin, il faut faire tous les sacrifices possibles : lorsque les ennemis marchèrent sur Moscou, nous avons brûlé Moscou. » — Dans la nuit, trois navires furent submergés, et au lever du soleil on apercevait seulement les sommets de leurs mâts, qui sortaient des profondeurs de la mer. Bientôt furent coulés à fond trois autres navires. Mais le dernier, le doyen de la flotte, le vaisseau « *Trekh Sviatitéley*[1] » luttait longtemps contre la mort. « Ce n'est point la mer Noire qui le fera couler — disaient les matelots — la vague le fuit : une force invisible le protège. » Fût-il en effet protégé par les « trois saints », dont il portait le nom, ou ne voulût-il pas accepter la mort des mains de ses propres matelots, mais le navire ne s'enfonçait point dans la mer et levait bien haut ses mâts dénudés. Un des commandants donna alors l'ordre de faire dans sa direction une formidable décharge, afin de terminer son agonie. La canonnade éclata, les matelots l'accompagnèrent de

' De trois saints.

leurs sanglots, et le vaisseau commença à s'agiter
sur les flots, comme un malade sur son lit de mort,
puis il s'abaissa lentement sur le flanc, on eût dit
d'un lion blessé. Les matelots le regardaient avec
une profonde douleur et lui disaient adieu en pleurant, comme à quelque cher mort. Enfin il commença à s'enfoncer doucement dans la mer. Les
flots accoururent vivement sur lui en écumant, et
le vaisseau « *Trekh Sviatitéley* » se dressa et coula
à pic.

La plupart des pièces et des munitions de guerre
de la flotte furent transportées sur les fortifications, c'est là aussi que furent placés en service
seize mille matelots. Ce fut avec un profond regret
et une amertume indicible qu'ils quittèrent leurs
navires ; combien de fois les larmes leur venaient
aux yeux, quand ils apercevaient quelque drapeau
flottant, ou écoutaient les bruits des vagues, qui les
appelaient et les attiraient vers elles.

Cependant l'ennemi se trouvait encore sur les
lieux du combat. Il ramassait ses blessés et les
nôtres et remettait tout en ordre. Le prince Menchikoff, dans la crainte que l'ennemi ne nous coupât
la route de Bakhtschisarai, d'où nous attendions du
renfort et des provisions, se décida à faire sortir
les troupes de Sébastopol, pour que l'ennemi ne nous
coupât point les voies de communications avec les
nôtres, et afin de pouvoir l'attaquer à l'improviste
si une occasion favorable se présentait. Les régiments reçurent l'ordre d'être prêts pour le départ,

et les officiers furent appelés chez le commandant
en chef, qui désigna à chacun d'eux son poste. Il
laissa à Sébastopol trois commandants : le général
Moller fut charger de commander les cinq mille soldats de l'armée de terre, et les marins qui étaient
habitués à obéir à la voix de Korniloff et de Nakhimoff, restèrent sous leur commandement. Avec ces
chefs, ils vivaient jusque-là ensemble et ils étaient
prédestinés à mourir ensemble. Cette nuit même le
prince sortit avec les régiments. Il ne fit part à
personne de ses plans, personne ne savait pourquoi il fit sortir l'armée de la ville, et la troupe qui
resta à Sébastopol devint triste. Que faire sans
l'armée? Si les alliés longent le bord de la mer,
dans quelques heures ils arriveront devant la ville,
et les fortifications sont à peine commencées;
vingt mille hommes pourront-ils résister contre
l'assaut de cinquante mille? Il ne restera qu'à mourir ou se rendre à l'ennemi. Et les soldats s'attris-
tèrent profondément. Devint triste aussi le vieux
vainqueur de Sinope : serait-il possible que ses navires victorieux tombassent entre les mains de l'ennemi? Serait-il possible que l'honneur de la flotte
russe périsse? Non, mille fois non? Nakhimoff ne
verra point une honte pareille. Il aimera mieux
faire couler de ses propres mains ses vaisseaux tant
aimés.

Seul Korniloff ne perdait point l'espoir. Pareil
au héros de la fable, il prit sur son dos puissant
tout le fardeau de cet écrasant travail et se char-

gea de tout. Il suffisait à tout. Il regardait partout
et faisait tous les préparatifs pour la lutte suprême.
Il soutenait tout le monde par sa force morale et sa
merveilleuse énergie. Lorsque Korniloff paraissait,
tous les cœurs se remplissaient de joie et d'espoir ;
la mort ne faisait plus peur à personne. Il parcou-
rait les rangs de ses troupes et les convoquait pour
le combat comme pour un festin de noce. « Celui
qui donnera le signal de la retraite, disait-il à ses
soldats, est un traître ; si je commande la retraite
poignardez-moi sur place, sans hésiter ! » Et les
guerriers russes reprirent courage et jurèrent de
mourir plutôt que de se rendre.

Après avoir donné tous les ordres nécessaires, il
monta sur le clocher de l'une des églises de la ville,
et de cette hauteur suivit le mouvement de l'armée
ennemie. Nakhimoff y monta aussi. Pendant deux
jours, ils restèrent debout sur l'étroite plate-forme
du clocher, comme des sentinelles infatigables. Plus
d'une fois, peut-être, leur cœur se serrait d'effroi
et d'anxieuse attente, mais ils plongeaient sans
cesse leurs regards ardents au loin et, prêtant
l'oreille, recueillaient le moindre bruit apporté par
le vent. Ils mangeaient à la hâte quelque morceau
et ne fermaient presque pas l'œil, observant toujours
et guettant le moindre mouvement de l'ennemi.
Enfin, ils s'aperçurent que l'ennemi quittait le bord
de la mer et s'acheminait vers les montagnes :
l'ennemi s'éloignait de Sébastopol ! Il n'y avait point
de doute ; il avait abandonné l'idée de marcher sur

nous par le chemin direct, il faisait le tour de la ville et ne reparaîtrait pas devant elle de sitôt. Nos chefs poussèrent un cri de joie. Tout n'est pas encore perdu. Dieu veuille nous accorder seulement quelques jours, et nous fortifierons Sébastopol, nous ne la livrerons pas sans défense aux ennemis !

L'ordre fut aussitôt donné de sonner le tocsin et de donner l'alarme. Tous les habitants de la ville furent aussitôt sur pied, tous accoururent à l'appel. « Montez sur les fortifications, leur criait-on, chacun va avoir sa besogne ! » La foule se jeta sur les fortifications ; femmes, vieillards, enfants, marchands, prêtres, paysans, tous coururent vers l'endroit indiqué, tous demandèrent de l'ouvrage.

Et la besogne commença, une besogne active, acharnée. On travaillait sans se lasser ; les enfants amenaient de la terre sur des brouettes, les femmes apportaient du sable dans leurs tabliers. Quelqu'un s'emparait d'une bêche, un autre d'un brancard, un troisième amenait son cheval pour transporter de la terre. Quand la nuit fut venue on alluma des flambeaux et les habitants de Sébastopol ne quittèrent point leur travail : pendant que les uns se reposaient, d'autres les remplaçaient. On comptait toujours de cinq à six mille hommes en train de travailler. Une des batteries fut appelée « la batterie des femmes », parce qu'elle a été construite par les femmes, qui reçurent en récompense des médailles en argent ornées du ruban de Saint-Georges. Quelquefois les soldats qui faisaient le service de senti-

nelles, venaient aussi pour aider aux travaux, et
des bourgeois les remplaçaient alors comme sentinelles. Tous offraient leurs services à la cause commune, tous travaillaient ensemble comme des frères,
courageusement et gaiement. Totleben courait constamment des uns aux autres sur son cheval, donnant
des ordres et encourageant les travailleurs. Les
détenus, qui se trouvaient dans les prisons de la
ville, désiraient racheter leurs fautes et sollicitaient
la grâce de pouvoir rendre service à la Patrie en
danger. Korniloff ordonna leur mise en liberté. Pendant tout le temps que dura le siège, on les occupa
à toutes sortes de travaux et ils travaillaient courageusement, de toutes leurs forces, et personne ne
les offensait par quelque mot outrageant, personne
ne regardait avec reproche leurs têtes rasées.

Les fortifications croissaient à vue d'œil. Au bout
d'une semaine, le côté sud de la ville était caché par
des murs formidables, surmontés de batteries munies de canons prêts à repousser l'ennemi. Plus
menaçant que les autres fut le bastion élevé sur
une colline qui s'appelle « la colline de Malakoff ».
Ce nom est maintenant universellement connu.

Nakhimoff et Moller résolurent de céder leur
commandement à Korniloff. En ces grands jours,
quand la mort était si proche, chacun oubliait son
amour-propre et ne pensait qu'à l'honneur des
armes russes. Ce n'est point le commandement qui
était cher aux vieux chefs, c'était Sébastopol, et
Sébastopol ne pouvait être sauvé que par Korniloff;

c'est pourquoi ils se mirent volontiers dans les rangs de ses subordonnés. « En ce moment on a besoin d'une seule volonté et d'une autorité absolue, lui dirent-ils, tu es devenu l'âme de l'armée et tu conduiras l'affaire mieux que nous : aussi nous voulons t'obéir. »

Korniloff y consentit. Il accepta le commandement de la ville et de la flotte. C'était avant la fête de l'Exaltation de la Sainte-Croix. Le jour même de la fête, les soldats, après avoir entendu la messe, se rangèrent, tandis que de toutes les églises sortaient des processions avec les images saintes. Les prêtres firent le tour de toutes les fortifications, les bénirent en disant des prières et aspergèrent avec de l'eau bénite chaque bastion. Korniloff parcourut les régiments. « Mourons, enfants, s'écria-t-il, et ne rendons pas Sébastopol ! » Et les vaillants guerriers lui répondirent par un cri formidable : « Mourons pour la patrie ! hourra ! »

LE SIÈGE

Les alliés firent le tour de Sébastopol et apparurent, à douze verstes de distance, devant le côté sud. Là, ils s'arrêtèrent et occupèrent, près du bord de la mer, la petite ville de Balaklava et ses environs, où ils disposèrent leur campement. En même temps leur flotte y était arrivée, et ils commencèrent à se préparer pour nous assiéger sur mer et sur terre. Ils ne purent s'approcher de la ville

en ligne droite, car ils auraient été reçus de loin
par des coups de canons, aussi se mirent-ils, à leur
tour, à creuser de larges fossés et à construire des
tranchées dans la direction de Sébastopol. Quand
les ennemis feront avancer leurs tranchées jusqu'à
la distance d'un coup de canon de la ville, ils trans-
porteront sur ces tranchées leurs pièces de campagne, construiront des batteries et commenceront
à tirer sur nous, cachés qu'ils seront par le remblai de terre, puis ils iront creuser plus loin. Ils
s'approchaient de nous de plus en plus et travaillaient la nuit pour ne pas être empêchés par nous,
et souvent, au lever du soleil, les nôtres se montraient des batteries, qui, hier encore, n'existaient
pas chez l'ennemi.

Enfin, le prince Menchikoff retourna à Sébastopol
avec son armée. Les alliés, en prenant la direction
de Balaklava, nous laissèrent libres les voies de
communication. Les habitants de Sébastopol
reçurent l'armée à son retour comme des frères
longtemps attendus, comme de nouveaux défenseurs
de leur chère ville, et à partir de ce moment là,
tous attendirent l'ennemi avec impatience.

Korniloff confia le commandement du bastion de
Malakoff au contre-amiral Istomine. Istomine avait
grandi sur les vaisseaux, dès son enfance et était
renommé par sa rare bravoure ; il reçut la croix de
Saint-Georges à l'âge de dix-huit ans. Dans les
combats, il se jetait toujours le premier sous le feu,
et ce n'était pas pour rien que les matelots disaient

16

de lui : « On dirait que notre Wladimir-Ivanovitsch
a sept têtes ». Il ne lui était point facile de dire
adieu à la mer, à ses vaisseaux, et de déménager
sur la terre ferme, qui était pour lui un élément
étranger. Pourtant, sur la terre ferme, comme
sur la mer, il était toujours prêt à servir la Russie
et à exposer pour elle sa tête. Istomine était un
chef sévère, et s'il était trop exigeant envers ses
matelots, il l'était encore plus envers lui-même. Il
travaillait toujours sans se lasser, sans jamais se
reposer. Il organisa sur la colline de Malakoff le
même ordre que celui qui existait sur ses vaisseaux.
Il savait que celui-là ne mérite point le nom de
guerrier, qui permet à l'ennemi de l'attaquer à
l'improviste, et lui-même et aussi ses braves marins étaient toujours également prêts pour l'attaque
et pour la mort.

PREMIER BOMBARDEMENT

Les alliés ne s'endormaient point, eux aussi. Ils
faisaient avancer de plus en plus vers nous leurs
tranchées, et, le 3 octobre, ils se préparèrent à bombarder Sébastopol. Aussitôt que la canonnade eut
commencé, Korniloff monta sur son cheval pour
parcourir les fortifications. Un aide-de-camp et un
cosaque l'accompagnèrent. Un formidable « hourra ! » retentit au milieu du bruit de la canonnade,
lorsque le vaillant chef apparut sur les bastions.
« Silence, enfants, dit-il, quand les batteries de

l'ennemi se tairont sous le tonnerre des nôtres,
c'est alors que nous pousserons un « hourra ! » Tous
éprouvèrent une crainte pour sa vie, chacun eût été
content de pouvoir racheter de sa tête la tête du
héros. « N'allez pas à Malakoff, lui dirent les soldats,
là-bas pleuvent dru comme grêle les bombes de
l'ennemi, elles ne vous épargneront point ». Mais
ce n'est pas lui qui aurait été effrayé par les bombes
de l'ennemi ; ce n'est pas lui qui aurait eu peur de
la mort. Il partit plus loin. Les obus et les bombes
sifflaient au-dessus de sa tête, mais son cœur n'en
battait guère plus fort, et il marchait toujours,
plongé dans une profonde méditation. Enfin voilà
Malakoff. Korniloff sauta à terre, jeta la bride de
son cheval au cosaque et entra dans le bastion.
Malakoff rendait déjà à la Russie son service sanglant : il y tombait déjà beaucoup de victimes ; on
amassait les morts en tas et on emportait les blessés.
Les soldats stationnaient auprès de leurs canons et
envoyaient courageusement décharge sur décharge,
et Istomine se trouvait toujours au milieu du feu.
Il pria Korniloff de s'éloigner. Avait-il le pressentiment de voir le héros pour la dernière fois ? Mais
Korniloff salua gaiement ses braves soldats, passa
la revue des batteries, eut soin des blessés et se prépara enfin à retourner chez lui. Le cosaque tenait
toujours la bride de son cheval, mais avant que
Korniloff eut le temps de monter en selle, il chan-
cela et tomba : un obus lui emportait la jambe.
Plusieurs soldats se jetèrent à son secours et l'éten-

dirent entre deux canons. Une pâleur cadavérique
couvrait déjà son visage. Il prononça d'une voix
mourante : « Défendez Sébastopol! » puis ses yeux
se fermèrent.

Le médecin accourut, pansa la blessure, et Korniloff reprit connaissance. Il fallut le porter à l'ambulance, et les soldats n'osèrent point le toucher.
Mais le mourant s'appuya des deux poings en terre,
se souleva avec effort et se jeta sur le brancard. A
l'ambulance tout le monde pleura. Le prêtre arriva,
et Korniloff communia. Il se souvint de sa femme,
de ses enfants, leur envoya sa dernière bénédiction
et engagea ses enfants à servir fidèlement la Patrie.
Sa voix faiblissait déjà et il priait toujours, priait
pour la Russie, pour Sébastopol, pour sa chère flotte,
pour le Tzar. L'intolérable souffrance arrachait
quelquefois un cri de la poitrine du patient. Le
médecin approcha un médicament de ses lèvres, il
le prit, se calma et s'endormit. Mais en ce moment
on lui apporta une joyeuse nouvelle : les canons
anglais se taisaient. Alors, il recueillit ses dernières
forces, cria « hourra! » et laissa tomber sa pâle
figure sur l'oreiller. Quelques minutes après,
Korniloff avait vécu.

KORNILOFF A VÉCU

On essayait de cacher sa mort à l'armée, mais le
soir même tout le monde l'avait appris, et de tous
côtés on venait en pleurant saluer les cendres du

héros chéri. Le lendemain, il fut enterré à côté de
son grand maître Lazareff. La nuit tombait déjà, et
les flambeaux éclairaient le cortège funèbre. Cependant l'ennemi recommençait le bombardement et le
corps de Korniloff fut porté jusqu'à sa dernière
demeure sous une grêle de bombes et d'obus. La
flotte et l'armée rendirent le dernier devoir à leur
chef : les canons russes l'honorèrent par une dernière salve, et les drapeaux des navires s'abaissèrent
devant lui.

Les alliés espéraient pouvoir vaincre la ville en
une journée; ils avancèrent leurs vaisseaux vers
nos côtes et nous bombardèrent sur mer et sur
terre. Plusieurs centaines de canons tonnaient sans
cesse. Nos fortifications s'étendaient sur un espace
de sept verstes, et sur toute cette étendue nous répondions à l'ennemi par nos décharges, et, sous la
grêle de nos obus, ses rangs devenaient de plus en
plus clairs. La mort n'épargnait pas les soldats
russes, mais nos braves chargeaient hardiment,
au milieu des blessés et des mourants, un canon
après l'autre. Il faisait particulierement chaud sur
le 3ᵉ bastion, mais ses défenseurs ne perdaient point
courage, tous restaient fièrement à leurs postes.
Tout à coup une bombe tombe dans la poudrière
qui se trouvait près du bastion, et la poudrière saute
en l'air. Le sol s'agite et un épais nuage de fumée
enveloppe le bastion ébranlé. Tout le monde est saisi
d'effroi : on croit que la dernière heure de Sébastopol
a sonné. Enfin, la fumée se dissipe et les soldats

peuvent examiner le lieu du désastre. Partout le
rempart est écroulé, beaucoup de canons sont ren-
versés et plus de cinquante cadavres défigurés et
noirs gisent, éparpillés çà et là, sur tous les flancs
du bastion. De tous côtés, on entend des malédic-
tions et des gémissements, et, comme pour leur
répondre, un cri de joie retentit dans le camp de
l'ennemi. Ce cri réveilla comme d'un profond sommeil nos guerriers. Ils se jetèrent sur les canons
restés intacts, et leurs bombes commencèrent à
siffler de nouveau. Et sur les autres bastions la
canonnade ne fut point interrompue. Malakoff surtout, comme pour venger la mort de Korniloff,
tonnait furieusement de toutes ses pièces et partout
envoyait la mort. Enfin la nuit tomba et le feu
cessa ; mais même pendant la nuit les assiégés eurent
peu de repos. Pendant que les uns s'oubliaient dans
un profond, mais court sommeil, les autres allaient
sur les fortifications, où le célèbre Totleben montrait comment il faut restaurer les remparts détruits,
où transporter les canons, où amasser de la terre
fraîche, et lorsque l'aurore apparut, nous étions
déjà prêts pour le nouveau combat qui recommença.
Durant neuf jours entiers la lutte continua aussi
impitoyable, aussi infatigable. Les hôpitaux se
remplissaient de plus en plus, ainsi que le tombeau
commun, où reposent les défenseurs de Sébastopol.
En ces neuf jours nous avons perdu, tant morts
que blessés, près de quatre mille hommes.

L'AFFAIRE DE BALAKLAVA

Enfin l'ennemi se lassa, il était temps qu'il prenne du repos, lui aussi, mais nous ne le lui permîmes point. Aussitôt que ses canons cessèrent leur feu, nous l'attaquâmes à notre tour. Pendant qu'il bombardait la ville, des régiments tout frais nous sont arrivés, sous le commandant du général Liprandy; le prince Menchikoff lui ordonna de conduire ses troupes vers Balaklava et d'attaquer les alliés.

Devant Balaklava s'étend une vallée, entourée par des montagnes. Sur ces montagnes, l'ennemi avait construit des batteries que nous avions l'intention de détruire. Dans ce but, Liprandy partit pour la vallée de Balaklava avec vingt-cinq mille hommes. Le soleil n'était pas encore levé; tout le camp des alliés dormait, et notre armée passa avec ses canons, sans être entendue, par les gorges des montagnes. Le détachement anglais se leva le premier, nous aperçut et envoya des courriers dans toutes les directions du camp, afin de faire marcher sur nous ses forces. Mais nous avions déjà réussi à gravir les montagnes et nos soldats se jetèrent à l'assaut sur les batteries de l'ennemi, les occupèrent en un instant et attaquèrent le détachement turc, qui essaya de leur résister. Les Turcs s'enfuirent, abandonnant leur drapeau en nos mains. Les cosaques les poursuivirent et en massacrèrent un grand nombre. Mais les Anglais nous opposèrent une vive résistance. Leur cavalerie et la nôtre se heurtèrent au milieu de la vallée de Balaklava. On tenait ferme des deux côtés. Enfin, nous fûmes refoulés par la pression des ennemis. Les Anglais fuirent en désordre et partirent au galop plus loin. Mais ils furent prévenus par nos canons, tandis que de l'autre côté arrivèrent les uhlans. Quelques centaines d'Anglais tombèrent sur la place. Les Français accoururent au secours de leurs alliés, mais ils furent forcés de battre en retraite sous le feu de nos canons, et leurs batteries restèrent en notre pouvoir. Nous les rasâmes à fond et nous prîmes les canons de l'ennemi, qui s'y trouvèrent.

Du combat de Balaklava, nous emmenâmes avec nous plusieurs prisonniers. Ceux de ces derniers, qui vivent encore, racontent souvent avec reconnaissance, comment les guerriers russes, intrépides dans les combats, sont miséricordieux envers les malheureux. Les prisonniers, n'étant pas habitués à notre pain de seigle, ne purent le manger, et nos soldats prirent soin d'acheter pour eux du pain blanc.

DACHA ALEXANDROVNA

Non seulement les soldats, mais aussi tous les habitants de Sébastopol servirent fidèlement la patrie. Beaucoup de gens se rappellent, entre autres, une jeune orpheline, fille de matelot, que toute l'armée connut et qui s'appelait Dacha. Aussitôt

que l'ennemi se fut approché de nous, elle vendit
tout ce qu'elle possédait pour la somme de vingt
roubles, et prit, par-dessus le marché, une veste et
un pantalon de matelot. Dacha endossa ce costume,
coupa la natte de ses longs cheveux, acheta un
cheval, s'approvisionna d'une besace, dans laquelle
elle fourra des chiffons et de la charpie, et lorsque
le prince Menchikoff fit sortir notre armée sur
l'Alma, Dacha monta sur son cheval et suivit l'armée. Sur le champ de bataille elle attacha son
cheval à un arbre et ouvrit sa besace. Quand elle
apercevait quelqu'un des nôtres tombé près d'elle,
Dacha l'entraînait sous un arbre quelconque, s'il
respirait encore, et pansait sa blessure. Après la
bataille, elle retourna à Sébastopol et demanda la
permission de soigner les blessés dans les hôpitaux.
La mort l'épargna, et, après la guerre, Dacha épousa
un matelot retraité et lui apporta en dot mille
roubles, que l'impératrice lui envoya, ainsi qu'une
médaille et une croix en or, puis un crucifix dont
les vieux invalides lui firent cadeau.

Les habitants de Sébastopol s'étaient tellement
habitués au bruit de la canonnade et au vol des
bombes, qu'ils n'y faisaient plus attention, et la
vie quotidienne suivait son cours normal. Dans les
boutiques et sur les marchés, les affaires allaient
leur train comme avant, comme avant on se promenait et l'on circulait dans les rues. Mais aussitôt
qu'on eut commencé, après un combat sanglant, à
ramasser les blessés et les morts, les femmes accou-

rurent de tous les côtés et aidaient par tous les moyens qui étaient en leur pouvoir.

Voici une bonne vieille qui accourt, suivie de deux jeunes femmes. « Vous ne viendrez point à bout de tous ces malheureux, petit père, dit-elle à l'officier occupé à faire ramasser les blessés, veuillez me donner dix ou douze hommes. J'aurai soin d'eux et panserai leurs blessures, et demain je les amènerai à l'hôpital. J'ai perdu les miens, ajouta-t-elle, et sa voix trembla, j'aurai au moins soin de ceux-là ».

Sur les fortifications vous voyez aussi des enfants. Regardez : voilà auprès d'un canon un enfant de dix ans, c'est le fils d'un matelot tué. Tout le monde, sur le bastion, l'appelle le petit Nicolas ; il avait appris à tirer juste, envoyait force obus à l'ennemi, et reçut, en récompense de sa bravoure, la croix de St-Georges. Voilà encore un enfant de six ans : il ne peut point encore tirer, mais il rend toute sorte de services aux soldats. Voilà, enfin, un vieillard : il marche avec peine, néanmoins il apporte de l'eau aux blessés qu'on n'arrivait point encore à ramasser. Et voilà le marchand qui partage avec les soldats le revenu de son commerce ; souvent, durant le combat, on aperçoit à l'ambulance un camion chargé de pain blanc et de viande cuite ; tout cela gratuitement, et tous sont invités à manger.

LE COMBAT D'INKERMANN

On ne pourrait point énumérer toutes les grandes choses qui furent accomplies à Sébastopol, ni toutes les échauffourées de ses défenseurs avec le puissant ennemi. Nous allons seulement rappeler les plus importantes. Bientôt après l'affaire de Balaklava, il y en eut encore une autre, désastreuse pour nous, sur les hauteurs d'Inkermann, où les alliés avaient aussi construit leurs batteries. La bataille fut perdue à cause d'un malheureux malentendu, qui eut lieu au moment de la bataille. Plusieurs fois nous enlevions à l'ennemi ses batteries, plusieurs fois nous le forcions à battre en retraite devant nous, mais chaque fois il recevait de nouveaux renforts, et de nouveaux détachements, tout frais arrivaient constamment à son secours, et beaucoup de nos commandants furent tués ou blessés. Les soldats, sans chefs, se jetaient en avant ou reculaient à leur gré : ils n'avaient plus personne pour les guider. Enfin, leurs rangs furent refoulés et mis en désordre, mais ils tentèrent encore de renverser l'ennemi, et ils n'oublièrent point l'honneur des armes russes. Un de nos porte-drapeaux fut tué; le drapeau qui lui avait été confié, gisait près de lui. Encore une minute et il serait tombé entre les mains des ennemis, deux de nos braves se jetèrent vers lui à travers un feu mortel, et le drapeau fut sauvé.

Enfin nos régiments, harassés et exténués de fatigue, se retirèrent vers Sébastopol, et beaucoup d'hommes manquèrent dans leurs rangs.

Deux des fils de l'empereur, les grands-ducs Nicolas et Michel, prirent part à cette affaire. Ils arrivèrent la veille de la bataille et passèrent à Sébastopol près de quatre mois, ils examinèrent les fortifications, visitèrent les hôpitaux, et leur présence encouragea beaucoup l'armée. Mais ils furent subitement rappelés à Saint-Pétersbourg, et à peine y étaient-ils partis, qu'arriva la nouvelle du décès de l'empereur Nicolas, qu'ils ne retrouvèrent plus vivant. Toute la garnison de Sébastopol prêta serment au nouveau Tzar.

L'AVÉNEMENT AU TRONE DE L'EMPEREUR ALEXANDRE II
LA VIE A SÉBASTOPOL

A ce même moment, le prince Menchikoff se démit, pour cause de maladie, de ses fonctions en faveur du baron Osten-Saken, qui les remplit consciencieusement et vaillamment; il fut, à son tour, remplacé par le prince Michel Dimitrievitsch Gortschakoff. Durant plusieurs mois, le prince fit, sur le Danube, la guerre aux Turcs, mais il fut obligé de cesser les opérations de guerre, s'en fut avec son armée et prit le commandement en chef des troupes de Crimée. Rappelons ici, avec un profond sentiment de reconnaissance, l'infatigable et la noble activité du prince Wassiltschikoff, qui fut le chef de l'état-major. Combien y a-t-il encore d'autres grands noms, qui ne trouveront point de place dans ce modeste ouvrage ! Novossilsky tant aimé, si glorieux parmi les marins ; Biriouleff, le brave des braves ; Woieykoff, qui se jeta tout seul contre des régiments entiers, et fut frappé d'une balle à la poitrine ; Lazareff, et Youfféroff, et le prince Ouroussof, et Boutakoff, et beaucoup, beaucoup d'autres.

Des jours, des semaines, des mois s'écoulaient, et Sébastopol ne se reposait point de ses pénibles travaux. On envoyait chaque fois à son secours de nouveaux renforts, mais la lutte contre les forces réunies de trois grandes puissances était trop inégale. Les alliés travaillaient vigoureusement et faisaient toujours avancer vers nous leurs tranchées, malgré tous nos efforts. Pendant les nuits nous attaquions les travailleurs, nous leur faisions quitter les places qu'ils occupaient et nous nous emparions de leurs tranchées. Mais les ennemis creusaient immédiatement de nouvelles tranchées et s'approchaient vers nous de plus en plus.

Souvent nous amenions des prisonniers capturés pendant les sorties de nuit et nous ramassions près de nos batteries le corps des ennemis qu'on enterrait dans la fosse commune. Quand le temps le permettait, nos soldats tiraient sur la tombe une salve de leurs fusils, pour honorer la mémoire des braves. De leur côté, les ennemis enterraient convenablement les nôtres et traitaient charitablement nos prisonniers.

Il y avait sur nos bastions beaucoup de braves d'une hardiesse vraiment extraordinaire. Tout le monde connaissait entre autres, un certain matelot, Koschka, surnommé « le chat ». C'était un brave gaillard, comme il y en a peu. Appelait-on des volontaires pour quelque sortie de nuit, l'affaire ne se passait point sans Koschka. Il arrivait même très souvent que n'attendant point la permission du commandant, il combinait quelque sortie, déjà par trop hardie, et toujours il l'échappait belle. Un jour il se traîna jusqu'aux tranchées anglaises et se cacha derrière une pierre énorme, devant laquelle se trouvait un large fossé. Tout d'un coup, il entend le bruit de plusieurs voix sortant du fossé. Il y jette furtivement un coup d'œil et aperçoit quatre soldats anglais occupés à y faire cuire de la viande. Soudain Koschka pousse, de toute la force de ses poumons, le cri : « Hourra, les enfants! » Les Anglais effrayés sautent hors du fossé et s'enfuient à toutes jambes. Koschka descend alors dans le fossé et se met en devoir de ramasser tout ce qui s'y trouvait : trois fusils, une bouteille de rhum et deux sacs de pastilles. Il y avait encore deux marmites pleines de viande. Koschka les jette dehors et, chargé de son butin, s'en retourne auprès de ses camarades.

Les nôtres firent une fois une sortie de nuit, Koschka, naturellement, en était. Nous nous jetâmes dans une tranchée, où travaillaient des Anglais, nous les attaquâmes à l'improviste et nous en tuâmes quelques-uns; les autres furent faits prisonniers. Il n'y eut qu'un soldat de tué chez nous, nous ne pûmes retrouver son corps dans l'obscurité. Le lendemain Koschka eût l'idée de jeter de nouveau un coup d'œil dans la tranchée ennemie : il s'avança doucement et aperçut le cadavre de son camarade. « Il faut qu'il soit enterré avec les nôtres », pensa Koschka. Il ôta sa ceinture, l'attacha par un bout au pied du mort, et par l'autre au sien, et s'en fut en rampant, et traînant derrière lui le cadavre. Les Anglais l'aperçurent et commencèrent à tirer sur lui, mais Koschka rampait toujours de toutes ses forces. Une fois près des siens, il en fut aperçu. « Au secours! » leur cria-t-il; quatre matelots accoururent à son appel et emportèrent le cadavre.

Un autre jour, il remarqua que les Anglais avaient quitté leurs travaux pour aller dîner sur leurs batteries. Il guetta le moment de leur départ, s'avança doucement vers la tranchée et en emporta douze pioches, quatre bêches et quatre couteaux que les travailleurs y avaient laissés.

On enfermait quelquefois Koschka, de crainte qu'il ne s'attirât quelque malheur; mais lui, sachant qu'avec l'audace on peut toujours réussir, trouvait le moyen de tromper ses gardes, s'enfuyait et jouait encore quelque tour audacieux. Il se pourvut d'un sac qu'il portait sur lui; dans ce sac, deux trous étaient pratiqués à l'endroit des yeux. Koschka s'y fourrait, rampait vers les ennemis et se cachait,

sans bouger, derrière les pierres ou dans les buissons.
Si la sentinelle s'endormait, Koschka lui arrachait
son fusil et prenait la fuite. Si un ennemi venait à
s'éloigner des siens, Koschka se jetait sur lui, le
désarmait, le faisait prisonnier et nous l'amenait.
Il traitait toujours amicalement ses prisonniers et
les régalait d'eau-de-vie.

Koschka prit part à dix-huit sorties et ne fut
blessé que deux fois; en récompence, il reçut la
croix de Saint-Georges. Peut-être vit-il encore à
l'heure qu'il est et peut-être amuse-t-il les bonnes
gens avec le récit de ses exploits.

L'ennemi nous inquiétait sans cesse. Il ne se
passait pas de jour sans que ses projectiles vo-
lassent vers nous. A mesure qu'il s'approchait, le
séjour de la ville devenait de plus en plus dangereux. Tantôt une bombe frappait dans la rue
une femme ou un enfant, tantôt un projectile
perçait le toit d'une maison qui s'enflammait. Peu
à peu, les promenades commençaient à devenir
désertes et les marchés étaient reportés d'un endroit
à un autre : il n'y avait nulle part de refuge vraiment à l'abri. Les habitants ne sortaient de chez
eux que pour les affaires indispensables ou pour
apporter leur aide aux blessés.

Les autorités invitaient tous les citadins à quitter la ville, et le Trésor distribuait aux indigents
des secours d'argent pour leur déménagement.
Mais très peu de gens consentaient à abandonner
l'infortuné Sébastopol. La plupart de ses habitants

restaient entre les murs assiégés et y attendaient
la mort.

LA VIE A SÉBASTOPOL

Après un combat qui avait été sanglant, on con-
cluait ordinairement avec l'ennemi une armistice
durant quelques jour. Alors, d'un côté et de l'autre,
on hissait des pavillons blancs et, tout le temps
qu'ils flottaient au-dessus des deux camps hostiles,
on n'entendait plus de canonnade. Ce temps de répit
était consacré, de part et d'autre, à l'enlèvement
des morts et des blessés. Ici toute animosité disparaissait. Nous nous rencontrions alors amicalement
avec les Français, que nous respections pour leur
vaillance et que nous aimions pour leur douceur.
Nos soldats acceptaient d'eux, comme cadeau, des
pipes ou des tabatières, et leur faisaient aussi toutes
sortes de présents ; ils s'expliquaient de leur mieux
avec leurs amis momentanés. Mais déjà les pavillons blancs s'abaissaient, les Français prenaient
amicalement congé de nous, et la canonnade tonnait de nouveau.

Les hommes qui étaient tués du côté sud de la
ville étaient transportés sur le quai, où on les
amassait en tas à la même place. Là, ils attendaient
une chaloupe, qui les transportait du côté du nord,
où s'étendait un vaste cimetière. Les uns étaient
couchés dans leurs vêtements ensanglantés ; il y
en avait qu'on revêtait d'une chemise blanche et à

17

qui on mettait un cierge allumé dans la main. A
d'autres encore on croisait les mains : il semblait
à les voir que ces morts dûssent prier encore pour
Sébastopol.

Dans le cimetière, plusieurs énormes fossés
étaient toujours préparés d'avance. On faisait descendre dans chacun d'eux jusqu'à cinquante
cadavres, puis on comblait le fossé avec de la terre,
on étalait dessus des pierres, en forme de croix, ou
on y implantait une croix de bois, et le prêtre célébrait l'office des morts pour tous les soldats tombés
pour la cause commune. Cette tombe s'appelait « la
tombe des frères ». Souvent, les soldats venaient
au cimetière dire une prière pour leurs camarades.
Près du cimetière, travaillaient ordinairement les
détenus. Ils quittaient immédiatement leur travail,
se réunissaient aux arrivants, tombaient aussi à
genoux et priaient sur la tombe encore fraîche.

LA MORT D'ISTOMINE

Istomine ne fut point, lui non plus, épargné par
la mort. Sa résistance à la fatigue, sa merveilleuse
activité était un objet d'admiration pour ses amis
et ses ennemis. Il était l'âme et le gardien du bastion de Malakoff, qui fut appelé « le bastion de
Korniloff », depuis le jour où l'amiral y fut tué.
Durant cinq mois entiers, Istomine ne se déshabilla
point et dormit au gré du hasard. Il arrivait toujours le premier au combat ou au travail, et en

partait le dernier pour se reposer. Son œil perçant
pénétrait partout. Sous son inspection personnelle,
les fortifications de Malakoff croissaient à vue d'œil;
il aimait Malakoff comme il aimait les vaisseaux,
sur lesquels, durant tant d'années, il avait fendu
les vagues de la mer, comme le cavalier intrépide
aime son fidèle coursier.

Un jour — c'était au commencement de mars,
— il se rendit pour affaire sur un autre point de
nos fortifications, et, de retour vers son bastion,
au lieu de suivre le fossé, se mit à marcher sur la
crête même du remblai. « Dans le fossé ! descendez
dans le fossé ! — lui cria un de ses camarades qui
l'accompagnait, — ici, vous vous exposez à un danger imminent ». Mais ce n'était point l'habitude
d'Istomine de fuir le danger. « Qu'importe —
répondit-il — on ne peut pas se préserver de
l'obus. » En cet instant même, un obus lui emporta
la tête.

On enterra Istomine à côté de Korniloff. Nakhimoff, pâle et triste, porta son corps jusqu'au tombeau. Ce fut avec une douleur indicible qu'il jeta
une dernière poignée de terre sur la tombe du
camarade de tant de jours heureux et de tant de
journées tristes. La vieille mère et la sœur
d'Istomine pleurèrent amèrement sur sa tombe ;
leur douleur faisait peine à voir.

Le mois de mars tirant à sa fin, on atteignit le
jour du Vendredi Saint. Le peuple se pressait dans
les églises et même au dehors : les martyrs de

Sébastopol écoutaient avec un cœur attendri le recit des souffrances du Sauveur, et l'invoquaient à leur secours. Tout à coup la canonnade commence à tonner, les bombes se mettent à siffler au-dessus des temples illuminés, et couvrent de leur bruit les paroles sacrées. Plusieurs femmes effrayées s'enfuient avec leurs enfants ; l'office divin ne fut cependant pas interrompu.

Plus la mort était proche, plus on célébra avec solennité la fête de Pâques. On se réunissait en foule et l'on célébrait ensemble la fin du carême. Les femmes s'endimanchaient, les officiers revêtaient des costumes magnifiques. Sur les batteries, tout était mis en ordre et bien nettoyé. Les femmes apportaient aux soldats des pains blancs et des œufs de Pâques. Les enfants se rassemblaient dans les cours et jouaient. Les soldats, assis près des batteries, jouaient à croix et pile et chantaient. Un farceur eut l'idée, au milieu du rire général de ses camarades, d'envoyer à l'ennemi un baiser de Pâques. Il prit une énorme bombe qui avait été vidée, la teignit en rouge, en chargea un canon et l'envoya, en guise d'œuf de Pâques, dans le camp anglais. Le peuple redevint gai le jour de la grande fête et le feu de l'ennemi se tut.

2me BOMBARDEMENT

Tous espéraient pouvoir se reposer cette nuit de la récente canonnade et des longues prières. Mais

au lever du soleil, Sébastopol fut de nouveau
ébranlé par une canonnade épouvantable. De tous
les côtés les canons commençaient à tonner, les
engins volaient dans toutes les directions. C'était
le bombardement qui recommençait.

Une tempête mugissait alors, il tombait une
pluie battante. Il semblait que la nature prit part
aux horreurs de la guerre. Les citadins épouvan-
tés cherchaient un refuge dans les casernes du côté
Nord, d'autres traversaient en chaloupe la baie
houleuse, d'autres encore y arrivaient en faisant le
tour du cap. Les femmes serraient leurs enfants
dans leurs bras ; une jeune fille et son frère apportant leur père malade, le laissaient dans un coin
d'un corridor, et se laissaient tomber, exténués de
fatigue, près de lui. Dans les rues, éclairées par un
feu terrible, il se faisait un mouvement extraordinaire ; des officiers de cavalerie allaient et venaient
au galop de leurs chevaux, des détachements de
soldats défilaient, des fourgons et des camions,
chargés de munitions de guerre, se rendaient aux
bastions et l'on amenait dans les hôpitaux des blessés sur des brancards. Le sifflement de la tempête
se confondait avec celui des bombes, et les torrents
de pluie avec les ruisseaux de sang. La canonnade
dura près d'une semaine ; on emportait au cimetière des tas de cadavres défigurés, on entendait
comme autrefois les hôpitaux retentir de plaintes
et de gémissements, et, comme autrefois, nos soldats,
accablés de fatigue par le combat de la journée,

restauraient pendant la nuit les fortifications détruites. Quelquefois, au milieu de l'obscurité de la nuit, un obus partait du camp ennemi et venait frapper à la fois plusieurs travailleurs ; mais à l'instant même d'autres les remplaçaient et se mettaient à l'œuvre, dans l'attente d'une nouvelle bombe.

Le nombre de blessés augmenta tellement, que l'on fut obligé d'en faire transporter des centaines dans d'autres villes avoisinantes ; partout, ils y trouvèrent des soins empressés. Durant le siège, cent trente-sept Sœurs de charité arrivèrent en Crimée, où elles se consacrèrent complètement à leur sainte tâche. Jour et nuit, elles faisaient le tour des longues rangées de lits, où gisaient pêle-mêle les nôtres et les ennemis. Tous souffraient également, tous avaient également besoin de charité et d'amour, et ils se regardaient comme frères. « Ma bonne sœur, — disait un blessé, — ne vous occupez point de moi, mais allez près de ce Français, car il est ici dans un pays étranger, le pauvre cher homme ». Et ces femmes infatigables allaient de l'un à l'autre, ne connaissant point de repos et ne le demandant jamais. Pendant que les unes soutenaient l'espoir au cœur des blessés et inspiraient aux âmes des mourants la résignation et la foi, les autres assistaient aux opérations chirurgicales et préparaient les instruments, les bandages, la charpie et l'eau. Il y avait une chambre particulière pour les opérations chirurgicales. les médecins s'y relevaient sans cesse ; dans un coin se trouvait une grande cuve, d'où sortaient toujours des bras et des jambes coupés. Pendant le bombardement, on faisait quelquefois dans une journée jusqu'à sept cents opérations. On ne s'occupait point des blessures légères. Souvent les chefs exigeaient que les soldats blessés par un fragment de bombe ou ayant le bras ou la jambe traversé par une baïonnette se rendissent à l'ambulance pour s'y faire panser, mais ils ne furent jamais écoutés. « Cela ne vaut point la peine qu'on s'en occupe, — disaient les soldats — ça fera un peu souffrir et puis cela se cicatrisera de soi-même. Nous voilà debout, par conséquent nous ne sommes pas malades ».

PAUL STEPANOVITSCH NAKHIMOFF

Nakhimoff, promu amiral, fut nommé gouverneur de Sébastopol. Ici, comme sur ses navires, il réussit à mériter les éloges et l'amour de tous. Tous le connaissaient de vue, surtout les femmes du marché, et tous saluaient d'un sourire son apparition ; mais on n'ôtait point son chapeau devant lui, car l'amiral ne pouvait souffrir les témoignages de respect superflus. « Hé, les enfants ! — disaient entre eux les matelots, dès qu'ils l'apercevaient de loin, marchant trotte-menu vers les batteries — voilà le père des matelots qui vient ». Et ils le recevaient comme un père, et lui les regardait de ses bons yeux et les réjouissait de ses bonnes paroles. En lui parlant, ils ne l'appelaient jamais autrement que Paul Stepanovitsch ; en son absence ils le nommaient « Nakhimenko » (le cher petit Nakhimoff). Avec lui ils étaient tranquilles, et ils assuraient que « tant que Nakhimoff vivrait, l'ennemi n'aurait point Sébastopol ».

Mais les femmes murmuraient contre lui, car devant le danger croissant de jour en jour, il leur ordonna de quitter coûte que coûte le côté Sud et d'émigrer vers le côté Nord, où il était encore possible de se préserver des bombes ennemies.

Néanmoins, malgré la sévérité de l'ordonnance, très peu lui obéirent; dans les rues apparaissaient encore de temps à autre quelques têtes de femmes; sur les batteries on voyait constamment les femmes des matelots.

STEPAN ALEXANDROVITCH KHROULEFF

Le général Khrouleff partageait avec Nakhimoff la confiance et l'amour de la garnison et des citadins. Son âme intrépide ne croyait pas au danger et ne craignait pas la mort; il marchait, en riant, au devant d'elle. Un jour, pendant le bombardement, accourt sur son cheval gris, vers le bastion de Malakoff, un beau cavalier, brun de cheveux et de haute stature. Tous reconnaissent à l'instant et le cheval et le cavalier sous son chapeau circassien : c'était Khrouleff.

« A bas de cheval! à bas de cheval! — lui crie

tout le monde — Gare à la bombe, elle va vous fou-
droyer ! »

Cependant une bombe venait déjà de s'abattre, en
sifflant, à quelques pas de lui. « Peut-être me
manquera-t-elle », dit Khrouleff, et il passe à côté
d'elle. Et combien de fois les obus ont-ils volé au
dessus de sa tête ; tandis qu'il marchait tranquillement au milieu de leur sifflement. Les soldats le
croyaient protégé par une force céleste, ils s'ima-
ginaient que les projectiles ennemis n'osaient pas
le toucher ; lorsque Khrouleff marchait le premier
au feu, tous se jetaient gaiement derrière lui, comme
si avec lui pour chef, même au milieu du feu, tout
danger eût disparu.

LES REDOUTES KAMTSCHATSCKY, WOLYNKY ET SELENGUINSKY

Depuis le commencement même du siège, tous nos
efforts étaient dirigés contre les travaux des alliés.
Vers la fin de février, nos commandants, profitant
d'une nuit obscure, firent sortir dans la campagne
un détachement. Là, à cinq cents mètres devant
Malakoff, qui passait pour le principal point de
défense de Sébastopol, on se mit à construire une
redoute. De ce point, il devait être très facile de
tenter des sorties et d'empêcher l'avancement des
tranchées ennemies. L'ouvrage marcha activement,
sans que l'ennemi s'en aperçût.

Au lever du soleil, les coalisés virent avec stupé-
faction la redoute qui sortait de la terre comme par

enchantement, et, la nuit suivante, alors que le régiment Kamtschatscky achevait l'ouvrage commencé, les Français ouvrirent sur lui leur feu. Une vingtaine d'hommes furent tués ou blessés, et la redoute, en l'honneur de ces premières victimes, fut nommée « la redoute Kamtschatscky ». Elle fut immédiatement pourvue de canons. A sa gauche, on en construisit encore deux autres, qu'on réunit à la première au moyen de tranchées ; elles portèrent les noms des régiments « Selenguinsky » et Wolynsky » qui les construisirent. Ainsi, en avant des bastions qui entouraient la ville, se formait chez nous une seconde ligne de fortifications. Combien de fois les ennemis l'attaquèrent en vain, et de combien de sorties hardies fut témoin la « Kamtschatka », comme l'appelaient nos soldats !

La « Kamtschatka » est enfin devenue le plus désirable et le plus friand appât des alliés. Vers la fin du mois de mai, ils ouvrirent le bombardement, et tandis que la ville bouillonnait sous une pluie de feu, des troupes compactes se jetèrent sur nos fortifications avancées, où il n'y avait qu'une poignée de soldats, car personne ne s'attendait à l'attaque. La Kamtschatka fut prise presque sans coup férir, et les Français se jetèrent sur Malakoff. A Malakoff, Khrouleff les rencontra avec ses troupes. Les Français s'enfuirent vers la redoute que nous occupions, et tombèrent sous nos baïonnettes ou se rendirent prisonniers. Un courrier arrivait vers Khrouleff, disant que l'ennemi s'emparait des redoutes Wo-

lynsky et Selenguinsky, Khrouleff se lance à leur
secours ; cependant, le nombre des ennemis s'est
accru et atteint quarante mille hommes, les soldats
russes tombent par files entières. Timoféeff, un de
nos vaillants chefs, est tué, et un nouveau courrier
annonce à Khrouleff que la Kamtschatka est prise
à nouveau. Le soleil est déjà couché, l'obscurité
augmente, nous battons en retraite.

Khrouleff, inconsolable de la perte de nos fortifications avancées, fit annoncer à ses troupes qu'au
lever du soleil, on attaquerait de nouveau l'ennemi.
Tout était enfin prêt et les soldats attendaient le
moment du combat, mais le commandant en chef
ne permit point d'essayer de reprendre les redoutes ;
il n'y avait aucune possibilité de les garder en notre
pouvoir.

Ce coup inattendu nous frappa comme la foudre.
Contre nous tonnaient maintenant les canons qui
nous avaient servi tant de fois à repousser les
ennemis. Le gouvernement de Sardaigne se joignait,
lui aussi, à la coalition dressée contre nous, et
l'armée ennemie comptait jusqu'à 160,000 hommes.
La tâche de notre armée était devenue tellement
difficile, qu'on lui comptait chaque mois de service
pour une année.

Une nuit chaude, transparente, commençait à
descendre, la nature se reposait ainsi que les
hommes fatigués de la journée ; mais depuis longtemps déjà les défenseurs de Sébastopol ne savaient
point ce que c'était que le repos. Les uns, près de

leurs canons répondaient par des bombes à celles
de l'ennemi, d'autres sommeillaient tant bien que
mal, au petit bonheur, même là un soldat, de retour
de la batterie, ne s'oubliait pas dans [un sommeil
d'un instant, et, à genoux dans la frêle guérite
construite à côté du bastion, il murmurait à mi-voix
ses prières devant la sainte image du Sauveur, toujours éclairée d'un lampadaire.

3ᵐᵉ BOMBARDEMENT

Vers minuit, les canons de l'ennemi commencèrent
à tonner avec plus de fréquence ; à l'aurore, un fracas épouvantable retentit tout à coup dans l'air,
et des décharges bruyantes commencèrent à pleuvoir sur la ville. Elles volaient des vaisseaux ennemis, pleuvaient dru comme grêle sur Sébastopol ;
le feu prit en cinq endroits. L'incendie se promenait librement dans les rues et les ruelles, enve-
loppant les édifices l'un après l'autre ; il atteignit
enfin le dépôt d'artillerie où se trouvait une grande
provision de bombes : tout sauta en l'air avec un
fracas et un tonnerre étourdissant. Mais personne
ne s'occupe à éteindre le feu : tous sont sur les fortifications, tout le monde lutte contre l'ennemi qui
paraît être le plus menaçant.

Pendant vingt-quatre heures entières, le bombardement tonna sans cesse ; l'aurore du 6 juin avait
à peine parue, qu'un roulement de tambours reten-
tissait : les ennemis montaient à l'assaut.

LE 6 JUIN

Les Français se jetèrent sur les 1er et 2e bastions et sur la colline de Malakoff ; mais nos vaisseaux se portèrent sur la baie et ouvrirent sur l'ennemi un feu terrible. Les décharges tonnaient l'une après l'autre ; des centaines de bombes sillonnaient l'air...

D'autres colonnes françaises se lancèrent vaillamment à l'assaut de la batterie Gervé. Ils furent reçus par le feu de ses batteries, mais ils avancèrent toujours, laissant sur leur chemin beaucoup de blessés et de morts. Les tourbillons épais de fumée noire étaient sillonnés de longs jets de flammes, partout les engins pleuvaient, le sifflement et le crépitement se fondaient en un bruit sourd et épouvantable. A travers tout ce bruit retentit tout à coup le cri triomphal des Français : ils occupaient les vallons, parsemés sur la pente de la colline, et le bataillon qui occupait la batterie Gervé commençait à perdre courage..... Le bataillon faiblissait..... Mais à sa rencontre accourt déjà Khrouleff au galop de son cheval gris : « Halte les enfants ! — criait-il — il arrive du secours ! » A la voix connue du chef tant aimé, les soldats s'arrêtèrent.

« En avant, les enfants ! » — s'écria un des soldats — « En avant ! » répétèrent-ils tous et se lancèrent comme une flèche sur la batterie Gervé. Voilà encore un autre détachement qui arrive. « Suivez-moi, mes braves ! » — s'écria de nouveau

Khrouleff. Tous se lancent à sa suite, tous se ré
pandent en un instant sur la pente de Malakoff :
les officiers courent les premiers sabre au clair.
Mais déjà les Français s'enferment dans les maisons
occupées et se défendent courageusement par les
fenêtres contre le bastion de Malakoff. Ses défenseurs, au milieu du feu et du sang, chargeaient les
canons et perçaient de leurs obus les maisons ébranlées. Il y avait un vaillant commandant debout
auprès de sa batterie : les fusils tiraient sur lui par
dizaines et cependant sa voix retentit de plus en
plus fort : « Vivement, enfants, vivement! » Une
balle partie d'une fenêtre et le héros tombe sur le
sol ensanglanté... Un autre le remplace immédiatement, et le feu de la fusillade brille encore, toujours aux fenêtres. Mais Khrouleff arrive avec ses
braves ; ils se jettent contre les maisons, en brisent
les portes, démontent les toits, et en chassent
l'ennemi qui, muni de renforts, se lance de nouveau à l'assaut, et de nouveau est repoussé. Les
baïonnettes commencent à briller, le combat devient corps à corps. Les Français chancellent et
commencent à reculer ; les nôtres attaquent toujours..... Les Français tombent l'un après l'autre
et enfin s'enfuient, poursuivis par les soldats russes.

Un formidable « hourra ! » retentit dans les rangs ;
la victoire est à nous sur toute la ligne. Tandis que
nos vaisseaux repoussaient l'attaque, et que nous
chassions les Français de la colline de Malakoff, les
Anglais attaquaient le 3ᵉ bastion. Ils y furent reçus

par une formidable décharge de nos canons, puis par d'autres encore : les colonnes des assiégeants chancelèrent, se confondirent et prirent la fuite. Les bombes de nos batteriss les poursuivirent et parsemèrent le sol de centaihes de cadavres.

Sébastopol était encore enveloppé d'un nuage de fumée, on eût dit d'un immense crêpe ; en divers endroits, le feu qui commençait à s'éteindre éclatait de temps à autre, mais l'assaut avait été repoussé sur toute la ligne. Déjà les pavillons blancs flottaient et les nôtres se confondaient avec les ennemis ; tristes et soucieux, ils ramassaient les blessés et les morts. Les sœurs de charité apparaissaient sur l'herbe ensanglantée et rafraîchissaient avec de l'eau les lèvres des souffrants. Les alliés amenaient fourgon sur fourgon. A nous aussi la victoire avait coûté bien cher : il n'y avait plus une place de libre à l'ambulance, il n'y en avait pas non plus dans les hôpitaux, et le cimetière s'élargissait toujours de plus en plus.....

Toutefois la victoire est à nous, et Sébastopol est en joie. Jamais encore les assiégés n'ont eu un jour aussi gai. Il leur semble qu'en repoussant l'assaut ils aient porté à l'ennemi un coup décisif. Les guerrier soublient les dangers présents, les blessés, leurs souffrances, partout l'on entend des cris d'allégresse, la foule afflue aux églises pour célébrer un *Te Deum* d'actions de grâce. Et pourtant la douleur était proche !

MORT DE PAUL STEPANOVITSCH NAKHIMOFF

Dans les derniers jours de juin un fait extraordinaire se passa à Sébastopol. Les habitants de la
ville s'attroupèrent dans les rues, s'interrogeant
l'un à l'autre et se confiant mutuellement leurs
craintes. Tous semblaient préoccupés et émus :
beaucoup d'entre eux avaient vu, une heure auparavant, Nakhimoff, accompagné de ses aides de
camp, s'avancer sur son petit cheval gris que tout
le monde connaissait, du côté de la colline de Malakoff; peu de temps après, on ramenait son cheval
sans le cavalier! et les aides de camp passaient au
grand galop dans différentes directions. Des bastions étaient accourus les matelots qui demandèrent
à tout le monde des nouvelles de « Nakhimenko »
enfin la terrible nouvelle parcourut, comme la
foudre, la ville entière : Nakhimoff est blessé,
Nakhimoff se meurt !

En effet, Nakhimoff était blessé, Nakhimoff se
mourait. Sur le fatal Malakoff était encore tombée
cette glorieuse victime. L'amiral, en passant en
revue les fortifications, s'avança hors du remblai,
pour jeter un coup d'œil sur les batteries de l'ennemi. Le commandant du bastion le pria de prendre
garde et, dans le but de l'éloigner du danger,
lui proposa d'aller écouter les vêpres dans l'église
de Malakoff, en ajoutant que l'office était déjà commencé. « Je viens de suite, tout de suite: allez-y en

m'attendant », répondit Nakhimoff sans bouger de
sa place; tout à coup il tomba si brusquement qu'on
n'eut point le temps de le saisir dans les bras. Une
balle l'avait atteint à la tempe.

Le blessé fut transporté sur le côté Nord, plus
loin de la fusillade. Les médecins lui procurèrent
les premiers soins et entourèrent en silence son lit,
derrière eux se tenaient en pleurant ses aides de
camp; le peuple se pressait en hâte autour de la baraque où était couché le souffrant. Il était sans connaissance et respirait difficilement. Ainsi s'écoulèrent, dans l'inquiétude et l'agitation générale, la
nuit entière et le lendemain — jour de fête de
l'amiral, — puis encore une nuit, et enfin le glas
funèbre des cloches annonça aux habitants de Sébastopol que le héros de Sinope avait vécu.

Tout avait l'air triste en ville : le vent agitait la
mer, le peuple affligé accourait en foule sur le
quai, tous se découvraient, faisaient le signe de la
croix; une grande chaloupe se dirigeait dans la
baie; près de la poupe se tenait debout, vêtu de
noir, un prêtre tenant une croix : il accompagnait
sur le côté Sud les cendres de Nakhimoff.

La chaloupe s'arrêta à l'embarcadère; le mort
fut transporté chez lui, enveloppé dans le drapeau
du vaisseau, sur lequel il avait commandé le jour
de la victoire de Sinope. La garnison et les habitants désiraient rendre hommage aux cendres du
héros tant aimé et tant de fois protégé dans les
combats; femmes, vieillards, soldats, matelots se

18

pressaient en foule aux portes de son modeste logement.

Trois drapeaux couvraient le cercueil. Les matelots montaient auprès une garde d'honneur. Le jour des funérailles, tous les habitants de Sébastopol affluèrent pour la triste cérémonie, et les ennemis cessèrent leur feu par respect pour cette douleur qui nous frappait. Aussitôt que le commandant en chef et les hauts fonctionnaires de la ville eurent sorti le corps, des salves d'honneur retentirent sur nos vaisseaux. Le cortège funèbre se mit en marche entre deux bataillons de matelots et de soldats en armes. Les drapeaux des régiments étaient recouverts de crêpe, ceux des vaisseaux abaissés, et dans la cathédrale Saint Michel on avait déjà préparé une place pour Nakhimoff, près des tombeaux d'autres illustres chefs de la flotte russe.

Après le service funèbre, les matelots en sanglottant approchèrent deux par deux et dirent un dernier adieu aux cendres de celui qu'ils appelaient leur père, puis le corps fut descendu dans la tombe.

4me BOMBARDEMENT

Sébastopol est devenu lugubre : les matelots surtout paraissent tristes et abattus, toutefois la vie reprend son cours ordinaire. La fusillade et la canonnade avec l'ennemi vont leur train habituel, et aux réparations ordinaires sur les fortifications est venu s'ajouter encore un nouveau travail. Nous

avons commencé à construire sur la baie de Sébastopol un pont volant, afin de réunir le côté Sud au
côté Nord. L'ouvrage avance vivement, malgré les
efforts des alliés, qui tentent, par tous les moyens,
d'empêcher ses progrès. Une centaine d'hommes y
travaillent constamment. Dans leur direction sif-
flent quotidiennement jusqu'à 500 obus. Néanmoins,
le pont, long d'une verste, fut achevé dans l'espace
d'un mois, et fut inauguré le jour de l'Assomption.

COMBAT SUR LA RIVIÈRE TSCHORNAÏA

Au commencement du mois d'août, le prince
Gortschakoff se décida à attaquer les batteries
construites par l'ennemi sur les monts Fédioukines.
Notre armée saluait de cris de joie. Tout le monde
était fatigué du long siège et brûlait de marcher au
combat. Les instructions furent enfin données et
les commandants menèrent leurs troupes dans la
vallée qui porte le nom de « vallée de la rivière
Tschornaïa ». Le général Liprandy arriva le premier
au lieu désigné, et ses vaillants soldats repoussèrent
vivement sur la pente de la montagne le détachement de Sardaigne et s'emparèrent de ses batteries.
Le reste des troupes arriva sous le commandement
du général Reade, qui les fit marcher à l'ennemi,
sans attendre l'arrivée des renforts, et paya de sa
vie sa témérité. Nos soldats se lancèrent furieusement sur les monts Fedioukines et en délogèrent
les Français. Mais un nouveau détachement arrive

au secours des Français, puis encore un autre.
Ils se jettent sur nous, nous attaquent vigoureusement et nous accablent sous leur nombre. Nos
officiers se trouvent en avant et tombent les premiers : il en gît plus de la moitié déjà sur le sol
ensanglanté. Les soldats sont refoulés, ils tombent;
ceux que la mort a épargnés luttent encore, attendant toujours du renfort... Mais cet envoi n'arrive
point, et un combat désespéré continue.

Enfin arrivent les soldats de la réserve : ils courent, sans reprendre haleine, vers le lieu du combat,
mais il est déjà trop tard : nos vaillants régiments
sont déjà presque complètement détruits. Les réservistes, fatigués par la marche rapide, se lancent
pourtant des deux côtés contre l'ennemi, et des deux
côtés sont repoussés; ils se jettent de nouveau en
avant. Mais l'ennemi fait avancer contre nous de
nouvelles troupes; beaucoup d'officiers et de soldats
tombent dans nos rangs. La bataille est perdue.

Nous avons ramassé beaucoup de blessés près de
la rivière Tschornaïa, beaucoup de fourgons chargés
de cadavres sont partis vers le cimetière; le lendemain tonnait déjà le cinquième bombardement de
Sébastopol, qui, cette fois, ne cessait point pendant
la nuit.

5me BOMBARDEMENT

Le malheur envahissait avec acharnement la ville
martyre. Dans certaines rues on n'apercevait plus

âme qui vive, et les bombes volaient comme des feuilles poussées par le vent. La mort faisait une récolte abondante sur les bastions, et nos munitions tiraient sur leur fin... Avec chaque jour disparaissait l'espoir dans le salut, mais ne disparaissaient ni le courage, ni la foi : les guerriers acceptaient la mort sur les batteries, les citadins priaient dans les temples. Un jour, on célébrait la messe dans la cathédrale Saint-Michel. Tout à coup une bombe traverse le toit et vient éclater dans le sous-sol, qui servait de dépôt aux cierges. Beaucoup d'images saintes sont arrachées des murs ébranlés par l'explosion en blessant plusieurs personnes qui priaient.

On se décida alors à transporter les autels des cathédrales dans un refuge plus sûr, dans les casernes. Le jour de la Transfiguration de Notre-Seigneur, au plus fort du bombardement, les prêtres, revêtus de leurs habits sacerdotaux, sortirent de la cathédrale. Ils transportèrent dans le temple préparé à cet effet le Saint-Sacrement, les croix, les images et les vases précieux. Au-dessus de leurs têtes découvertes flottaient des bannières. Les intrépides guerriers du Christ, le cœur retrempé dans la foi, marchaient d'un pas lent et mesuré sous le sifflement et le fracas des projectiles ennemis. Le peuple fléchissait les genoux sur leur passage et écoutait attentivement leur chant. Tout à coup une bombe siffle en l'air... Tous s'arrêtent et attendent... La bombe s'abaisse de plus en plus, enfin, éclate avec fracas en l'air ;

la marche solennelle continue et les chants recommencent.

Nos prêtres portaient courageusement leur part de peine et de douleur. Ils faisaient constamment le tour des bastions et s'exposaient avec résignation au danger, pour recevoir le dernier soupir des mourants et leur donner la bénédiction suprême. Leurs paroles, pleines de douceur et d'amour, leur vertu chrétienne réchauffaient le cœur des troupes. L'un d'eux, le père Benjamin, confessa, pendant le siège, plus de douze mille personnes à qui il donna le Saint-Sacrement. Les services funèbres se suivaient sans interruption et les dimanches et les jours de fêtes, quand le bombardement ne tonnait pas sur la ville, on célébrait des *Te Deum* sur les bastions.

Cette lutte gigantesque durait déjà depuis onze mois entiers et les derniers moments de Sébastopol s'approchaient. Les tranchées de l'ennemi se trouvaient déjà à plusieurs mètres de la ville. Ses défenseurs, amaigris, exténués de fatigue par les pénibles travaux et les combats, n'admettaient pourtant pas l'idée que la ville pût être rendue, mais les commandants reconnaissaient l'impossibilité de tenir plus longtemps. On continuait, avec des efforts surhumains et d'effroyables pertes d'hommes, à réparer les avaries des fortifications, mais l'ouvrage n'avançait pas. La terre s'ameublissait pour avoir été trop souvent portée d'une place à une autre et se réduisait en poussière ; le temps était trop chaud et trop sec; un seul obus détruisait le fruit de longs travaux. Malakoff souffrait plus que les autres : son bastion, construit près d'une tour antique, était avancé très près de l'ennemi ; vers la fin du siège la tour était à moitié détruite. Tout tombait en décadence. La plupart de nos canons étaient endommagés, les baïonnettes brisées par un trop fréquent usage, notre provision de bombes presque complètement épuisée ; nous étions obligés de calculer le nombre de coups et nos hommes diminuaient toujours.

L'ennemi lui aussi avait compris que nos moyens de défense s'épuisaient de jour en jour, et ne nous donnait point de répit. Enfin il commença le sixième et dernier bombardement.

6me BOMBARDEMENT

Il commença à tonner dès l'aurore, le 24 août. Le feu coulait comme un fleuve. Le craquement le sifflement et le fracas des engins ébranlaient au loin les airs. Dans toutes les directions s'envolaient des monceaux de terre, des pierres et des cadavres humains. On ne voyait pas le soleil à travers l'épaisse fumée de la poudre. Une bombe tombe sur un de nos navires qui prend feu, une colonne enflammée s'élance au-dessus des flots de la baie et le feu prend dans plusieurs endroits de la ville. Une masse énorme de poudre éclate, les canons sautent en l'air comme la paille emportée par un

coup de vent, et retombent sur la foule. Les édifices
s'ébranlent et la ville et ses environs sont plongés
dans la fumée et dans les flammes. Et la canonnade
tonne toujours avec une rage et une fureur épouvantables. Vers nous volent des tonneaux entiers remplis
de poudre : tout s'écroule, tout tombe, les remblais
s'éboulent sur des monceaux de morts et de blessés.
Ce n'est plus l'air qui rafraîchit la poitrine de
l'homme, c'est le feu et la fumée qui la brûlent ; ce
n'est plus la rosée qui baigne la terre, mais c'est le
sang. Tous sont sur les batteries : des soldats
encore malades quittent les hôpitaux et courent aux
bastions. Partout apparaissent des brancards, sur
les quais se pressent des fourgons surchargés de
blessés.

Trois jours et trois nuits, Sébastopol se débattit
dans l'agonie, comme un aigle blessé. Nos troupes
dépérissaient à vue d'œil. Chaque jour, près de
quatre mille hommes étaient transportés à l'hôpital
ou ensevelis. Pendant la nuit tous étaient sur pied,
et pendant la journée ils dormaient à tour de rôle
sur leurs fusils. On s'attendait d'un instant à l'autre
à l'assaut.

Le quatrième jour, la canonnade tonna depuis l'aurore encore plus terriblement. Quatre-vingt mille
engins se répandirent durant quelques heures
sur Sébastopol, et vers midi tout se tut... Et tout
à coup on commença à donner l'alarme, et ce cri
fatal parcourut toute la ligne des fortifications :
« L'assaut ! »

Les colonnes des ennemis, en uniformes brillants, couvraient toute la vallée et s'approchaient vers nous d'un pas rapide et hardi. C'étaient les Français. Nos bombes tombent sur leurs rangs serrés, mais ils s'approchent toujours, vaillamment et gaiement, et se lancent sur Malakoff et sur le 2ᵉ bastion ; là-bas, plus loin, s'avancent, vers le 3° bastion, les colonnes épaisses des Anglais.

Le 3° bastion commença à tonner de tous ses canons, et des masses entières de corps ensanglantés tombèrent sur le sol ; les ennemis, devenus timides, s'arrêtèrent et reculèrent. Mais à la voix de leurs chefs, les rangs débandés se remirent en ordre et se lancèrent en colonnes compactes à l'assaut. Déjà sur le fossé leurs ponts se jetaient, les Anglais montaient déjà sur les remparts. Ils écrasèrent, refoulèrent les nôtres et envahirent avec des cris de triomphe le bastion. Ce fut un formidable « hourra ! » qui leur répondit et un nouveau détachement de nos braves se jeta sur eux à coups de baïonnettes. Une lutte sanglante corps à corps s'engagea : les Anglais tombent à droite et à gauche et enfin s'enfuient, semant le bastion de leurs cadavres. Les nôtres poursuivent des fuyards à coup de balles, d'obus, de pierres...

Mais les chefs remettent l'ordre dans leurs rangs : ils se lancent de nouveau sur le bastion ; de nouveau s'en emparent et ils sont de nouveau repoussés, laissant une foule de prisonniers entre nos mains. Pour la troisième fois, les ennemis descendent dans

le fossé, mais les balles des fusils et les pierres
pleuvent sur eux, de la hauteur du remblai, dru
comme grêle. Les Anglais s'enfuient encore, nos
canons tonnent, et une masse de morts et de blessés
sont fauchés sous leurs décharges.

Cependant les Français se répandent dans le
fossé du 2ᵉ bastion, franchissent le remblai et
repoussent les nôtres, mais pas pour longtemps :
comme un ouragan, le brave Sabachinsky arrive
avec ses artilleurs, et les Français reculent. Leurs
rangs se désorganisent, mais ils se reforment à
nouveau et nous attaquent. La fusillade brille de
part et d'autre; les Français luttent héroïquement,
quand tout à coup nos vaisseaux se mettent à
tonner : ils rendent à la Russie leur dernier service. Les ennemis reculent, mais se tiennent toujours debout. Plusieurs fois, ils se jettent contre le
bastion et sont plusieurs fois repoussés. Enfin, un
de leurs chefs se lance de nouveau à l'assaut, le
pistolet au poing. Tous le suivent et se trouvent en
un instant dans le fossé, mais les nôtres ont réussi
à sauter sur le remblai et lancent contre l'ennemi
des obus, des pierres, des fragments de bombes.
Les Français sont refoulés; ils tombent l'un sur
l'autre : des cris et des gémissements s'élèvent des
profondeurs du fossé. Ceux que la mort a épargnés
se débarrassent des cadavres qui les pressent et
tentent de s'enfuir. Mais nous avons déjà rechargé
nos canons et les ennemis, avant d'atteindre leurs
tranchées, tombent sur le sol ébranlé.

Plus loin, on a repoussé les attaques sur les 5⁰ et 6⁰ bastions.

Et Malakoff?.....

LA CHUTE DE MALAKOFF

Les Français, au commencement de l'assaut, se ruent contre Malakoff comme des flèches lancées d'une main sûre ; ils déployent leurs drapeaux sur la tour et se répandent sur le bastion. Ses derniers défenseurs les reçoivent comme la lionne reçoit le chasseur qui a pénétré dans sa tanière. Un terrible combat corps-à-corps s'engage : les baïonnettes et les haches brillent, les bêches, les pioches, les massues font leur œuvre, les pierres volent de tous côtés : toute arme est bonne ; l'un se jette sans armes sur l'ennemi et l'étrangle, un autre le mord. Enivrés par la lutte et la rage, ils foulent aux pieds les morts et les blessés, ils tombent, se relèvent de la terre ensanglantée pour se jeter avec une nouvelle furie sur les assaillants. Et cependant les Français augmentent et augmentent toujours.....

Le sang coule dans tous les coins du bastion. Ici, un détachement ennemi serre contre le mur une poignée des nôtres ; ils n'ont plus une seule car-touche, mais ils ne se rendent pas : on les fusille l'un après l'autre. Là, un vaillant officier se lance contre les ennemis avec cinquante soldats : il est blessé grièvement, mais il reste le seul survivant de tous les autres — ses braves guerriers sont tombés jusqu'au dernier.

Le lieutenant Youny se lance dans la tour même de Malakoff avec trente matelots. On y entrait par une étroite ouverture pratiquée dans le mur. De là, Youny et sa compagnie font pleuvoir des balles contre les Français. Les Français y répondent. La lutte inégale durait depuis longtemps : les nôtres ne se rendaient pas. Enfin, on avance un canon devant l'ouverture de la tour et un premier obus est lancé. Youny et ses braves l'arrosent avec de l'eau. Mais un autre tombe au milieu des assiégés, dont la moitié est blessée ; un fragment de l'engin heurte la sainte image, suspendue dans un coin, et éteint le lampadaire qui brûlait devant elle. « C'est là un mauvais présage », murmurent les matelots. Cependant l'ennemi charge pour la troisième fois le canon... il ne reste plus aucune chance de salut : les matelots se rendent.

Près de la colline, la lutte bouillonne aussi. Maintenant, ce sont les nôtres qui marchent à l'assaut contre Malakoff conquis. Les forces énormes de l'ennemi les écrasent de tous les côtés, et sous le feu croisé ils tombent comme des épis sous la faulx. Sous la grêle des engins meurtriers, vont et viennent, au milieu de la foule des combattants, plusieurs femmes de matelots. Elles procurent des soins aux blessés, apportent aux soldats du « kwas » (cidre) et de l'eau.

La lutte se change en carnage : pour chaque

soldat russe on compte jusqu'à dix ennemis. Nos rangs fondent comme la neige au soleil.....

Mais Khrouleff arrive : il vole avec ses braves sur la route arrosée de sang. Parvenus en face de Malakoff, tous sautent à bas de leurs chevaux. Krouleff prend le médaillon avec l'image de la Vierge, qu'il portait sur sa poitrine, le montre aux soldats et s'écrie : « Suivez-moi, mes braves! » Tous se lancent derrière lui sur la colline comme une volée de milans. Tout à coup, Krouleff s'arrête empourpré de sang : une balle lui a traversé le bras ; l'intolérable douleur brise ses forces et les aides de camp l'emmènent hors du combat.

Des nôtres se répandent sur la colline et répondent à la fusillade derrière les monceaux de cadavres de leurs camarades, mais les chefs tombent l'un après l'autre. On entend les cris : « Donnez-nous des chefs ! — Conduisez-nous ! » et de nouvelles masses ennemies affluent sans cesse vers Malakoff.

En ce moment, le prince Gortschakoff parcourt la ligne des fortifications, où il est reçu par un joyeux « hourra! » L'ennemi est repoussé de partout, seul Malakoff reste entre ses mains ; tous les nôtres se lancent dans la direction de Malakoff. Mais le prince parcourt tristement des yeux les remparts ruinés et les monceaux de corps ensanglantés dont est jonché le sol. Il sait que c'est en vain que tomberont de nouvelles victimes, que, tôt ou tard, Sébastopol succombera sous le pression du puissant ennemi, que nous n'avons plus de muni-

tions de guerre, que nous n'avons plus de forces,
plus de sang. Il prévoit depuis longtemps la fin de
la terrible lutte et prépare tout pour sauver le reste
de l'armée et l'honneur du drapeau russe.

Il ne permet pas une nouvelle attaque contre
Malakoff.

Une heure se passe, puis une autre, et un coup
de foudre éclate sur la garnison : des courriers
passent au galop dans toutes les directions avec les
instructions des commandants, l'ordre est donné
de se préparer à la retraite : les troupes quitteront
le côté Sud et passeront sur le côté Nord. Battre en
retraite! S'incliner devant l'ennemi, quand tous
sont prêts pour un nouveau combat, quand tous
veulent risquer leur tête pour le bien-aimé Sébastopol! L'auront-ils défendu en vain pendant si
longtemps? Est-il donc possible qu'ils ne délivrent
point Malakoff; n'arracheront-ils point de son
sommet le drapeau étranger, ne vengeront-ils
point le sang des leurs?... Les rangs retentissent
de sanglots et nos guerriers se jettent sur leurs
canons et les embrassent en leur disant un dernier
adieu.

Les ordres sont donnés : l'heure de la retraite est
indiquée. Mais nos soldats n'abandonneront point
un nouveau butin à l'ennemi, ne lui rendront point
ce qu'ils ont érigé avec leur sueur, tout ce qu'ils
arrosèrent de leur sang, et ils comblent les fossés,
rasent les remblais restés intacts, ils hachent,
percent, enfoncent, détruisent tout ce qu'on ne peut

point emporter. Beaucoup de canons sont enlevés,
les autres sont encloués à la hâte ou jetés dans la
mer. Tout le monde s'agite dans la ville et sur les
bastions. Les blessés sont transportés en masse sur
le côté Nord. L'ordre est donné aux troupes de se
rassembler à la tombée de la nuit sur une des places
de la ville; seule une petite partie de la garnison
restera sur les fortifications, pour soutenir la fusillade avec l'ennemi et lui cacher notre retraite.

ADIEU SÉBASTOPOL !!

La nuit est venue; la place est pleine de troupes
et de peuple ; tous les habitants ont quitté la ville,
comme nos pères avaient quitté jadis Moscou, livrée
aux ennemis. Des chaloupes chargées se portent
promptement sur la baie d'une rive à l'autre. On a
commencé à franchir le pont; le passage dura près
de sept heures. L'artillerie passa, puis les voitures,
les fourgons et les camions. Les piétons se pressaient
en rangs serrés : de front avec les soldats marchaient
des femmes, des vieillards, des enfants. On transportait des blessés, et le craquement des roues, le
trépignement des chevaux, le bruit, les sanglots se
confondaient avec le jaillissement des vagues agitées.
Plus d'une fois des cris de terreur s'élevèrent : il
semblait à tous que le pont allait se rompre, la foule
effrayée se jeta en arrière. Tous se mêlaient, se
heurtaient, s'embrouillaient dans l'obscurité de la

nuit, les commandements avaient beaucoup de peine
à rétablir l'ordre.

A Malakoff, les feux brûlaient. Demain, dès le
lever de l'aurore, les Français apercevront des hauteurs de la colline, la ville qui s'étend à leurs pieds,
avec ses jardins ombragés et ses jolies maisons.
Demain, au son des trompettes, les ennemis, enivrés
par la victoire, entreront avec des cris de triomphe,
les drapeaux déployés, dans Sébastopol, pour lequel
tant de braves têtes sont tombées, où fume encore le
sang des martyrs, où les pierres gardent encore les
traces de nos larmes, où dorment les glorieux chefs
ds la flotte de la mer Noire, — et alors ils se repo-
seront de leurs fatigues dans les maisons que nous
avons abandonnées... Ainsi pensaient les ennemis.

Tout à coup un coup de tonnerre assourdissant
ébranle les environs, la terre tremble, la mer gémit
dans ses profondeurs, une flamme éclatante et sanglante se répand au loin dans les airs... Un de nos
bastions vient de sauter. A la lueur du feu terrible
et éblouissant apparaissent du côté Sud nos intrépides matelots : avec des mèches allumées ils courent
d'une poudrière à l'autre... Puis une explosion éclate
encore, puis une autre et une autre... durant toute
la nuit elles éclatèrent et tonnèrent sans cesse, sans
arrêter ; Sébastopol tout entière flambait, éclairant
de ses lueurs nos vaisseaux criblés d'obus qui coulaient à fond dans la baie.

F. Folitcheva

NOTES SUR SÉBASTOPOL

DE A. KOSTENSKY

I

Le jour de la bataille d'Inkermann, le 24 octobre
1854, les bataillons de réserve de la 13ᵉ division
d'infanterie demeurèrent à Sébastopol pour renforcer la garnison. Un bataillon du régiment de Vilna
fut placé le long du 6ᵉ bastion, en face du cimetière
russe. Quand la colonne française commença à
attaquer ce bastion, le bataillon de réserve de Vilna
fut envoyé à sa rencontre, la 1ʳᵉ compagnie de ce
bataillon, qui était à l'avant-garde, était commandée
par le capitaine Maliavsky. Le bataillon effectua
cette sortie gaiement, avec courage, mais après
s'être rapproché de l'ennemi, il se vit en présence
de forces supérieures, se replia..... et fit halte.....

« C'est une honte, enfants ! — s'écria le capitaine
Maliavsky — que faites-vous là? Regardez-moi, je
veux marcher devant vous avec ces deux garçons!... »

Sur ces mots, il prend par la main les deux élèves

19

de l'école militaire qui étaient auprès de lui, Grammatikoff et Vietochnikoff (tous deux âgés de 16 ans
et entrés au service depuis huit jours à peine), et
s'élance en avant en criant « hourra! » L'exemple
d'un supérieur encouragea sur le champ les soldats,
qui se précipitèrent comme des lions sur les traces
de leur commandant, qui reproduisit, sans peut-
être en avoir laissé souvenir dans notre histoire
militaire, le haut fait accompli par Raévsky dans
la grande bataille de Borodino... A peine le capitaine Maliasvky avait-il fait quelques pas, qu'il
s'affaissa, traversé à bout portant par plusieurs
balles de carabine; à ses côtés tombait grièvement
blessé l'élève Vietochnikoff. Pendant que quelques-
uns des soldats ramassaient en toute hâte le mort et
le blessé, le bataillon se jetait, insoucieux du danger, sur la colonne française, poussé par le désir de
venger la mort héroïque de son capitaine et réussit
à repousser les assaillants.

Vietochnikoff, qui avait été blessé, fut transporté
auprès de sa mère, à Simféropol; connaissant très
intimement les parents du jeune homme, je m'en-
pressai d'aller le voir et je fus témoin du premier
pansement qu'on lui fit sous le toit paternel. Il avait
été blessé à la partie inférieure de l'abdomen, une
balle de carabine lui avait percé de part en part la
cuisse droite. Tout fier de sa blessure, ce vaillant
soldat nous montra sa capote percée par les balles
à plusieurs endroits et portant encore des traces
toutes fraîches de sang et de poudre.

Je regrette de n'avoir aucun détail sur ce qui est arrivé à l'élève Grammatikoff.

Une fois complètement rétabli de sa blessure, Vietochnikoff se préparait à faire route vers Sébastopol, quand, le jour même de son départ, pendant le mois de mars, il reçut la visite de son camarade Golenistcheff-Koutousoff, comme lui élève attaché à un bataillon de tirailleurs, et qui voulut lui montrer une nouvelle carabine qu'il venait d'acheter. Ignorant que la carabine était chargée, Koutousoff, de gaieté de cœur, lâcha la détente en visant son ami. La balle sortit et blessa ce dernier au pied. Le malheureux jeune homme ne put supporter cette seconde blessure fort grave et succomba quelques jours après.

II

Le sous-officier noble de ce même bataillon de réserve de Vilna, Colombe, un jeune homme français russifié, qui était entré au service dès le commencement de la guerre, après avoir occupé la place de professeur dans une riche famille résidant en Crimée, fut grièvement blessé d'un coup de baïonnette pendant une des sorties; en tombant, il fut enseveli sous la terre qui s'écroula du bastion. Le lendemain, comme on ramassait les morts, on déterra Colombe, qui avait heureusement conservé quelques signes de vie. Après avoir passé quelques jours à l'hôpital, le jeune homme guérit rapidement, fait que tout le monde considéra comme un véritable miracle.

III

Je reprends involontairement mes mémoires sur le bataillon de réserve de Vilna où entra, dès le début de la guerre, une grande partie de la jeunesse de Simféropol, entraînée par le courant général de patriotisme qui régnait à cette époque. La seule Chambre des Finances du district de la Tauride avait envoyé à Sébastopol sept fonctionnaires, mes anciens collègues. Ils sont dignes d'une mention : ils sont devenus de bons soldats, qui ont appris la science militaire sur les bastions mêmes de Sébastopol.

Le lieutenant en retraite, Kil, d'un âge déjà assez avancé, après avoir quitté le service militaire pour devenir fonctionnaire dans un service civil, était copiste à la Chambre des Finances aux appointements mensuels de 10 roubles. Dès le commencement de la guerre, le vieillard fut épris du désir d'entrer au service militaire. Seule l'impossibilité où il se trouvait de pouvoir s'équiper l'empêchait de réaliser ce désir. Ses collègues réussirent cependant à le persuader de présenter sa requête et décidèrent en même temps d'ouvrir en cachette une souscription et lui offrirent bientôt l'uniforme complet (si ma mémoire m'est fidèle) du régiment de Breste. Le vieillard était ravi ! Je me le rappelle venant nous dire adieu, vêtu de son uniforme, les épaulettes retroussées, l'air tout à fait militaire, et, ce que nous ne lui avions guère connu auparavant, la moustache teinte. Ce n'était pas à tort qu'on l'avait désigné pour le service du Tzar : bientôt il fut décoré de l'ordre de Sainte-Anne de 3ᵉ classe avec le ruban, et par la suite... il ne quitta plus Sébastopol.

Tchetverikoff reçut un coup de baïonnette pendant une des sorties. Il fut nommé officier et occupa par la suite le poste de maire de Novomoskovsk.

Dourneff disparut pendant une sortie de nuit sans qu'on en eût de nouvelles. Plus tard on le porta au nombre de ceux qui avaient été hachés à coup de sabre et dont les cadavres n'avaient jamais été retrouvés.

Rizaki et *Dzubine*, tous deux dans la première jeunesse, sont morts à Sébastopol de la dureté du service de défense, qu'ils ne purent supporter.

Les deux frères *Tchoumakoff*, *Nieskhodovsky* et *Jarochevsky*, retournés sains et saufs, se trouvent actuellement encore, à ce qu'il paraît, dans notre glorieuse armée.

IV

On connait le fait qui s'est passé dans le faubourg « *Korabelnaïa Slobodka* » près de Malakoff, pendant l'attaque du 6 juin 1855, attaque qui fut repoussée.

Le général Khrouleff ayant rencontré une compagnie du régiment de Sievsk qui revenait des travaux, donna un exemple de courage et de présence d'esprit qu'imita le régiment de Iakoutsk, caserné alors à la « Korabelnaïa Slobodka », régiment, qui aidé par l'artillerie de campagne, repoussa l'attaque de l'ennemi en cet endroit. Le cadet attaché à ce régiment (nommé plus tard sous-lieutenant) Kolomytzeff, qui pour cette affaire fut décoré de l'ordre de Saint-Georges conféré aux soldats, m'a quelques jours après raconté le fait suivant :

Quand nous approchions du fossé en suivant l'ordre donné par le général Khrouleff : « Que le régiment me suive! » nous aperçûmes dans le tourbillon de poussière et de fumée quelques Français qui fauchaient avec leurs baïonnettes et leurs crosses, tantôt à gauche et tantôt à droite.... C'étaient des voltigeurs qui avaient réussi à pénétrer dans le faubourg en s'aidant de leurs grappins de gymnastes. Un sous-lieutenant français, paraissant âgé de dix-huit ans, était devant ses hommes et brandissait son sabre. Des soldats se précipitèrent sur ce vaillant officier. Se voyant entouré de baïonnettes, le malheureux abandonna son sabre, et se proclama prisonnier. En ce moment où le combat était ardent, les soldats furent sur le point d'oublier cette règle bien connue d'eux cependant: « qu'il n'est pas généreux de tuer un ennemi à terre », et se jetèrent sur l'officier français. Le vieux sous-officier s'écria en s'interposant entre les soldats et l'officier français : «Ne le touchez pas! c'est mon prisonnier!»

Mais on n'avait pas le temps alors de faire des prisonniers. Quand les compagnies eurent passé en tempête, le sous-officier se tourna vers le jeune officier : « Fiche-moi le camp maintenant, moussio le gamin, va vivement retrouver tes parents, sans quoi tu sais moi non plus je ne pourrai m'empêcher de te faire capoute ! » L'officier s'enfuit.

Ce moment critique de la bataille décida le sort de l'attaque du 6 juin ; l'échec subi par l'ennemi renforça considérablement la persévérance de la garnison de Sébastopol.

V

Quelques jours après, quatre officiers du régiment de Jakoutsk s'installent dans un blindage dans le même faubourg de la « Korabelnaïa » pour se distraire un peu les idées en faisant une partie de cartes. Bien à leur aise, les officiers s'adonnent tranquillement au jeu comme s'ils se trouvaient en quartiers d'hiver dans une petite ville retirée de province. Tout à coup, quelque chose tombe lourdement à terre et il se produit un sifflement de mauvais augure... Les joueurs jettent un coup-d'œil à travers la porte du blindage et aperçoivent à quelques mètres d'eux une grenade qui venait de tomber. Elle commence à creuser le sol en s'approchant lentement du blindage. Les joueurs abandonnent leur jeu et attendent leur sort... Quelques moments d'une attente mortelle se passent... Tout à coup le fracas de la grenade retentit tout près du blindage et — quel miracle ! — les officiers sont sains et saufs ! Ce prodige était dû à cette circonstance, qu'en fouillant le sol, la grenade s'était dirigée le long du ravin creusé par la pluie et qui entourait le blindage d'un côté, de sorte qu'elle faillit entrer par la porte et qu'elle éclata à côté de l'avant-toit ; les éclats se dispersèrent sans avoir atteint aucun de ceux qui se trouvaient dans le blindage.

VI

En 1860, je fis par hasard la connaissance d'un maître d'équipage de la flotte de la mer Noire, un nommé Basile Pétroff, alors en retraite, qui avait été chargé en qualité de comptable-juré, d'accompagner avec moi un transport de papiers timbrés de Saint-Pétersbourg à Simféropol. Si mon bon compagnon de voyage vit encore, il doit habiter actuellement la ville de Berdiansk, où il possédait une petite maisonnette, autant que je puis m'en souvenir à la suite de ses propres récits. Pétroff m'entretint pendant tout le voyage d'une foule de contes intéressants sur son service, sur ses expéditions en mer ; il me raconta en outre qu'il avait visité Londres, l'Espagne et qu'il avait vu le volcan du Vésuve en Italie. Il attribuait un haut mérite au siège de Sébastopol dont il connaissait la valeur ; mais il en parlait sans entrain particulier, comme

d'une affaire quelque peu étrangère qui se serait
passée sur les côtes de ce même Sébastopol où,
disait-il, nous autres marins étions casernés l'hiver
et d'où nous partions en été pour tenir la haute mer
sur des navires bien agrémentés ou bien souvent
encore pour nous rendre à l'étranger au lieu désigné ; ce ne fut qu'ici qu'on eut un vrai service à
faire...

« A Sébastopol, racontait Pétroff, j'ai été huit
mois chef de pièce au 4ᵉ bastion.

— Au 4ᵉ bastion, dans cet enfer ? m'écriai-je involontairement... Mais qu'est-ce que tu vis encore ?

— Vous voyez bien, Monsieur, que je suis en
vie, et Dieu est témoin que je n'y suis jamais resté
les bras croisés; seulement, depuis je n'entends
plus très bien... Quant aux charges, je les ai
envoyées correctement...

— Et pour un service pareil, tu n'a pas été
décoré du Saint-Georges ? »

Cette question le fit sourire.

« Voyez-vous, Monsieur, il nous arrive souvent
la même chose qu'à vous autres, nobles. Souvent
notre commandant venait nous visiter : « Bonjour,
les enfants ! » Et nous de crier : « Vive notre commandant ! » « Eh bien, comment sont-ils les vôtres ? »
disait-il à l'officier supérieur (le lieutenant de notre
équipage). —« Il n'y a rien à dire : ce sont de braves
garçons. » — « Et qui est-ce qui s'est distingué le
mieux ? » demandait le commandant. — « Les
voilà : Pétroff, Ivanoff, Koulabka, commençait à

énumérer le lieutenant. — « Et c'est tout ? Ce sont-
là de vieux sous-officiers ! Ils ont déjà été bien
braves à bord des vaisseaux ; voulez-vous me montrer quelqu'un des nouveaux ? » Et l'officier appelait quelques conscrits d'hier, nos gars. Or, trois
ou quatre semaines plus tard, nos gars devenaient
chevaliers en bonne et due forme ! A nous autres
de nous consoler des récompenses des jeunes ! Eh,
quoi donc ! ajouta Pétroff : on ne demande qu'une
chose, c'est que la besogne soit bien faite ! Je sais
bien qu'il est impossible de décorer tout le monde... »

Et véritablement, quiconque aurait connu cet
homme qui, à trente-cinq ans, avait l'air d'un vieillard prématuré, n'aurait pas douté un seul instant
qu'il avait devant les yeux un de ces héros de la
mer Noire qui exécutaient leur besogne et devant
lesquels pâlissent les noms de braves, intrépides,
infatigables... Il faudrait inventer un autre terme
pour caractériser le courage des défenseurs de
Sébastopol. L'histoire a pour toujours gravé sur ses
pages les noms immortels de Nakhimoff, Khrouleff
et des autres chefs qui défendirent Sébastopol. Que
les inconnus, dignes compagnons de ceux-ci, se
consolent en pensant qu'ils ont accompli de hauts
faits et qu'ils les ont accomplis de façon à souhaiter
que Dieu aide le soldat russe à toujours se mettre
aussi courageusement à l'œuvre si la patrie venait
un jour à être éprouvée.

VII

La ville de Simféropol offrait pendant toute la durée de la guerre de Crimée l'aspect d'un vaste hôpital. Plus de 80 édifices étaient occupés par des malades et des blessés. Ceux qui mouraient sur le champ de bataille, frappés par une balle ennemie, étaient certes beaucoup plus heureux que ceux qui étaient condamnés à mourir à l'hôpital. Je ne veux pas apporter de preuves à l'appui de cette triste conviction.

C'était vers la fin de novembre 1854. Un jour, la foule entourait un chariot attelé de bœufs dans une des ruelles étroites du quartier tartare de Simféropol, où j'habitais alors. Les domestiques venaient de m'informer que ce chariot était chargé de blessés et qu'il ne pouvait plus avancer, car il s'était écroulé. Moi et mon camarade, le fonctionnaire Eckerte qui habitait avec moi, descendîmes dans la rue pour voir ce qui s'était passé. Il commençait déjà à faire nuit. Il faisait une soirée d'automne très froide — un mélange de pluie et de neige qui tombait du ciel — le sol était couvert d'une boue tenace et gluante. Au milieu de la rue se trouvait le chariot, dont un essieu était rompu ; les deux bœufs qui le traînaient pouvaient à peine souffler tant ils étaient fatigués. Un Tartare, accablé de fatigue, avait complètement perdu la tête et jurait en sa langue sur son sort et l' « eramase kavska » la maudite guerre, qui a causé tant de maux. Dans le chariot, trois soldats vêtus de capotes ensanglantées ; une main manque à l'un, un pied à l'autre ; ils tremblent sous la fièvre qui les mine. Et pour mettre le comble à leurs souffrances, ces martyrs se sont abîmés dans la chute du chariot et ont irrité leurs plaies. On n'entend cependant pas une plainte, pas un gémissement : je n'oublierai jamais les visages silencieux de ces soldats.

Heureusement, dans notre cour se trouvait un chariot tartare qui avait apporté du foin du village voisin. Nous l'arrangeâmes et nous transportâmes avec beaucoup de précautions, avec l'aide des personnes qui se trouvaient parmi la foule, nos soldats sur la litière de foin frais. Mon camarade mit ses bottes de chasse, et armé d'un long fouet, emmena le chariot jusqu'à l'hôpital. Nous attendîmes son retour assez longtemps, enfin, il revint à une heure accablé de fatigue et vexé au dernier point. « Imaginez-vous, nous raconta-t-il, que j'arrive dans un hôpital, on ne veut pas accepter mes malheureux, la place manque. « Allez — me dit-on — à tel numéro. » J'y vais, même réponse ; je cherche un troisième hôpital, qui se trouve dans le quartier opposé de la ville, toujours la même histoire. Enfin, j'ai réussi à les faire accepter, à l'aide d'un officier que je connais, dans la maison de Filatieff, place Sennaïa.

« Qu'ils m'ont remercié, mes braves et patients malades ! »

VIII

L'hôtel de l'assemblée de la noblesse de Simféropol fut également transformé en hôpital et contenait toujours 300 malades et même davantage. Une des ailes de côté était encore occupée par le théâtre de Simféropol. Là se trouvait également le bureau de l'hôpital. L'autre aile, où l'on avait installé la bibliothèque de la ville renfermait, en outre, la macabre salle des morts, où l'on plaçait chaque matin, les morts de tous les alentours de l'hôpital; de là, on les transportait ensuite sur des chariots au cimetière dit militaire. L'air suffocant, fétide et puant qui enveloppait tout l'édifice avec ses dépendances aurait tué quiconque n'y fût pas habitué; ce qui arriva justement au comte Vielgorsky, à Palen et à Kreiton, commandés en Crimée pour y distribuer aux malades les secours gracieusement extraits de la caisse privée de l'Impératrice.

Il fait nuit. De petits feux aux pâles lueurs jaillissent dans les salons de l'hôtel; on voit passer les ombres du personnel; de temps en temps le capuchon blanc d'une sœur de charité va et vient. Ici et là on entend quelqu'un tousser ou pousser des gémissements.

Les sons de la musique de l'orchestre du régiment qui joue au théâtre se font entendre. Souvent retentissent les applaudissements du public composé en grande partie d'officiers, qui se laissent entraîner par le jeu d'une troupe d'artistes en voyage, surtout quand ce sont de jolies artistes. Tout à coup un cri déchirant retentit dans la cour et couvre pour un moment l'orchestre, le tonnerre d'applaudissements et la voix de la prima donna locale, Mlle Gousseva.

« Qu'est-ce qu'il y a donc ! demandent les dames effrayées.

— Un transport est arrivé, leur répond un officier, entrant dans une loge... On vient de laisser tomber par terre un malade qui a les deux pieds emportés...

— Ah ! c'est tout !... » Et le public se calme, les applaudissement redoublent...

IX

C'était une fois en hiver, au commencement de la guerre. Un transport pareil venait d'arriver dans la cour de l'hôtel de la noblesse. Dans des voitures d'ambulance, peintes en vert, et dans des chariots tartares plusieurs blessés se trouvaient, les uns couchés et d'autres assis. Ceux qui étaient couchés se taisaient, le visage couvert de capotes. Les autres badinaient. En voyant un jeune soldat, la tête enveloppée de chiffons que le sang avait traversés à maints endroits, nous, spectateurs, cherchâmes à lui exprimer notre sympathie et nos condoléances en lui offrant, qui une pièce de 10 kopeks, qui une poignée de tabac. « Je vous remercie bien, Messieurs ! Mais je ne suis pas encore mort, j'espère me battre encore un petit peu ! », nous répondit-il en riant.

X

Le jeune médecin Bot, un homme plein de force et de vigueur, qui considérait sa profession comme une œuvre de hauts services rendus à l'humanité, racontait un jour chez ses amis, les yeux remplis de larmes, que quatre-vingts au moins des malades qu'il avait soignés auraient pu être sauvés s'il avait eu de la quinine ; actuellement ces malheureux, accablés de la fièvre, étaient condamnés à mourir.

Cette conversation eut pour résultat une souscription qui produisit à peu près 70 roubles, avec lesquels on acheta de la quinine dans une pharmacie privée et on la remit au médecin Bot. Un mois plus tard, il remercia chaleureusement ceux qui avaient participé à la souscription, affirmant que cette quinine avait sauvé la vie à plusieurs dizaines de nos soldats.

ALEXIS KOSTENSKY

MÉMOIRES

UNE « COMPAGNIE-RÉGIMENT » ET UNE « DIVISION FICTIVE »

A LA MÉMOIRE GLORIEUSE DE A. S. KHROULEFF

Me trouvant, à partir du 26 avril jusqu'au 27 août 1855, parmi les défenseurs de Sébastopol, je fus, pour quelque temps, commandé au régiment de chasseurs de Brausk du prince Gortschakof et au régiment d'Erivane du feld-maréchal comte Paskievitch, prince de Varsovie. Lors de l'appel des volontaires, je donnai mon consentement et fus nommé par l'adjudant général prince Ouroussoff commandant de la ligne de défense avec les volontaires du régiment de Kremen tchoug. Pendant 28 jours, j'occupai les avant-postes du bastion n° 1 ou, pour mieux dire, près du pont même sur la Kilen-Balka qui se trouvait non loin de l'aqueduc.

La nuit du 5 au 6 juin, pendant la plus forte canonnade des batteries ennemies, qui a, on peut le dire, détruit presque toutes les batteries de la première ligne de défense, je me trouvais devant un avant-poste des plus près de l'ennemi. En passant en revue les sentinelles que j'avais posées, j'aperçus sur la Kilen-Balka une grande masse de troupes ennemies. J'en informai à plusieurs reprises les commandants des batteries, dans le but de faire tirer sur cet endroit. Tous les projectiles lancés à Kilen-Balka ont en effet causé un grand préjudice à l'ennemi.

Le 6, au point du jour, j'informai personnellement le chef de la première ligne de défense, le prince Ouroussoff que l'ennemi se préparait à l'attaque, comme je l'avais pu remarquer d'après la position des échelles d'assaut. Le prince Ouroussoff, confiant en moi, son officier subordonné, donna l'ordre de tout préparer pour recevoir l'ennemi. L'ordre était à peine exécuté que les colonnes françaises en bon ordre gravissaient la colline en se dirigeant contre nous. Elles y furent reçues par les batteries russes; elles se mêlèrent et battirent en retraite. S'étant retirées à quelque distance, elles reformèrent leurs rangs désunis et, les officiers en tête des colonnes, aux cris de « Vive l'empereur » elles se lancèrent pour la deuxième fois à l'assaut. Cette fois encore elles furent régalées de la même manière qu'auparavant et elles abandonnèrent l'idée d'attaquer le bastion n° 1. Elles se dirigèrent à droite contre la batterie de Gervé, qui fut défendue faiblement et elles pénétrèrent à Sébastopol.

Ici s'est passé un incident qui a une valeur militaire importante. Justement, à ce moment, la 5e compagnie du régiment de Sevsk, commandée

20

par le capitaine Ostrovsky s'en revenait des travaux. Le général Khrouleff, qui cherchait des
troupes disponibles, s'approcha au galop de la
compagnie qui passait : « Salut au régiment ! —
Vive notre général ! — répondit-on, — mais nous
ne formons qu'une compagnie ! » Et le général :
« Qu'importe ! Regardez ! — et il montra la batterie
de Gervé — voilà les Français ; courez vite et
chassez-les ; de là, je veux vous envoyer une division pour vous aider ! »

Cette division n'existait que dans son dire, mais
le général aimé avait parlé ; comme par enchantement, la compagnie fut transformée en régiment, se
jeta, encouragée par son commandant, contre l'ennemi et le chassa de la batterie. Le brave capitaine
fut tué ; la compagnie célèbre n'en a pas moins
exécuté une tâche qui était celle de tout un régiment qu'aurait aidé une division fictive ?

Moi et les volontaires que je commandais fûmes
envoyés pour couvrir les trois pièces de campagne,
disposées sur la barbette du bastion n° 1 ; je pris
une part active à la défense de ce fortin. Pour avoir
devancé l'attaque, ce qui avait couvert de gloire
nos braves troupes, j'ai obtenu des remerciements
personnels du prince Ouroussoff ; je fus, en outre,
mentionné dans le rapport du feld-maréchal, mon
nom fut publié dans les journaux et j'eus ensuite
l'honneur d'être décoré de l'ordre de Sainte-Anne
de 3e classe, avec les glaives et le ruban.

L'ASSAUT DU 27 AOUT

Pendant les quatre mois du siège, le régiment de Briansk, dont j'ai eu l'honneur de faire partie, a dû soutenir les plus forts bombardements, et, dans ce court délai, il a perdu la moitié de son effectif; c'est lui qui a occupé continuellement le bastion n° 3 et celui de Malakoff. Peu de temps avant l'assaut du 27, il reçut l'ordre de renforcer les troupes placées sur la colline de Malakoff; la veille encore, il avait pris part, pendant toute la nuit, aux travaux de réparation des batteries, et remplacé, au point du jour, la réserve de la 3ᵉ division. Sur l'ordre du commandant, elle devait y rester jusqu'à dix heures du matin et aller se reposer ensuite au cap Paul. Mais le repos fut assez étrange en cet endroit : à chaque instant, des bombes y tombaient, tuant ou blessant toujours quelqu'un. Le régiment avait à peine fini de déjeuner, les hommes commençaient à se débarrasser des bombes importunes, quand nous entendons soudain battre l'alarme : « Aux armes ! » Le régiment se range en ligne de bataille et se dirige vers la colline, où le général lui ordonne de le suivre. Moi, j'ai le premier emmené vers la colline la compagnie que je commandais, elle n'avait pas eu le temps de se disperser après le déjeuner. A ce moment, un des commandants m'ordonna d'emmener la compagnie en avant, en me montrant le plateau de la colline de Malakoff, où nuit et jour une petite lampe brûlait devant les images saintes. Ce plateau était actuellement occupé par les Français, et nos pièces de campagne, endommagées, gisaient sur le sol.

A quelque distance du plateau, je disposai ma compagnie en colonne. Malgré le feu bien nourri de l'ennemi, je me mis devant elle, comme il convient au commandant de compagnie et je l'encourageai en lui disant : « Enfants, voyez-vous nos canons gisant à terre ! Voyez-vous les ruines de nos batteries et les Français qui les occupent ! Allons donc leur montrer que nous savons vaincre et mourir ! Que Dieu nous protège ! Suivez-moi ! En avant ! » Avec ces mots, nous nous précipitâmes contre l'ennemi. Au même moment, je m'en souviens très bien, je sautai sur la barbette où le drapeau français avait été arboré ; je fus grièvement blessé à la tête par une balle qui me fractura le crâne. Je tombai et, je ne sais comment, je me retrouvai à l'hôpital du village de Belbek. Pour cet assaut, j'ai eu l'honneur d'être décoré de l'ordre de Saint-Wladimir de 4e classe, avec les glaives et le ruban.

SEMEN KHROUCHTCHEFF.
Capitaine en retraite.

MEMOIRES

DES DÉFENSEURS DE SÉBASTOPOL

Pendant cette guerre glorieuse, j'occupais le poste de sœur de charité dans la communauté de Krestovozdvigènsk. Je me rappelle très bien le dévouement héroïque et les souffrances de nos braves soldats. Je n'ose entreprendre la tâche de décrire tout ce que j'ai vu ; d'ailleurs, toute mon activité se limitait uniquement aux soins et à la surveillance des blessés, qui répétaient courageusement : « Ma sœur, aidez-moi que je puisse regagner ma place au bastion ; même avec un pied ou une main de moins, je commanderai les camarades inexpérimentés et nous réussirons à repousser l'ennemi ». Le prince Chirinsky-Chakhmatoff me disait, en mourant dans mes bras, qu'il ne regrettait qu'une chose : c'était de ne plus pouvoir être utile à la patrie. Le capitaine Tonagel me disait tout doucement en fermant les yeux pour la dernière fois : « Ma sœur, ma présence est indispensable pendant la sortie du fort, faites-moi transporter là et j'agirai ». Le colonel Zagoskine criait en pleine conscience : « Ce n'est pas mon pied emporté que je regrette, je regrette aussi d'être obligé de garder le lit, quand l'ennemi est devant les retranchements ». C'est ainsi que les soldats se précipitèrent contre l'ennemi en oubliant leurs blessures.

Les balles sifflaient, les bombes portaient, les fusées incendiaient les maisons particulières et les hôpitaux, et nos blessés brûlaient du désir de courir à l'ennemi. Tout ceci excitait notre compassion et renforçait notre courage. J'ai eu 600 soldats à soigner sur la batterie de Nicolas et 56 officiers dans le palais de Cathérina. Je m'accordai encore des blessés dans quelques maisons particulières.

Nuit et jour, la lanterne à la main, je rencontrais souvent le comte Saken et le prince Vassiltchikoff et je me hâtais d'aller chez mes malades, en leur apportant des boissons que j'avais préparées moi-même; leurs larmes de reconnaissance étaient pour moi les plus grandes récompenses. Maintenant encore ces larmes me sont un soulagement dans mon âge bien avancé. Je rends grâce à Dieu qui m'a jugée digne de servir mes compatriotes.

J'étais la ménagère de l'hôpital de Sébastopol qui m'avait été confié, je faisais en même temps l'office de sœur de charité. J'ai eu l'honneur de préparer moi-même le médicament prescrit par notre bien-faiteur infatigable Nicolas Ivanovitsch Pirogoff. Il est consolant de se rappeler tout ce dont les malades ont eu besoin, même des choses luxueuses. Dans le château des Ingénieurs, j'ai eu le bonheur d'offrir du gruau de soldat à son A. I. le Grand-duc Nicolas Nicolaïevitsch, ce qui m'a valu d'augustes remerciements.

Après avoir passé cinq mois à Sébastopol, le travail continuel avait tellement compromis ma santé que le commandant m'offrit de partir pour Bakhtchi-Saraï. Là nous attendaient des difficultés de toute autre nature : les malades y étaient placés dans l'ancien palais des Khans ; ceux qui souffraient d'une maladie plus grave, dans les gloriettes du grand jardin. Là, je faisais des prières et souvent celles des agonisants. Là m'avait trouvée le prince Bariatinsky : il regardait avec compassion les malades faire leurs prières. Quand il faisait chaud, nous rencontrions les transports de blessés loin au dehors de la ville de Bakhtchi-Saraï ; nous leur donnions du thé et quelque chose à manger ; nous accompagnions ceux qui avaient à faire un long parcours et nous acceptions les autres chez nous, au palais. Il m'est encore impossible de décrire tout ce que j'ai vu ici! Mais, grâce à Dieu, l'air frais rétablissait beaucoup de malades et nous les envoyions avec joie dans leur pays natal.

A un moment, on eut besoin de sœurs de charité pour les hôpitaux de marins à Simféropol. Mes supérieurs m'ordonnèrent d'organiser ces hôpitaux et de me charger des soins à donner aux matelots. Ils furent placés sous des tentes ; les sœurs s'installèrent dans les plus proches villages tartares. Il

nous arrivait ici de rencontrer des réservistes dans
la campagne. Touchés de la réception que nous leur
faisions, — nous leur offrions toujours du thé et toutes
sortes de secours provenant de la caisse qui avait
été gracieusement mise à notre disposition par
S. A. I. la Grande-Duchesse Hélène Pawlovna —
les réservistes nous disaient : « Nous te remercions,
notre bonne mère, de ne pas nous avoir oubliés ;
nous voulons avec joie mourir pour la patrie ! »

En plus des malades, j'étais chargée à Simféropol
du sort des orphelins des marins. Nicolas Ivanovitch Pirogoff m'offrit d'aller de Simféropol à Pérékop. J'y allai, en effet, en accompagnant un transport
de malades, très contents de ce qu'ils étaient soignés
en chemin. A Pérékop je trouvai treize maisons
particulières transformées en hôpitaux.

Quels tristes souvenirs ! Mais ici également Dieu
a intervenu par sa miséricorde et les paroles du
Christ ont encore une fois de plus été justifiées :

« La puissance de Dieu se manifeste sur les
misérables ! »

ALEXANDRA IVANOVNA TRAVINA
Ancienne sœur supérieure de la communauté
de Krestovozdvigènsk.

EXTRAITS DU JOURNAL

DU CAPITAINE POJARSKY

I

Pendant le siège de Sébastopol, plusieurs officiers
et simples soldats des troupes qui constituaient
la garnison de défense démontrèrent à maintes
reprises un esprit de dévouement, qui, méritant
toujours des éloges, devrait être donné surtout
comme exemple d'intrépidité.

La garnison de cette ville, qui subissait continuellement le feu bien nourri de l'ennemi, s'était
tellement habituée à son sort, que beaucoup de ceux
qui ne prévoyaient pas la fin du siège croyaient tôt
ou tard être blessés, sinon tués. Accoutumés qu'ils
étaient à cette idée, plusieurs d'entre eux n'eurent
le désir de verser leur sang qu'en accomplissant un
haut fait quelconque qui les eût glorifiés aux yeux
de leurs camarades. On ne pouvait en accomplir
qu'en faisant une sortie. Il est assez désagréable
d'être sans cesse attaché avec sa compagnie au
parapet, dans le personnel de service, ou d'être tué

dans ces conditions sans rien laisser après soi qui soit digne de la mémoire des amis et des camarades. C'est probablement à la suite de ce raisonnement qu'un jeune lieutenant dont le nom m'échappe, nommé de la veille et chargé au mois d'août du commandement des carabiniers du régiment de chasseurs de Jitonir, se trouvait avec son détachement à droite de la casemate du 6ᵉ bastion qui dominait toute la position extérieure, se promenait le long de la casemate, une carabine à la main, comme s'il eût voulu provoquer l'ennemi et l'inviter à sortir de ses tranchées. Cette fois, l'officier ne fut pas atteint par les balles ennemies. On lui fit cependant remarquer que cette promenade n'était pas raisonnable car il ne servait à rien de s'exposer sans aucune nécessité. Ce qui n'empêcha pas les jeunes soldats de s'entraîner et d'agir comme de vieux troupiers rompus aux combats.

II

Vers la fin du mois d'avril, un bataillon de notre régiment était occupé à un travail de terrassement au 5ᵉ bastion et avait beaucoup à souffrir du feu ennemi, car les bombes et les boulets portaient à cette place continuellement. On dût cesser les travaux et les hommes cherchèrent un refuge contre les bombes qui tombaient sans cesse en des points multipliés. Le danger évident n'empêchait pas les plaisanteries. Tout en riant de la maladresse et de

la frayeur de quelques camarades, un des officiers
s'adressa au lieutenant Rogatcheff : « Je suis sûr
que tu paierais cher pour te reposer un peu après
l'exercice que nous faisons ? » — « C'est là l'idée
que vous avez de moi ? » répondit Rogatcheff —
« Est-ce que j'ai peur de la mort ? Pour vous prouver le contraire, je propose que quelqu'un vienne
s'asseoir avec moi sur ce tronc d'arbre, là-bas, juste
au milieu de la plate-forme. Nous nous y reposerons
en contemplant l'agitation que produisent les projectiles ennemis. » Sur ces mots et sans attendre
que quelqu'un se joigne à lui, il s'assied à l'endroit
indiqué, et, tenant sa parole il y resta assez longtemps, supporta sans accident les éclats de deux
bombes qui tombèrent près de lui et qui nous firent
nous sauver et nous coucher par terre. En regardant les événements, il resta toujours courageux,
dédaigneux même de se baisser devant les éclats de
bombes qui fendaient l'air autour de lui. Personne
n'osa plus tard s'égayer à ses dépens.

Ces deux cas, évidemment sans aucune importance, ont su cependant inspirer à ceux qui en
furent témoins une intrépidité sans bornes.

III

Les troupes qui gardaient Sébastopol reçurent
l'ordre de ne pas s'endormir la nuit, durant le siège,
afin d'être toujours prêtes à repousser une attaque
subite. Quoique chacun ait cherché à accomplir

son devoir et à ne point fermer les yeux, la nature
eût certainement vaincu les efforts des soldats si,
par hasard, une grande masse d'insectes noirs ne
s'était répandue à peu près partout dans la ville.
Ils pénétrèrent dans les vêtements des hommes et
les piquèrent avec rage, leur pompant le sang,
comme s'ils eussent voulu les rappeler à leurs
devoirs. Chacun s'étonnait de voir une telle masse
d'insectes inquiétants, plus grands, plus intolérables
et plus monstrueux que ceux dont on se plaint ordinairement. Un loustic qui se trouvait parmi les
hommes, en réponse à cette question insoluble,
affirmait à ses camarades que c'était une idée du
commandant en chef qui, voulant parer à l'éventualité d'une attaque subite pendant la nuit qui
aurait pu trouver les troupes au milieu du sommeil,
avait fait acheter chez ce même ennemi deux tonnes
de ces insectes étrangers et les avait fait semer
dans les bastions afin d'empêcher officiers et soldats
de s'endormir pendant la nuit.

IV

Les bataillons de notre régiment étaient déjà sous
les armes, attendant l'ordre de faire une sortie,
pour prolonger la tranchée que nous avions commencée la veille et qui était destinée à relier entre
eux les logements placés en face du 6e bastion, car
les volontaires de notre régiment avaient à peine
atteint la tranchée et avaient remplacé les carabi-

niers qui l'avaient occupée tout le jour. Ils étaient
commandés par le sous-lieutenant Karpitzky. Cet
officier, qui était mon camarade, sachant que nous
étions prêts à entreprendre une sortie, s'approche
alors de moi et me dit : « Eh bien, frères, vous allez
voir aujourd'hui un travail que vous n'avez encore
jamais vu ! — Je le sais bien, lui répondis-je, et je
sais que beaucoup d'entre nous ne reviendront pas
de cette sortie. Tu entends, la canonnade devient
de plus en plus forte des deux côtés, et c'est notre
batterie qui l'a commencée. C'est une preuve que
l'ennemi se prépare à nous empêcher de travailler
et que nous aurons une affaire avec lui. — Quant
à moi, dit Karpitzky, j'en ai eu trop à supporter
avec mon détachement et je n'oublierai jamais le
10 mai. Tu sauras qu'aujourd'hui, au point du jour,
quand vous avez eu fini de travailler, je suis rentré
à nos logements. L'ennemi s'était à peine aperçu de
la longue tranchée que nous venions de creuser
presque à sa barbe. Aussi il déchargea tout son
crève-cœur sur nous autres carabiniers. Au début
nous lui rendîmes, en prenant comme d'ordinaire
pour point de mire la fumée qui se montrait après
chaque coup qu'il tirait ; puis nous fûmes obligés
de réitérer nos coups ; ce qui épuisa vivement notre
provision de cartouches. Aussi nous restâmes tout
le jour sans poudre, c'est-à-dire sans moyens d'action. Nous ne pouvions demeurer tranquilles un
seul instant, nous nous démenions dans le logement
comme des bêtes fauves, en parcourant d'un bout à

l'autre le parapet déjà détruit en plusieurs endroits ;
à chaque moment il était comblé par la terre, et des
balles, des bombes et des grenades sifflaient à travers. Nous n'avions pas même songé à manger,
personne d'ailleurs n'en avait envie. C'est la soif
surtout qui nous faisait souffrir. Notre provision
d'eau était épuisée depuis midi. Encore quelques
heures et certainement le parapet qui nous protégeait serait détruit complètement et nous serions
tous tués. Même à présent, je ne peux m'expliquer
par quel hasard heureux je n'ai pas été tué. Le
plus fâcheux de l'affaire, c'est que vu la grande distance qui nous séparait de Sébastopol nous ne pouvions envoyer quelqu'un de notre logement pour y
aller chercher de l'eau et des cartouches. Il nous
fallait beaucoup de sang-froid, de gaieté et de courage pour supporter notre situation, nos braves carabiniers le démontrèrent d'une manière très suffisante. « Il ne faut pas s'ennuyer, enfants ! surtout
ne crachez pas, sans quoi, vous allez cracher toute
l'eau qui reste en vous et alors c'en est fini. » C'est
ainsi que nous exhortait un vieux soldat ; et la jeunesse, comme tout le monde en général, y trouvait
un réconfortant.

V

Le bruit circulait que l'on chargeait de petites
pierres les mortiers des batteries les plus proches
des tranchées ennemies. Quelques soldats décidèrent

de recueillir dans ce but des balles ennemies. Pour les ramasser, ils sortirent au delà du mur en pierre des 5e et 6e bastions et cherchèrent les projectiles et surtout les balles qui se trouvaient sur le sol. Une grande quantité de balles fut ainsi apportée au bastion et servit pour charger les mortiers.

Quoique tout ceci se fit au su du commandant, les hommes qui revenaient de pareilles sorties, ayant montré beaucoup de sang-froid, eurent toujours l'espoir d'être préférés à leurs camarades à la première occasion qui se présenterait d'une distribution de décorations aux troupes. Voyant ces préférences, les jeunes concrits suivirent leur exemple et devinrent bientôt d'une intrépidité extraordinaire.

VI

Nous apprîmes que l'ancien commandant du 4e bastion, major-général Schoultz occupait avant la guerre de Crimée le poste de commandant d'une forteresse au Caucase. Quelque temps avant la guerre il avait demandé un congé, et il était justement en route pour sa ville natale quand il apprit la nouvelle du débarquement de l'ennemi en Crimée et du siège de Sébastopol. Le général résolut sur le champ de ne pas profiter de son congé et partit pour la Crimée où il fut désigné pour le poste du commandant du 4e bastion, que je fréquentais souvent en ma qualité de planton auprès du chef de la première section de la ligne de défense. Là, je trouvais

souvent ce général assis en dehors de son blindage
et jouant aux échecs, pendant que le feu ennemi
ravageait tout autour de lui. Cet exemple de sang-
froid produisit un bon effet sur nos hommes.

VII

Pendant tout notre séjour à Sébastopol nous nous
étions habitués à rencontrer nos camarades tués ou
morts des suites de leurs blessures. Nous n'avions
jamais entendu dire que quelqu'un fût mort d'une
manière naturelle, peut-être y en a-t-il eu cependant,
mais nous n'en avons pas eu connaissance. Aussi
trouvâmes-nous très étrange la nouvelle dont l'on
nous fit part, à savoir que le médecin du bataillon
de notre régiment, Bieliavsky qui, avec d'autres
médecins faisait le service des ambulances à l'hôtel
de l'Assemblée de la Noblesse, était tombé brusquement malade ; il mourut quelques jours après.
A cette nouvelle, nous nous regardâmes très étonnés et nous nous écriâmes : « Ce n'est pas possible !
Comment cela se peut-il faire ? » Cela nous avait
tous frappés, comme si nous ne comprenions pas que
l'on pût mourir à Sébastopol de mort naturelle. De
suite nous regrettâmes ces pensées farouches et
cette exclamation que nous avions laissé échapper
dans un moment d'entraînement. La mort du médecin ne fut, en effet, qu'un sacrifice résultant de son
dévouement sans limites à son devoir et de son
amour pour son prochain.

LA BATAILLE D'INKERMANN

JOURNAL DU CAPITAINE PAUL CHAMRAIEVSKY
DU RÉGIMENT D'INFANTERIE DE S. A. I. LE GRAND-DUC
ALEXIS ALEXANDROVITCH

Nous sommes arrivés à Sébastopol, venant de Turquie, le 19 octobre 1854, et nous avons entrepris, le 24 octobre, une sortie à Inkermann.

Tout soldat russe sait comment un soldat se prépare à mourir en se mettant en campagne contre son ennemi. Aussi priàmes-nous la Sainte-Vierge et saint Nicolas, puis nous partîmes. Nos commandants étaient ; le lieutenant-général Soïmanoff et le général Dannenberf. Ils ne nous avaient pas communiqué leurs plans. Où allions-nous? Nous n'en savions rien. Quand nous fûmes arrivés près de la rivière Tchernaïa-Retchka, la célèbre bataille commença. Le lieutenant-général Soïmanoff fut tué, notre commandant de régiment Ouvagnoff-Alexandroff fut grièvement blessé ; un commandant de bataillon fut blessé au pied : il eut quelques hoquets

21

douloureux et expira ; un autre commandant de
bataillon eut un doigt de pied emporté, un troisième
fut blessé au ventre, les soldats voulurent l'emporter, mais il leur dit : « Attendez, je veux me reposer
d'abord un peu, puis nous partirons ». Tout d'un
coup une balle ennemie l'étend raide mort. Un
quatrième commandant du bataillon a une oreille
emportée ; nous perdons, en outre, près de vingt
autres officiers, dont quelques-uns sont tués et les
autres grièvement blessés.

Que nous restait-il à faire ?

Je pris le commandement du 1er bataillon et un
autre officier se mit à la tête du 2e. D'autres officiers
suivirent notre exemple en criant : « Hourrah ! Dieu
nous protège », puis nous commençâmes l'attaque à
la baïonnette. Le lieutenant Tretiakoff pénétra le
premier dans la batterie ennemie, l'officier Afanas-
sieff le suivit, un autre vint ensuite. Nous fûmes
tellement entraînés à cette vue que nous envahîmes
le camp ennemi, en courant sous une grêle de
mitraille ; nous renversâmes les tentes et causâmes
beaucoup de dommages. Bientôt nous dûmes nous
rendre compte que nous ne pouvions recevoir aucun
renfort, il nous fallut battre en retraite vers
nos anciennes positions. Nos Cathérinbourgeois
s'étaient battus comme des lions. Soudain l'ennemi
tourne nos positions et toutes les troupes du lieutenant Pavloff ainsi que les nôtres sont obligées de
battre en retraite. Ici se produisit un désordre
inexprimable ; nous perdîmes beaucoup d'hommes

et beaucoup de camarades trouvèrent la mort. Tout
ceux qui ont pris part à cette bataille, se rappelle-
ront cette terrible journée. Ma capote et ma casquette avaient été percées par les projectiles ; je
garde encore les traces des balles anglo-françaises.
Mais j'en sortis sain et sauf. Si Soïmanoff nous avait
communiqué son plan de bataille, jamais nous ne
l'eussions perdue ! Au contraire, l'ennemi avant la
bataille d'Inkermann avait tenu tout prêt ses vaisseaux pour reprendre le chemin du retour. Notre
insuccès le força à rester et à se renforcer. Si nous
avions su le plan de l'affaire sur place, il en eût été
tout autrement, d'autant plus que nos hommes
étaient très courageux et se portaient à merveille.
Je puis dire qu'avant la campagne de Sébastopol,
les hommes de notre régiment paraissaient avoir
été choisis exprès, mais beaucoup d'entre eux tombèrent à Inkermann.

C'est après le 24 octobre que nous prîmes l'habitude de nous battre. Nous trouvant toujours au
4ᵉ bastion, nous avions toujours des escarmouches
avec l'ennemi sur les lignes de défense de Sébastopol ; nous étions tour à tour envoyés en avant
jusqu'au bastion d'avant-garde, nommé le Petit-
Champignon. Ici nous empêchions l'ennemi de travailler. Chaque nuit nous usions 12,000 cartouches ;
nous étions tellement habitués au feu, que nous
nous avancions avec des volontaires quand nous en
avions le temps. J'avais dans mon détachement un
soldat nommé Kondratieff qui faisait son service

dans la musique. C'était un très bon tireur. Chaque
jour il prenait sa carabine et s'en allait expédier
dans l'autre monde trois ou quatre ennemis. Une fois
je sortis du bastion, de nuit, avec lui et un autre,
également bon tireur, dans le but de nous approcher par curiosité des logements des volontaires.
Nous atteignîmes justement un poste ennemi. Un
coup de feu retentit au moment où nous étions prêts
à les emmener prisonniers, puis une vive canonnade commençait; nous réussîmes cependant à
emmener trois Anglais prisonniers. Je les présentai
moi-même à son Excellence Dimitri Osten-Sacken.
Plein de joie de me voir avec des prisonniers, il me
demanda, en faisant le signe de la croix : « Mon
Dieu, qui donc les a emmenés? »

— C'est moi, Excellence !

— Embrasse-moi tout de suite mon brave! »

L'impertinence de l'ennemi alla jusqu'à nous
jeter au bastion du Petit-Champignon des bouteilles
chargées de toutes sortes d'ordures; nous nous en
plaignîmes auprès de Son Excellence, qui ne voulut
pas y ajouter foi. Nous lui apportâmes alors une
de ces bouteilles qu'il examina lui-même. Pour
remercier les ennemis, notre lieutenant Petroff
prépara quelques boîtes foudroyantes, remplies
également d'ordures, et les leur envoya en cadeau,
ce qui leur apprit à ne pas nous envoyer de bouteilles.

Un jour nos soldats du 4e bastion se décidèrent à
se moquer un peu de l'ennemi : ils confectionnè-
rent une poupée de la grandeur d'un homme, l'ha-

billèrent en femme et l'attachèrent debout au mur.
Les Français se mirent tout de suite à tirer sur elle
et la poupée de s'incliner encore devant eux! Ils ne
comprirent pas de suite la farce qu'on leur avait faite.

Une autre fois, un lieutenant de marine fabriqua
avec quatre grandes feuilles de papier un cerf-volant
muni de crécelles et le fit s'envoler. Les Français
l'aperçurent et se mirent à tirer dessus et nous de
leur flanquer une dizaine de bombes; une foule de
curieux tombèrent morts. Cependant le cerf-volant
s'était détaché. Le lendemain, un second était tout
prêt, un autre lieutenant aussi blagueur l'avait
fabriqué. Les crécelles sonnent et les Français se
mettent à tirer; nous leur servons à nouveau quelques bombes. Mais quand le comte Osten-Sacken
l'eut appris, il nous défendit les plaisanteries de ce
genre.

Bien que nous perdions chaque jour près de 1,000
hommes, nous n'étions cependant pas abattus.
Nakhimoff nous rendait souvent visite et il nous
était agréable de l'avoir avec nous.

Souvent il nous arrivait de ne pas dormir du tout
de la nuit et de garder nos portes au 4ᵉ bastion.
Dans l'attente des coups de feu ennemis et pour ne
pas nous endormir dans l'inaction, nous nous ins-
tallions autour de la grosse caisse et nous jouions
aux cartes. Une partie des hommes allait dormir;
les uns restaient debout près du mur en s'appuyant
sur leur fusil, les autres étaient assis au bas du
mur, le restant formait le cercle et chacun racon-

tait à son tour quelque histoire. Deux bonnes heures
passaient de cette manière. Puis ces derniers se
couchaient et d'autres les remplaçaient. Ceux qui
se levaient retiraient de suite de leur manche un
jeu de cartes tellement crasseux que l'on en distin-
guait à peine les figures. On se réunissait cependant
tous ensemble pour jouer au « trilistik » ou à la
« filka ». Souvent des marins venaient nous voir
pendant la nuit et alors commençait une conversation très animée. Un matelot fit cette remarque :
« J'ai été à peu près partout, j'ai vu tous les miracles
de l'autre monde, mais je n'ai jamais entendu parler
d'une guerre comme celle-ci ! Regardez-moi comme
les mécréants s'agitent ! Attendez un peu. Notre
petit père le Tzar-Blanc donnera l'ordre à notre
père Nakhimoff de marcher et nous les ferons sauter !
Nous irons tout droit à Constantinople ! »

— « A quoi bon parler ainsi ! Tu vois bien qu'on
ne nous le permet pas. On dit qu'il y a longtemps
déjà que notre père les voulait faire sauter sur mer,
d'une manière qui lui est propre. Mais on le lui a
défendu. Cela se comprend. C'est toujours une
question de jalousie ! D'autres que lui veulent se
faire remarquer ! »

La conversation durait ainsi jusqu'à quatre heures
du matin. A l'aube tout le monde se levait. Le rappel
se faisait entendre : « Garçons, il est temps ! Voyez-
vous l'ennemi qui commence déjà à bouger ? »

Le 4 mars, notre 4e bastion subit un fort bombardement. Beaucoup d'hommes furent tués.

Le 7 mars : autre bombardement très vif.

Le 24 mars, nous avons renversé les Français avec l'aide d'une partie de notre régiment de Cathérinbourg. Nous les avons chassés jusqu'à l'autre côté de la baie du Midi en faisant beaucoup de prisonniers. Ceux qui ont voulu résister y ont trouvé la mort.

Le 28 et le 29 mars a eu lieu un fort bombardement de Sébastopol et de ses forts d'avant-garde. Les Anglais et les Français se sont approchés à plusieurs reprises. Mais nous les avons repoussés chaque fois, bien que nous ayons perdu beaucoup d'hommes.

Le 31 mars a eu lieu un nouveau bombardement très vif de Sébastopol. Nous sommes néanmoins restés fermes, quoique ayant perdu beaucoup de camarades.

Le 1er avril, une partie de notre régiment de Cathérinbourg, renforcée d'une fraction du régiment de Kolyvagne a chassé l'ennemi devant la redoute de Schwartz, où sont les logements occupés par les 4e et 5e bataillons. Nous avons eu même à supporter une canonnade dirigée contre les batteries de Niconoff, et celles des 3e, 4e et 5e bastions.

Le 3 avril, nous avons de nouveau soutenu un fort bombardement de la 2e section de la ligne de défense de Sébastopol.

Le 6 avril a eu lieu une vive canonnade des 4e et 5e bastions et des batteries de Kostomaroff et de Jazonoff. Pour avoir pris part au bombardement qui a duré 10 jours, j'ai eu l'honneur d'être décoré de l'ordre de Ste-Anne de 4ᵉ classe avec le ruban.

Le 11 et le 12 avril, j'ai pris part à l'engagement dans lequel nous avons repoussé l'ennemi des logements situés entre le 5ᵉ et le 6ᵉ bastion devant la redoute de Schwartz.

Du 12 au 13 avril, j'ai pris part à une sortie pour repousser l'ennemi des logements situés entre le 4ᵉ, le 5ᵉ et le 6ᵉ bastions devant la redoute de Schwartz. Nous sommes partis à 8 heures du soir. Il faisait déjà nuit. Quand nous fûmes un peu plus près, les Français battirent la retraite russe. Nos hommes eurent un moment d'hésitation et voulurent s'en retourner. Mais le commandant du régiment, Boguensky, et moi nous avions pris des mesures en conséquence. Nous tirâmes nos sabres du fourreau, et nous postant devant les troupes : « En avant soldats! Il ne faut pas se couvrir de honte! » L'affaire s'engagea. Nous prîmes la batterie ennemie et tournâmes ses pièces contre lui; mais il réussit à la reprendre. Nous l'attaquâmes de nouveau à la baïonnette et après l'en avoir chassé nous tournâmes ses canons encore une fois contre lui. Ici huit officiers furent tués sur place, deux tombèrent devant les gabions; un officier fut littéralement broyé. La compagnie que je commandais ne conserva de son effectif que 32 hommes. Le commandant du régiment, Boguensky, fut également blessé. Prirent part à cette affaire : trois bataillons de notre régiment de Cathérinbourg, deux bataillons du régiment de Souzdal et deux bataillons du régiment des chasseurs d'Alexapol. Nous avions emporté les logements ennemis.

Le lendemain nous fûmes remplacés par le régiment d'Ouglitch, qui dut céder les logements pris la veille.

Cette affaire me valut l'honneur d'être porté pour le grade de major.

Les Français nous lancèrent toutes sortes de projectiles barbares. Ils jetèrent des bombes coniques foudroyantes, qui massacrèrent nos troupes par files entières. Ils ont eu, en outre, des balles entourées de crin, qui faisaient d'affreuses blessures. Même pour la blessure la plus légère, le poil n'en restait pas moins et la gangrène s'en suivait. Notre commandant du régiment, Boguensky, est mort d'un de ces coups de feu. Le colonel Veriovkine le remplaça.

Le 13 avril. — Comme nous nous emparions des logements français, un capitaine français s'avança vers nous. Nos soldats s'écrièrent : « Donnez-lui un coup de crosse! » — Et lui de répondre en russe : « On ne doit pas frapper de la crosse! » et s'adressant à moi : « Monsieur le capitaine! Vos soldats employent la crosse! On ne doit pas le faire! » Il reçut quelques coups de baïonnette et les soldats de dire : « Quel drôle! Il a appris le russe et s'exerce sur cette question : de quelle façon faut-il frapper? »

Alors qu'on ramassait les cadavres, il m'est

arrivé souvent d'être le témoin d'affreux spectacles. A chaque instant on voyait du sang versé, des cadavres mutilés horriblement. Malgré ce spectacle, les soldats finissaient souvent par me faire rire.

Le fait suivant se passa une fois sous mes yeux : Un Français retire de sa poche un flacon d'eau-de-vie russe et invite un des nôtres à en boire un coup en lui disant : « Buvez, je vous en prie! » Le soldat russe lui répond : « Pouftym, pouftym chez nous! » ce qui, en langue de Valachie, signifie : Venez, venez chez nous! Le Français le regarde et ne comprend rien. Le Russe commence à se fâcher et dit : « En voilà encore un qui ne connaît pas sa propre langue! c'est nous qui venons de là-bas, et il ne comprend pas! » et le Français de dire : « Allons! » et le nôtre de répondre : « Marchir! » Puis ils se tendent la main et se saluent mutuellement.

Pendant la nuit du 30 avril au 1er mai, j'ai pris part aux travaux de la 1ere ligne de défense de Sébastopol, sous le feu de l'ennemi. Nous avons repoussé les Français qui essayèrent à plusieurs reprises d'attaquer la redoute de Schwartz.

Dans la nuit du 10 au 11 mai, nous avons soutenu l'artillerie et la fusillade bien nourries de l'ennemi, ce qui me valut d'être porté pour l'ordre de Saint-Stanislas. Mais le chef me le refusa, prétextant que j'avais été déjà décoré deux fois dans un très court délai.

Entre le 5 et le 6 juin, une canonnade renforcée

eut lieu tout le long des lignes de défense de Sébastopol. Tous nos vieux officiers y trouvèrent la mort ou y furent grièvement blessés. J'étais resté seul et je ne manquai pas d'être contusionné vers midi par un éclat de bombe. Un officier du régiment de Sievsk prit le commandement de la compagnie qui m'avait été confiée. Je fus transporté sans connaissance en dehors du champ de bataille. Revenu à moi, je m'effrayai moi-même devant l'intensité de la douleur, cependant je me rétablis bientôt complètement, mais je demeurai sourd.

J'ai passé 7 mois et 24 jours au 4° bastion de Sébastopol, à la fois comme spectateur et comme auteur du drame qui s'y jouait. J'espère que le temps et les hommes sauront à l'avenir rendre hommage aux défenseurs de Sébastopol, qui, se trouvant continuellement sous un feu dirigé contre eux de trois directions différentes, ont su se comporter dignement malgré la perte considérable de leurs troupes. Au 4° bastion, chaque pierre, le moindre atôme de poussière même, sont arrosés du sang de mes chers camarades; tout cela s'est passé devant mes yeux. C'est un endroit sacré pour tout patriote russe. Il n'y a que nous autres Russes pour avoir pu résister avec nos poitrines de fer contre un feu infernal, où la fumée souvent obscurcissait le jour. Ma santé étant complètement ébranlée j'ai dû demander ma retraite. Je touche maintenant ma pension, bien gagnée par la durée de mon service,

En 1857, quatre seulement des vieux officiers

restaient dans les rangs de l'armée ; une partie des autres avaient dû demander leur retraite à cause de blessures ; les autres étaient morts. En même temps nous avions perdu la plus grande partie de notre effectif. Quand j'étais à Sébastopol, on a dû, à deux reprises différentes, combler par des réserves les vides de notre régiment.

Il y a eu un moment où nous étions tous prêts à nous sacrifier, pourvu que nous puissions sauver un petit lot de terre. Nous l'avons d'ailleurs bien prouvé pour avoir résisté, au 4e bastion, au feu de file des ennemis.

Tout ce que je viens de communiquer ici est l'expression de la vérité ; mon dossier de service peut d'ailleurs reconstituer tout notre passé !

MÉMOIRES DE SÉBASTOPOL

DU CADET DU RÉGIMENT DE MODLINSK,
MICHEL VOLTCHENKO

Ayant, en 1855, terminé les cours de l'École
secondaire de Voronège, j'entrai au 8ᵉ bataillon de
réserve du régiment d'infanterie d'Ieletz. Lors de
la mobilisation de la 15ᵉ division d'infanterie de
réserve, je fus versé dans le régiment d'infanterie
de réserve de Modlinsk. A la même année, vers la
fin du mois de mai, nous reçûmes l'ordre de nous
mettre en marche forcée de Biendery à Nicolaïeff.
Nous étions tous intrigués par l'inconnu où nous
allions. Ce n'est que quelques stations avant Nicolaïeff que nous apprîmes que nous allions remettre
nos casques et que nous devions partir pour la
Crimée. Arrivés à la station d'Alechki, nous affi-
lâmes nos baïonnettes et nos officiers leurs sabres.
En approchant peu à peu de Perekop, nous pouvions déjà entendre assez distinctement le bruit
sourd des canons d'Eupatoria et de Sébastopol.
Quelques-uns des curieux pouvaient déjà compter
les coups en posant l'oreille à terre. En les diffé-

renciant d'après le bruit propre de chaque canon,
ils en tirèrent cette conclusion : que les coups de
canons les plus violents se tiraient de notre côté.
Pérékop dépassé, nous pûmes entendre les coups
sans nous mettre contre terre, et c'est avec satisfaction que nous arrivâmes à Sébastopol.

Après Bakhtchi-Séraï nous campâmes en bivouac-
quant sur nos positions. On nous donna quatre
jours de repos après notre marche forcée. Le
17 juin, nous arrivions vers le soir sur les hauteurs
d'Inkermann. Ici une messe fut célébrée. Le soir
du même jour nous nous approchions de la fortification nord de Sébastopol et nous descendions jusqu'à la baie où un vapeur nous attendait. Après
l'avoir traversée sous le feu ennemi, notre division
campa à la batterie de Nikopol. Le lendemain,
dès l'aube, un des régiments fut envoyé, pour des
travaux de réparations à faire, au 4e bastion.

A mesure que nous nous rapprochions, les balles
ennemies sifflaient avec plus de fréquence au-dessus de nos têtes. C'est alors qu'on me confia les
réparations d'une partie des fortifications en compagnie de dix hommes et sous la direction d'un
intrépide sapeur. Nous étions tous grimpés sur le
rempart. Malgré l'entrain de nos braves à se mettre
à la besogne, il était absolument impossible de travailler : une grêle de balles tombait sur nous ; il
nous fallut abandonner le rempart, ayant perdu
beaucoup des nôtres. De retour à la batterie de
Nicolas, nous apprîmes une triste nouvelle : notre

capitaine, très estimé de tout le régiment, avait
été grièvement blessé.

Nous ne restâmes que peu de temps à la batterie
de Nikopol et nous partîmes bientôt pour la redoute
de Rostislave. Là, notre compagnie fut placée dans
une cave; chaque nuit nous faisions le service de
protection et nous travaillions à réparer les fortifications. C'est là que nous autres, novices, apprîmes
peu à peu l'intrépidité; souvent, sur le champ de
bataille nous fûmes témoins de cas de mort que
nous n'aurions jamais vus durant toute notre vie.
Malgré le danger dont chacun était menacé à chaque
instant, nos soldats aimaient à plaisanter quand ils
en avaient le temps. J'en veux citer un cas entre
autres : un jour, en revenant des travaux, quelques intrépides ont l'idée de renforcer notre cave,
c'est-à-dire de dresser devant l'entrée deux batteries, une de chaque côté, puisque la cave n'avait
pas de portes; on se met à la besogne ; sur le
champ deux forts sont prêts, il n'y manquait que
des canons. Cette circonstance n'embarrasse pas
nos soldats. On sait que l'on peut trouver des
balles françaises par centaines à terre. Après en
avoir ramassé une quantité suffisante, les soldats
se mettent à fondre le plomb dans une maison
voisine et en fabriquent des canons ; deux jours
après notre cave est défendue par huit pièces.
Maintenant c'était la poudre qui manquait; mais,
pour nos soldats rien de plus facile que de s'en procurer. Ils trouvèrent une bombe française qui

n'avait pas éclaté en tombant et se mirent à la
décharger. A l'aide d'un marteau et d'un ciseau ils
dégagèrent l'écrou qui contenait la mèche (dans
d'autres bombes il renfermait même la capsule)
S'étant ainsi procuré de la poudre, ils ouvrirent une
canonnade de leurs fortifications en miniature.
Ordinairement cette plaisanterie ne causait de mal
à personne, mais un jour, en revenant des travaux,
les soldats roulèrent une bombe énorme pour en
extraire la poudre. Après dîner et après s'être
reposés, les soldats s'en furent comme d'habitude
dans la maison voisine pour décharger la bombe.
Justement cette fois-là cinquante curieux l'entouraient; n'ayant moi-même rien à faire, j'allai regarder leur courageuse plaisanterie. La pièce du rez-
de-chaussée était pleine de soldats. Au milieu de la
chambre, trois soldats déterminés étaient assis et
tenaient la bombe pour l'empêcher de rouler. Un
quatrième détachait l'écrou. On comprend facilement que la presse était grande autour d'eux. Sans
attendre la fin de l'opération, je sortis de la
chambre. J'avais à peine fait quelques pas au
dehors qu'un terrible coup retentit; à la conversation animée de tout à l'heure fait place le gémissement des blessés et des contusionnés. Effrayés, les
soldats sortent de la maison. Je retourne pour voir
ce qui s'est passé; j'entre: cinq hommes par terre
étaient tués raides par la bombe qui avait éclaté,
onze hommes blessés et couverts de sang appelaient
au secours. On apprit cette catastrophe au com-

mandant comme provenant du fait de l'ennemi.

Quand les officiers étaient libres, ils se racontaient, assis autour d'un samovar de campagne, de petites histoires ou bien se communiquaient les bons mots de leurs soldats pendant des échauffourées ; ils se rappelaient leurs parents et leurs amis et se vantaient mutuellement les hauts faits accomplis. Un d'entre eux, le lieutenant Andoukovitch, affirmait qu'il n'avait pas peur des bombes et qu'il était prêt à montrer son courage dès qu'une bombe tomberait. L'occasion ne se fit pas attendre longtemps. Une bombe de 8 poudes tomba le lendemain matin tout près de nous et commença à tourner avec vitesse sur le sol. Une fois qu'elle eut cessé ses mouvements circulaires, alors que nous étions tous couchés à terre en attendant l'explosion, Andoukovitch court près d'elle, s'arrête à deux pas devant le côté opposé à la capitale et attend tranquillement qu'elle éclate. La bombe éclate, en effet, et il s'en retourne vers nous sain et sauf.

Entre le 26 juin et le 15 août, notre régiment se trouvant à la redoute de Rostislave, entreprit des sorties presque chaque nuit et enleva à l'ennemi les logements situés au devant du bastion de Korniloff. Il m'arriva toujours de prendre part aux affaires de nuit. Je n'avais pas été préparé à la défense contre l'ennemi, ni en pratique ni en théorie, mais j'obéissais aveuglément et j'allais au feu croisé sans me plaindre. Le 15 août, notre division

22

partit pour la colline de Malakoff et campa sur la ligne d'avant-garde dans les blindages.

Dans la nuit du 22 au 23 août, je pris part à l'affaire où nous repoussâmes l'ennemi devant Malakoff. Dans la nuit du 23 au 24, nous soutînmes un vif bombardement des bastions n°s 1 et 2 de la ligne de défense de Sébastopol; jusqu'au 26, un bombardement soutenu eut lieu. Ce bombardement fut d'une telle violence, que nos fortifications en furent pitoyablement endommagées. Il n'était du reste pas possible de faire un pas hors du blindage : une pluie de balles, de grenades, de bombes tombait sur nous. On n'eut pas toujours le temps d'expédier aux postes d'ambulance les blessés et les contusionnés. A peine avait-on désigné quatre hommes pour transporter un blessé, ils ne revenaient plus, ou bien il n'en revenait qu'un seul ou deux; les autres avaient été tués ou grièvement blessés chemin faisant.

Les soldats finirent par refuser d'aller chercher le déjeuner et le dîner à la cuisine.

Le 26, tout le feu de l'ennemi se concentra sur le flanc gauche de la ligne de défense et une vive canonnade dura jusqu'à la nuit; elle ne se calma qu'avant l'aube.

La force de résistance de nos soldats est vraiment étonnante. Cependant nos pertes furent énormes. La journée du 27 août, inoubliable pour nous tous... s'approchait.

Dès 8 heures du matin, un très fort bombarde-

ment commença de tous les points des fortifications
ennemies. Nous ne pouvions plus distinguer les
coups : ils se fondaient tous dans un hurlement
incessant qui faisait trembler le sol sous nos pieds.
A 11 heures, tout se calma et nous nous rencontrâmes poitrine contre poitrine avec les Français. Ce
ne fut pas un combat qui s'engagea alors, ce fut
plutôt une rixe sanglante de part et d'autre. Les
hourrah! les gémissements, les coups de feu se
mélangèrent réciproquement. Le massacre dura
cinq heures. Notre armée, entourée des cadavres
des soldats russes et français, couverte de sang,
repoussa l'ennemi à plusieurs reprises; chaque pas
qu'elle fît sur la colline de Malakoff lui coûta très
cher. Mais le sort avait décidé que nous battrions
en retraite, ce que nous fîmes, après avoir perdu
beaucoup de braves. Presque tout notre régiment
fut massacré; le commandant du régiment, les commandant des bataillons et tous les officiers supérieurs
furent tués.

Une nuit noire couvrit la ville; nous nous retirâ-
mes tristement de la colline de Malakoff vers le
côté nord de Sébastopol, au nombre de 135 hommes,
tout ce qui nous restait de notre régiment!

LA DÉFENSE DE SÉBASTOPOL

SOUVENIRS DU GARDE QUARANTAINE, LE SOUS-OFFICIER,

AVAKOUM PANTCHENKO

I

Quand les troupes des Alliés eurent débarqué à
Bourluk, il ne restait à Sébastopol que les copistes,
les garde-magasins, les conducteurs, les dessina-
teurs, la musique de la chapelle de la flotte et un
détachement spécial de la garde de Quarantaine de
Sébastopol.

En tout, il y avait à peu près 800 hommes de
toutes classes hors du rang. Toute cette équipe
fourmillait sur l'ordre de l'adjudant général Korniloff sous les yeux même de l'ennemi en escortant
les détenus, qui exécutaient, de concert avec les
habitants de la ville, les travaux de terrassement
aux 5° et 6° bastions, l'escorte elle-même travaillait
jusqu'à être couverte de sueur. C'est ainsi qu'on
travaillait même après l'affaire de Burlux, ce que
vit d'ailleurs le prince Menchikoff quand il visita
les travaux. Comme récompense, il faisait souvent
servir, surtout aux copistes, du sbitene, fait dans

un samovar, qu'un moujik russe portait toujours à
la suite du prince.

Quelque temps avant le bombardement de la
ville, ces gens éliminés du rang, entrèrent encore
par l'ordre de Korniloff dans les batteries et les
bastions de la première section de la ligne de défense,
et firent partie du personnel de service. Le premier
jour du bombardement, beaucoup d'entre eux trouvèrent la mort. Les autres, ceux qui étaient aux
lettrés, tout en participant au service des batteries,
rédigeaient, sur l'ordre des commandants des batteries, au cours même du combat, des demandes
d'envoi de nouveaux canons, pour remplacer ceux
qui avaient été endommagés, de poudre, d'obus, et,
pour le personnel, des demandes de provisions, de
portions de viande et de vin; c'étaient eux encore
qui préparaient des rapports sur les subsistances
qu'on avait obtenues, ainsi que les notes adressées
aux différents états-majors sur les mouvements de
l'ennemi que les commandants avaient aperçus, sur
ses travaux de terrassement, en général sur toutes
ses entreprises. D'autres étaient envoyés aux quartiers des commandants pour en recevoir des ordres.

La correspondance fut faite par nous dans les
batteries elles-mêmes, et auprès des adjudants, sur
la place qui se trouve entre la batterie de Nicolas
et l'Hôtel de l'Assemblée, avec un sang-froid
remarquable : étendus à terre sur le ventre çà et
là, sans faire attention aux bombes, aux grenades,
aux boulets et aux fusées qui volaient autour de

nous. Après avoir fini leur travail, les copistes
couraient aux batteries, sous le feu même de l'enfer
et s'empressaient de présenter leur cahier aux
commandants pour les corrections nécessaires. Puis,
jusqu'au nouveau départ, ils s'occupaient des canons.

II

C'est une faute d'affirmer que tout semble à
l'homme très clair et très facile alors qu'il est
encore jeune, plein de forces et d'entrain. Non, un
vieux comme un jeune peuvent également supporter avec facilité et dévouement toutes les intem-
péries, n'importe quel travail et n'importe quelles
privations, s'ils comprennent consciencieusement
l'importance des sacrifices que l'on leur demande.
Nous avons pu l'observer pendant le siège de Sébastopol, dans l'automne et l'hiver de 1854 et de 1856.
Là, les soldats et les officiers supérieurs couchaient,
dans le vrai sens du mot, sur la terre, dans la boue
ou la neige, se défendant contre la bise à l'aide
d'une sorte de mur fait de pierres ou se réfugiant
dans des trous et des tranchées. La pluie ou la neige
qui tombaient n'avaient jamais été prises en sérieuse
considération. On ne pouvait se déshabiller, les
pieds suintaient car on était obligé de garder ses
bottes pendant un mois et plus ; quand on voulait
dormir on n'avait qu'à se coucher tout simplement
à terre. Et le froid qui chassait le sommeil et nous

mettait dans un état insupportable! cette vie fut
cependant la vie journalière de chaque soldat, elle
fut le devoir sacré de tous ceux qui aimaient chaleureusement leur patrie. Ce que l'on attendait
avec impatience, c'était un printemps qui fut clément. Enfin il s'approcha! Grâce à Dieu, nous étions
délivrés de notre cinquième ennemi[1], l'hiver. La
dernière semaine du grand carême arriva puis le
Samedi-Saint. L'après-midi, nos jeunes marins,
leurs femmes, leurs compatriotes, compères et com-
mères apportèrent le pain de la Pâques, du lard,
du fromage; il y en eut même qui apportèrent des
œufs, d'ailleurs plusieurs régiments de la flotte préparaient eux-mêmes le pain de Pâques. Vers trois
heures, toutes ces provisions furent placées sur deux
rangs au bastion. Quelque temps après, nous aperçûmes le prêtre qui se dirigeait chez nous du côté
de la redoute de Rostislave, avec un sacristain portant de l'eau bénite. Il s'avança vers le pain, l'aspergea d'eau bénite et s'en fut alors au bastion. Après
y avoir procédé à la bénédiction, il sortit et se dirigea
vers la batterie de Chemiakine. Le soir, nous eûmes
connaissance de l'ordre qui suspendait tous les travaux, sauf les plus indispensables. Des cierges furent
allumés devant les images sacrées. Les matelots et
les soldats se mirent en prières. C'étaient des prières
chaleureuses interrompues de temps à autre par les
coups de canon. Cette nuit-là, mon détachement

---

[1] En comptant pour quatre nos ennemis alliés.

faisait le service de garde du parapet jusqu'à minuit.
Après l'en avoir relevé, je profitai de l'occasion et
m'endormis d'un sommeil profond, ce qui ne m'était
pas arrivé depuis bien longtemps. Je remarque à
ce propos que, durant tout l'hiver, beaucoup d'hommes n'ont pu dormir; ils devaient se contenter d'un
état de vague assoupissement. Il nous arrivait souvent d'être terrassés par le sommeil, mais il ne fallait
pas s'endormir, on restait à demi éveillé, on perce-
vait tous les bruits voisins, puis il semblait que le
sommeil eut disparu.

Je me réveillai à neuf heures du matin. J'entendis
les chants des soldats et la musique militaire. Je me
souvins immédiatement de la fête et je priai Dieu.
Puis, sentant mes forces revenues, je me promenai
le long du bastion. Autour de moi, les marins vêtus
de chemises de toutes couleurs se réjouissaient;
leurs femmes et leurs enfants partageaient leurs
plaisirs. Pendant ce temps, nos petits soldats, toujours vêtus de leurs éternelles capotes erraient
seuls, tristes, paraissant envier la joie des marins.
De temps en temps, des bombes éclataient dans la
ville, en passant au-dessus du 3° bastion. Je m'approchai de la porte : elle était fermée. La sentinelle
m'expliqua que l'on avait défendu à qui que ce soit
de sortir.

« Pourquoi? »

— « Je l'ignore, monsieur! »

Toute la journée, on admit des visiteurs, qui
allaient voir leurs amis ou leurs parents; mais on

ne laissa sortir personne du bastion, sauf les visiteurs qui s'en retournaient chez eux.

A minuit et demi, la nuit suivante, c'est-à-dire
le 28 mars, je relevai la garde qui était à gauche du
parapet. Un fort vent commença à siffler du sud ;
le ciel se couvrit peu à peu de nuages qui se con-
centrèrent et bientôt l'obscurité fut complète. Mais
de petits feux brûlaient avec une flamme claire sur
la flotte ennemie. Je fis tous mes efforts pour entendre quelque chose, mais je ne pus que percevoir le
hurlement du vent. Il commençait à pleuvoir. Au
loin, quatre heures sonnèrent. La pluie redoubla.
Une demi-heure plus tard, il semblait qu'il dût
commencer à faire un peu plus clair et, en effet, le
jour parut. Les marins quittèrent leurs chenils près
de leurs canons, mais remarquant le mauvais temps
et la tempête, ils y retournèrent tout de suite. Le
sous-officier de garde cria comme d'habitude : « La
sentinelle abandonne le rempart! » Après avoir
fait descendre mon détachement sur la banquette,
nous nous mîmes à gratter la boue de nos bottes où
il y avait près de 10 livres de terre glaise. Le soldat veilleur cria : « Gare à la fusée du vaisseau! »
Je regardais à travers le rempart et je vis une fusée
monter en l'air sous forme d'un serpentin d'un jaune
clair. Tout d'un coup, un bruit sourd retentit et les
obus commencèrent à tomber dans le bastion. Les
officiers et les marins sautèrent de leurs refuges,
les soldats coururent à leurs postes. Les marins
tirèrent bravement. Je sortis du bastion et je vis le

bataillon qui se rangeait sous les armes près du
mur. Il était tout couvert de boue. Après qu'une
bombe ou une grenade était tombée, les hommes se
jetaient dans la boue pour ne pas être atteints par
les éclats. Le feu sévissait le long de toute la ligne.
Dans la ville et dans le faubourg, on entendait
l'éclat continuel des obus; les bombes sifflaient dans
l'air. En même temps, une pluie torrentielle suivie
d'un fort vent nous mouillait jusqu'aux os. C'est
ainsi, qu'en 1855, commença le deuxième jour de
Pâques, qui fut en même temps la première journée
du second bombardement de la ville.

On commença le transport des blessés. Un matelot,
pâle comme la mort, se dirigeait seul vers l'ambulance. L'extrémité de la manche droite de sa chemise paraissait avoir été trempée dans le sang. Il
tenait dans la main gauche un objet qui ressemblait
beaucoup à un poulet brûlé. Je regardai plus attentivement : c'était la paume de sa main ayant encore
ses doigts. Il était arrivé ceci : le matelot avait
voulu retirer le bouchon de fermeture du canon;
le chef de pièce avait mis le feu trop tôt et une
partie de la main de l'artilleur avait été saisie
par le tonnerre de la bouche, arrachée à ras du
poignet et était venue tomber sur le glacis. Le
matelot n'abandonna cependant pas la pièce avant
que, sur sa demande, un de ses camarades ne lui
eut apporté sa main. Il la prit et s'en fut avec elle
à l'ambulance pour se faire panser. En chemin, je
l'arrêtai et le fis transporter sur le premier bran-

card qui se trouvait être libre. Justement il s'évanouissait. Les porteurs accoururent et le transportèrent sur le brancard. Je m'empressai de replacer
sur le brancard la main mutilée dont le guerrier-
martyr était tant préoccupé.

Nous avions espéré que l'ennemi cesserait le feu
vers le soir. Contrairement à cette attente, il redoubla son tir par ricochets. On appela tous les soldats
pour réparer les dégâts. Ils se mirent bravement à
la besogne. J'étais au nombre de ceux qui recevaient
les obus et la poudre que l'on venait de nous envoyer.
Cela se passait de la manière suivante : Un certain
nombre de soldats restaient debout, appuyés au
mur, immobiles comme s'ils y eussent été cloués;
ou bien ils se cachaient dans les fossés. Dès que le
train arrivait, les hommes se jetaient sur le chariot,
et une minute après toute sa charge passait sur
les épaules des soldats qui couraient jusqu'à la porte
du bastion; la porte s'ouvrait à un signal donné et
se refermait aussitôt les hommes entrés. Après
avoir transporté toutes les munitions dans la cave,
les hommes ressortaient par une autre porte, traversaient la cour, se tapissaient à nouveau derrière
le mur où dans les fossés et y attendaient l'arrivée
du nouveau train.

III

Le 3 avril, il m'arriva d'être libre dès onze heures
du matin. N'ayant rien à faire, je m'en allai dans

la casemate chercher de l'encre et une plume.
J'avais l'intention d'écrire à la chancellerie de la
compagnie de vouloir bien donner l'ordre d'examiner mon cas, car j'avais servi le temps prescrit et
je méritais d'être promu sous-lieutenant. Je trouvai
là presque tout le bataillon de l'escorte. Il y était
venu chercher un refuge contre les bombes. On y
était tellement serré qu'il était difficile de passer.
Cependant, dans un angle de la casemate, on entendait nettement les sons d'un piano, comme si la
scène se fut passée dans un riche salon. Près de ce
coin, les soldats formaient des groupes et écoutaient
la musique d'un air très satisfait. Ayant trouvé ce
qui m'était nécessaire, je m'assis sur un affût pour
écrire. A ce moment, un fracas terrible retentit que
suivit un craquement qui dura assez longtemps.
Le bastion commença à chanceler comme s'il eût
été sur des vagues. Je me levai et me mis près de
l'affût ; les hommes, comme obéissant à un signal,
se réfugièrent d'abord dans un coin, puis se mirent
à courir dans toutes les directions. Je compris que
nous avions été frappés d'un éclat de bombe ; aussi,
je regardai en haut pour voir comment la casemate
et nous tous allions nous éparpiller dans les airs.
Cependant, les pierres de la voûte tantôt s'avançaient, prêtes à s'écrouler sur les hommes, tantôt
se retiraient à leurs places ; on eut dit les touches
d'un clavecin. A travers l'embrasure, j'aperçus au-
dessus de la batterie un tourbillon de fumée noire
et des pierres, des poutres et des hommes projetés

en l'air. Tout cela ne dura, comme il me parut alors, qu'une demi-minute. Enfin tout cessa, sans que rien eut été détruit, seuls les joints s'étaient désunis. Je courus à la batterie. Notre petite cave à poudre avait fait explosion; deux pièces pour les bombes avaient été projetées assez loin; le rempart était endommagé et une vingtaine de ses défenseurs dispersés. L'ennemi commença à tirer avec plus d'ardeur; il nous lança surtout des bombes et des grenades.

Le piano en question appartenait à notre lieutenant Savitzki; après avoir renvoyé de la ville sa famille avec tous ses meubles, il l'avait apporté en attendant dans le bastion, faute d'avoir trouvé un local plus sûr. Ceux qui savaient tant soit peu jouer, s'y exerçaient jour et nuit. Le plus souvent c'était l'adjudant du bataillon Stepanoff. On se réjouissait souvent à chanter avec accompagnement de piano. Et tout cela au milieu du bruit incessant de la canonnade.

VI

Le même jour, au soir, on fit appeler tous les hommes pour réparer les dégâts et remettre en place les canons jetés à terre. Nous ne pûmes y arriver pendant très longtemps et cependant nous étions près de 150 pour les remettre sur leurs affûts. Les marins eux-mêmes qui paraissent être des spécialistes tout désignés quand il s'agit de soulever de

lourds objets, échouèrent comme nous; nos vieilles
pièces de 190 poundes résistèrent à tous leurs efforts.
En attendant, chacun était allé voir ce qui se passait au bastion; il ne ressemblait pas mal à une
fourmilière au printemps. Le tir par ricochets et
les carabines nous faisaient surtout souffrir. Il me
parût que les bombes faisaient beaucoup moins de
victimes, mais qu'elles entravaient énormément les
travaux. Les balles de carabines nous causèrent des
pertes très grandes; aussi les pauvres porteurs de
brancards travaillaient sans répit. Pas une minute
ne se passait sans que l'on criât : « Le brancard ! »
Une cinquantaine environ de nos ouvriers apportèrent une grue et réussirent à remettre les canons
sur place, en s'aidant de la grue et d'un plan incliné.
Déjà le dernier canon se dressait sur son affût et
on réparait tout autour de lui, quand le veilleur
cria : « Gare la bombe ! » Je vis alors une bombe
fort suspecte s'élever au-dessus de Khersonège. Le
veilleur ajoutait : « A nous ! » quand la bombe vint
s'abattre sur le parapet où elle s'enfonça profondément. Elle pesait près de sept poundes à peu près.
J'étais tout près d'elle et je pensais à part moi : c'est
ici qu'aura lieu l'enterrement des vivants et des
morts ! Des hommes étaient tombés à terre. Je trouvai préférable de descendre dans le fossé. Mon sang-
froid m'avait abandonné, j'exécutai cette manœuvre
comme un fou. Je me relevai et voulus courir un
peu plus loin le long du fossé, quand un coup sourd
retentit et je suis enseveli sous la terre et les décom-

bres. A trois pas derrière moi, la moitié de la partie extérieure du parapet venait de s'écrouler en entraînant avec elle les hommes qui s'y trouvaient. J'étais enfoui jusqu'à la ceinture et ne pouvais me débarrasser de l'étau qui m'étreignait. J'éprouvais une douleur effroyable au pied gauche. Enfin je m'aperçus que quelqu'un remuait au-dessus de ma tête. C'étaient des soldats munis de lanternes, de pelles et des inévitables brancards. On se mit à détacher la terre. L'air était plein de gémissements et de cris. Mon tour arriva. « Légèrement, frères, fis-je en m'adressant aux soldats, je crois que j'ai le pied fracturé ! » On nous transporta tous au bastion. Quelques-uns en partirent pour aller à l'ambulance, ou peut-être bien plus loin encore.

. Je me tirai assez heureusement de ce mauvais pas. Il me fut impossible de marcher pendant une semaine environ. Mon pied s'était enflé et était devenu noir jusqu'au genou. A présent, il garde encore une couleur rougeâtre. Je porte au front une cavité car la peau s'est rétractée jusqu'à l'os en séchant. En outre de ceci, j'ai la tempe fendue et une balafre l'orne à l'heure qu'il est.

V

Je n'avais reçu qu'une légère blessure et il me parut honteux d'aller à l'hôpital pour si peu. D'ailleurs, je savais qu'on y était si à l'étroit et qu'il restait si peu de place pour ceux qui avaient été

grièvement blessés. Aussi restai-je au bastion, bien
que ne pouvant plus être d'aucune utilité à la
défense. Les soldats me placèrent sur une natte
dans le coin le plus sombre de la casemate, c'est à
peine si l'on pouvait m'y apercevoir. Kaiboulka,
notre coiffeur fut mon médecin; il appliqua sur ma
tempe une sorte d'onguent, chaque demi-heure, il
m'imbibait la tête et le pied de l'esprit-de-vin qui
se trouvait en quantité suffisante au bastion pour
pouvoir être distribué aux soldats. Chacun de nous
avait des bandages et de la charpie dans la poche
de sa capote et sous la manche. Une semaine après
mon repos forcé, ma blessure commença à se cica-
triser, la tumeur que j'avais à la tête et au pied
diminua et je pus me tenir debout. Aussi je sortis
souvent, à l'aide de béquilles, pour prendre un peu
l'air sur la batterie. Pendant ce temps-là, le feu
de l'ennemi s'était calmé; nous ne lui répondions
d'abord que faiblement. Nos marins étaient assis
près des canons; les uns réparaient leur linge,
d'autres jouaient aux cartes. Il arrivait souvent
qu'un matelot, Mitka, tombait blessé ou qu'un
autre, Senka, était tué; on les emportait au bastion.
Dans l'intervalle, Antochka frappait sur le nez de
Fedka autant de coups qu'il en avait gagnés avec
nos cartes pleines de graisses, le nez de Fedka gon-
flait comme une pomme de terre; on riait dans le
cercle comme s'il n'eut existé aucun danger.

Il y avait à la batterie quatre mortiers, deux de
deux poundes et deux de cinq poundes. Un jour,

une grenade ennemie tombe sur la batterie et, en
ricochant, sauta dans la bouche d'un des mortiers
de 5 poundes. Une fois là elle commençait à fumer.
Chacun s'écria : « Sauve qui peut! cachez-vous! »
On craignait de voir le mortier éclater et tuer de
ses éclats beaucoup de monde. J'étais alors assis
sur la banquette presque en face. Tout d'un coup :
crac! Un coup terrible, une vibration épouvantable
de l'air et notre bombe, accompagnée d'éclats de
grenade, s'envole vers l'ennemi. Le mortier éprouva
seulement un peu plus de recul qu'à l'ordinaire.

« Ah! si les Français voulaient répéter cela un
peu plus souvent, nous n'aurions pas besoin d'allu-
mer nos pièces! » disait un matelot, qu'acclamèrent
les rires et les bons mots.

J'observai la trajectoire des éclats : ils tombèrent
devant le bastion, près de nos logements.

Un autre jour, les matelots se préparaient à
prendre l'eau-de-vie qu'on venait de leur distribuer.
On l'apportait dans un pot de fer que l'on plaçait
sur un objet quelconque, non loin de la banquette.
On avait posé une planche étroite au-dessus du pot
et on avait déposé les verres dessus. En attendant
le maître de l'équipage, tout le monde faisait cercle
autour du pot, à une distance respectable.

Tout à coup, un obus tombe dans l'eau-de-vie et,
en ricochant, s'en va jusqu'au bastion. Les matelots
demeurèrent cloués au sol, sans bouger, et ne per-
dirent point leur sang-froid. On en fit un rapport
au commandant de la batterie et on amena une

23

autre ration d'eau-de-vie, après avoir fait les cons-
tatations d'usage sur celle qui s'était évaporée. Les
matelots ne manquèrent pas de faire leurs commen-
taires : « Brute de bombe! Elle est arrivée, a pris
pour elle seule l'eau-de-vie destinée à nous tous,
s'en est grisée et maintenant roule à terre on ne
sait où! »

VII

Je me rétablis peu à peu; je pus bientôt marcher
sans béquilles. Cependant on donna l'ordre de me
faire examiner. Le commandant connut, grâce à
cette circonstance que j'étais lettré et m'ordonna de
me présenter, après l'examen, à l'état-major du
chef de la 1re section de la ligne de défense, l'adjudant Novikoff, pour entrer au bureau des écritures.
Je devais passer mon examen devant l'état-major
de la 10e division d'infanterie. Je me mis donc en
route à sa recherche. Tous ceux qui avaient été
occupés aux écritures avaient été placés dans la
batterie de Nicolas. Mais l'état-major de la 10e division d'infanterie y manquait. C'est avec peine que
je le trouvai rue des Juifs. L'adjudant me dit de me
rendre auprès du lieutenant de l'état-major général,
de Vessel, qui était chargé de m'examiner. Je le
trouvai deux rues plus haut. Cet officier, cons-
ciencieux et très humain ne voulut pas me donner
les meilleures notes au sujet du règlement militaire,
du service de campagne, d'avant-garde et de garni-

son, car je ne pus répondre d'une manière satisfai-
sante aux quelques questions qu'il me posa. Je le
reconnaissais, c'est pourquoi je me taisais.

Il me dit que notre armée possédait actuellement
beaucoup d'officiers qui ne connaissaient pas le
service de front, et qu'à cette cause elle devait plus
d'un échec. Il me demanda s'il y avait longtemps
que j'étais au bastion? Je lui répondis : Depuis le
début du siège jusqu'à maintenant, c'est-à-dire
depuis près de sept mois. En me passant le brouillon
de la feuille d'examen, il me dit : « Allez chercher
le prêtre! Qu'il signe! »

Je trouvai le prêtre non loin de la maison appartenant à Ouchakoff. Il commença par me poser des
questions : si je connaissais l'oraison dominicale,
le credo et ses divisions? Ensuite, il me demanda
de quel régiment je faisais partie? Après m'avoir
exprimé ses sympathies, il me promit de dire une
messe pour la santé de mes parents et la mienne.
« Je prie et je prierai toujours pour vous, braves
guerriers! » me dit-il en me rendant le brouillon
signé. J'apportai la feuille à l'état-major et deux ou
trois jours après, je le reçus du général Baumgar-
ten, au 4e bastion, avec des notes meilleures.

Après ces événements, j'entrai dans les bureaux
de l'état-major du chef de la première ligne de
défense, dans un blindage, près d'une demi-casemate
à peu près détruite, un peu à gauche du 6e bastion.
Le blindage contenait, en outre d'une antichambre,
trois vastes pièces : dans la première se trouvait la

chancellerie, dans la deuxième, le bureau du chef
de la section, et la troisième qui se trouvait à gauche, servait au commandant de l'artillerie. Le personnel de service et les ordonnances se trouvaient
dans l'antichambre. A chaque moment, des adjudants de toutes armes, des messieurs très bien mis,
traversaient les bureaux. Dans un coin de la première pièce, un matelot vêtu d'une capote et portant
sur ses épaulettes le chiffre 29, en jaune, écrivait
assidûment. Les adjudants lui glissaient continuellement dans la main de petits morceaux de papier.
J'appris plus tard que ce bureau était la première
instance de la section des décorations. Les adjudants
qui allaient çà et là, reçurent des ordres de sortir.
Les petits bouts de papier en question portaient les
ordres du jour et mentionnaient les soldats qui
s'étaient distingués; leurs hauts faits étaient inscrits
par des copistes sur une liste générale qu'on présentait à l'autorité compétente.

Une fois, entre autres, j'écrivis pendant la nuit
avec M. Novikoff. Notre table était près d'une petite
fenêtre qui s'ouvrait au-dessus de nous. Les bombes
tombaient sur le blindage dru comme grêle et y
éclataient. Les adjudants dormaient tout autour du
sommeil du juste. Soudain une bombe tombe plus
lourdement que les autres. On l'entend rouler et
glisser sur le sol juste devant la fenêtre. Elle éclata
mais ne fit qu'éteindre les bougies. Les adjudants
continuaient à ronfler sur tous les tons.

Je reçus l'ordre de me tenir à la disposition du

commandant d'artillerie de section dans la demi-
casemate à moitié détruite; en cas d'assaut, je devais,
ayant le n° 1, faire le service des cànons, c'est-à-
dire écouvillonner l'obusier d'un demi-pounde qui
canonnait le fossé du 6ᵉ bastion. Jusqu'alors j'avais
été occupé à recueillir chaque soir des bastions et
des batteries de la section les rapports sur la quantité d'obus et de poudre consommés pendant la
journée; je gardais les obus en provision, les pièces
endommagées, les établis, et d'autres accessoires
d'artillerie; en même temps je rédigeais des demandes de munitions, je préparais des relevés et les
envoyais à l'état-major du commandant d'artillerie
de la garnison de Sébastopol. On me dit d'informer
sur le champ le commandant d'artillerie de la section des commandes extraordinaires faites par les
batteries. Et cependant je n'avais aucune idée de
l'artillerie. En temps de paix, on m'avait appris un
peu à faire le service de front et de quarantaine. Je
me demandais pourquoi on me confiait en temps de
guerre une tâche qui suppose des notions théori-
ques qui ne peuvent s'acquérir qu'au bout de longues années? Peut-être fallait-il y voir une applica-
tion du proverbe : « dans le royaume des aveugles,
les borgnes sont rois ». Le soir, je reçus de quelques
batteries des notes rédigées sur des bouts de papier
et présentant la situation de leur artillerie. J'envoyai un planton aux batteries qui n'avaient pas
envoyé leurs notes. Elles me furent remises bientôt.
Il ne s'y trouvait pas de demandes extraordinaires.

Je passai toute la nuit à faire des calculs sous le
tonnerre des canons et entouré d'une foule de soldats. Tant bien que mal, j'arrivai, la première fois
à classer les chiffres d'après les colonnes et les objets
mentionnés ; je les reportai dans le relevé, où je
montrai en même temps le nombre de pièces endommagées, etc..., en un mot tout ce qui était indiqué
sur les bouts de papier venus des batteries. Tout
tremblant, je portai le relevé au commandant d'artillerie pour qu'il le signât. Après l'avoir retourné
dans tous les sens, il me le rendit signé en disant :
« Envoyez-le tout de suite à Scheideman ». Ce que
je fis. C'est ainsi que je fis le service pendant tout
le temps que nous fûmes dans la ville, avec cette
seule différence que dans les derniers temps je fus
obligé de courir moi-même le long de la ligne des
bastions pour y chercher les rapports, car d'après
ce que m'avait affirmé le cadet Scheideman, un
homme de petite taille, on commettait souvent sur
les batteries des erreurs très graves que l'état-major
avait remarquées.

Je dois ajouter que les matelots étaient difficiles
à contenir dans leur furie de tirer ; ils faisaient
beaucoup plus de coups de feu qu'il ne leur était
ordonné. Ainsi, si l'on ordonnait aujourd'hui de ne
tirer que cinq ou dix coups d'une même pièce, ils
en tiraient de dix à vingt et quelquefois plus ; en
même temps, il était complètement impossible
d'exercer un contrôle sur place. En revanche, il
arrivait qu'une batterie se taisait toute la journée,

on pouvait néanmoins constater, d'après la note qu'elle présentait le soir, qu'elle avait dépensé autant d'obus et de poudre que si elle eût tiré toute la journée sans s'arrêter. Les rapporteurs dés batteries étaient obligés d'équilibrer leurs comptes à l'aide de ces fausses notes et de cacher de cette manière les dépenses que les matelots avaient faites, contrairement aux ordres reçus, les journées précédentes.

VIlI

Le soir du 9 mai, on nous apporta une grande quantité d'ustensiles pour les retranchements. Ceci intéressait tout le monde et on se demandait : « Pourquoi faire? Nous manque-t-il des retranchements? Nous en avons dans le fossé du 6ᵉ bastion, devant la baie de la Quarantaine et sur les hauteurs devant le cimetière? Peut-être veut-on dresser ici une redoute? Mais il est trop tard maintenant. Il fallait profiter de l'occasion auparavant, et il est bien probable qu'en ce cas, la redoute de Schwartz n'eût pas eu de tranchées ennemies à sa barbe. »

C'était l'heure du crépuscule et deux bataillons du régiment du prince de Varsovie sortirent des murs en passant devant l'embrasure près de laquelle se trouvait ma table, juste sous l'obusier d'un demi-pounde. Les soldats portaient des pelles, des bêches, des fusils. On disait qu'un bataillon était parti du côté gauche du bastion, en quittant la lunette de

Belkine, et qu'un autre était parti de la batterie de
Boutakoff.

Une heure se passa, on n'entendait rien ; une
autre, puis une troisième s'écoulèrent ; on dit enfin :
tout va bien ; nos soldats travaillent avec succès,
sans être aperçus des Français. Les uns disaient
qu'ils travaillaient près du cimetière, les autres près
de la baie de la Quarantaine. Moi, je pensais que
l'on reliait les retranchements de Belkine à ceux
du cimetière et ces derniers à ceux de la baie de la
Quarantaine. Les bombes et les grenades portaient
comme d'habitude sur le bastion, qui ne répondait
que très rarement par de la mitraille et des grenades : on donna l'ordre de ne pas exciter les batteries. A l'aube, les troupes revinrent saines et
sauves. Au jour, j'aperçus avec étonnement un
retranchement long d'une verste qui s'étendait
entre la baie de la Quarantaine et le cimetière. Un
retranchement de forme triangulaire avait été construit sur les hauteurs les plus proches. Etait-ce une
redoute que l'on venait de faire? Si oui, c'était
très bien. Il eût été également fort bien de faire
occuper pendant une journée les retranchements
par un bon détachement de chasseurs. Notre section
reçut alors l'ordre de commencer une vive canonnade, principalement du côté du cimetière. Les
Français tirèrent à leur tour sur notre section et
sur nos soldats occupés à leurs travaux. Peu à peu,
une forte canonnade s'engagea de part et d'autre,
qui ne prit fin que vers le soir. Khrouleff était

arrivé sur ces entrefaites. A huit heures et demie,
l'ennemi ouvrit un feu très vif contre le 6e bastion,
la batterie de Chemiakine et notre demi-casemate
à peu près détruite. Bientôt après, les chasseurs
qui, fort peu nombreux, occupaient le nouveau
retranchement revinrent et déclarèrent que l'ennemi
s'en était emparé. Etait-il possible que 5,000 hommes aient travaillé si péniblement et avec tant de
succès pendant toute la nuit pour que l'ennemi
s'emparât sans résistance du retranchement et nous
mît en déroute? Est-ce que nos généraux n'auraient
pas pu prévoir cette éventualité? Non, évidemment,
sans cela ils n'eussent pas laissé le retranchement
abandonné à la garde d'un nombre aussi faible de
chasseurs. Il faut donc que nous reprenions à
l'ennemi notre propre travail d'hier? Il le faut bien,
mais comment y parvenir? Et c'est justement ce
que l'ennemi attend; ce n'est pas sans intentions
que tout le fossé, à partir du 5e bastion, est couvert
d'une pluie de bombes et de grenades! Encore
viennent-elles de batteries complètement inconnues.
Tel fut le sujet principal de la conversation des
officiers qui se mirent en route pour continuer les
travaux de la journée précédente.

Nous étions tellement habitués ici à la musique
que nous jouaient les canons, qu'en l'écoutant nous
pouvions indiquer de quelle batterie venait le coup,
de quelle pièce était l'obus qui partait et où il allait
tomber. Aussi, bien que je remarquasse fort bien
que l'ennemi avait changé de musique, je voulus

m'en convaincre de mes propres yeux et je grimpai jusqu'auprès du soldat de vigie.

En effet, deux petites batteries nouvelles commençaient à tirer. L'une d'elles lançait des obus de la redoute de Schwartz, le long du fossé, jusqu'à la batterie de Chemiakine ; l'autre placée sur un col à droite du cimetière, envoyait des grenades également au fossé, en croisant le feu de la première batterie.

De plus, les anciennes batteries tiraient contre toute la section ; mais le feu était surtout dirigé contre la batterie de Chemiakine, le 6e bastion et ses couloirs de gauche et de droite.

Vers dix heures, deux bataillons du régiment de Varsovie sortirent à nouveau par le même couloir. L'un d'eux, sous un feu très nourri, descendit jusqu'au ravin. L'autre, arrivé au bout du passage, s'arrêta, voulant attendre une accalmie dans le feu de l'ennemi. Ce n'était pas pour faire plaisir à Khrouleff, qui s'avança au galop sur un cheval blanc, sabre au clair, en criant : « En avant ! »

Une cinquantaine de soldats quittèrent la tête de la colonne et s'élancèrent en dehors du mur, puis s'arrêtèrent brusquement et s'abritèrent immédiatement derrière. C'est à ce moment que Khrouleff, qui se tenait toujours à l'endroit le plus en vue et tellement exposé au feu et canonné que les grenades passaient en sifflant au-dessous de son cheval, entra dans le passage du bastion et s'adressant au bataillon, commanda impérativement : « Les offi-

ciers en avant ! Je vais sabrer les poltrons ! » Puis
il s'élança à travers le passage et le bataillon le
suivit.

Une fois dehors, Khrouleff cria encore une fois :
« En avant! » s'arrêta pour un moment encore,
comme s'il eût voulu le voir défiler, puis, quand le
régiment fut passé sous ses yeux, il se lança au
galop dans le ravin et disparut au milieu de la fumée.
Voilà certes un brave général! La fusillade des
carabines s'ameuta alors. Toute une mer de feu
couvrit l'espace près du cimetière et de la Quarantaine. On commença alors à transporter les blessés
et les morts. Dans ce but, on envoya jusqu'aux
plus petits chariots. On nous informa que les cartouches allaient faire défaut à nos soldats. Sur le
champ, un détachement de 80 hommes du personnel
de service de la batterie de Chemiakine et du 6ᵉ
bastion fut désigné pour approvisionner nos troupes
de cartouches. On en remplit des sacs qu'on apporta.
Les soldats les transportèrent n'importe comment,
ils s'en garnirent même sur la poitrine, sous la
chemise, après s'être passé un cordon autour de la
ceinture. Je fus envoyé au 6ᵉ bastion avec l'ordre
de faire tirer au-dessus de nos logements qui se
trouvaient près de la baie de la Quarantaine. Mais
l'officier qui commandait le service de garde n'y
consentit pas, dans la crainte d'atteindre nos
troupes. J'en informai le commandant de la batterie qui s'y rendit lui-même; j'ignore ce qui fut
décidé.

En rentrant dans la casemate, j'y trouvai Zarine, Semiakine et plusieurs soldats et officiers blessés plus ou moins grièvement. Un officier entra en toute hâte, s'appliquant la main à l'oreille, et cria : « Ah ! quel commandement ! Nous avons tiré sur nous-mêmes ! » Il accompagna ces mots de quelques jurons. Sa capote était tachée de sang à l'épaule et à une de ses manches ; quand il abaissa sa main, je vis 'qu'il lui manquait le bas de l'oreille. Quelqu'un des officiers fit remarquer combien il était dangereux de prendre part à une affaire quand on avait de trop longues oreilles. Et chacun de rire, mais d'un rire empreint de tristèsse.

Un soldat accourt. Son visage et ses mains sont couverts de sang et de poudre. Il tient dans une main un bout d'une vieille pipe , probablement brisée par un éclat de bombe ou de grenade. Il se met à nous supplier : « Excellences! venez-nous en aide ! Le commandant et le bataillon placés près de l'église sont perdus : ils sont cernés par les Français ! Mon Dieu ! Le général y trouvera sûrement la mort ! »

Je ne me rappelle plus si ce fut Zarine qui répondit : « Tu es donc fou? Un bataillon est-il un œuf que les Français peuvent avaler sans se faire mal ! » Et le soldat de 'recommencer : « Excellences... » Alors on lui signifia nettement « Laisse-nous tranquilles ! » Le soldat resta un instant en regardant autour de lui sans rien comprendre et se demandant où il était tombé ? Puis il disparut je ne sais où. On apporta alors le cadet Borodine. Le malheureux avait la bouche grande ouverte et ne disait mot. Je lui ôtai sa capote, percée par les balles à l'endroit de la poitrine, et le débarrassai de son fourniment, puis je lui introduisis quelques gouttes d'eau dans la bouche. Continuant à le déshabiller, j'aperçus en haut de sa chemise sur la poitrine, une petite image d'un décime carré en cuivre recourbé. Evidemment, la balle avait frappé l'image, contusionné la poitrine de Borodine et était ressortie car le dos de la capote présentait un second trou. Ainsi la pieuse attention de ses parents avait sauvé ce jeune homme! Je l'ai rencontré il y a quelques temps. Il m'a dit avoir à Saint-Pétersbourg la place d'inspecteur des édifices de la Couronne. Il avait le grade de capitaine. Le pauvre garçon toussait d'une manière très inquiétante et me dit, comme je m'informais de sa santé : « Ah! mon cher! La contusion m'a abattu! Il aurait mieux valu que je sois tué sur place plutôt que de traîner une vie pareille! »

Une heure s'était écoulée pendant les déclarations du soldat qui tenait un fragment de pipe à la main. Tout à coup, on nous informe que le général Adlerberg est tué! Pénible nouvelle, hélás! mais qu'y faire!

Les coups de feu des carabines, accompagnés d'une vive canonnade n'avaient pas encore cessé. A plusieurs reprises, nous avions reçu des informations nous annonçant, tantôt que les retranchements étaient aux mains des Français, tantôt que nous les avions repris. Enfin, la canonnade se calma à l'aube. Le commandant nous dit que le retranchement situé près du cimetière était encore en notre pouvoir, ainsi que celui qui était voisin de la Quarantaine. Bientôt on nous informa que nous en avions été repoussés. Il commençait à faire jour. Les officiers supérieurs entrèrent à l'intérieur du blindage. Je pris alors le chemin de la casemate à gauche et me dirigeai vers le 6e bastion. Ayant franchi le blindage, j'aperçus les cadavres des soldats placés en tas le long de la route qui menait jusqu'au derrière du bastion. Les hommes empilaient les cadavres sur des brancards et des chariots. Des chansons retentissaient en dehors des murs. C'étaient les soldats qui revenaient du combat. Je me dirigeai chez moi par le même chemin. Il faisait déjà grand jour. La plupart des morts appartenaient au régiment du prince de Varsovie. La mort avait frappé les soldats dans les poses très diverses où ils se trouvaient. Je leur adressai des paroles d'adieux : « Vous avez bien travaillé, frères, tout le temps de la lutte; maintenant reposez-vous, notre tour est venu! Dormez en paix, vaillants guerriers! » Mon cœur était prêt à sauter de ma poitrine et la honte me couvrait le front en voyant tant de braves morts inutilement!

« Voulez-vous jeter un coup d'œil par ici! me dit tristement quelqu'un à côté de moi. Levant la tête, j'aperçus le soldat de vigie. Je grimpai près de

lui et j'embrassai des yeux les environs. Le soleil
qui montait dans le ciel jetait ses rayons sur un
effrayant tableau ! Je descendis en hâte pour ne pas
le voir et je me mis à terminer mon rapport de
jour.

IX

Peu de temps après l'affaire du 11 mai, je remar-
quai, en m'occupant comme d'habitude des comptes
munitions, près de l'embrasure, que les balles des
carabines françaises commençaient à siffler un peu
trop souvent. Abandonnant mon travail, je regardai à travers l'embrasure. Sous mes yeux, dans le
fossé situé à gauche du 6ᵉ bastion, trois ou quatre
soldats marchaient le dos courbé, la canne à la
main. Ils arboraient leurs casquettes au bout des
cannes et les montraient à l'ennemi, sans quoi les
Français leur eussent tiré des coups de carabine,
pensant avoir affaire à des soldats russes, en train
de travailler dans le fossé. Quelques balles atteignirent la crête du mur et filèrent plus loin en
sifflant. La plupart, frappant le mur plus bas,
tombèrent à terre. Les soldats les recueillirent
dans leurs sacs, comme des champignons. Je demandai aux soldats ce qu'ils allaient en faire et l'un
d'eux me répondit : « Monsieur, nous avons déjà
ramassé toutes les balles qui se trouvent en bas du
mur ; il nous en manque encore, c'est pourquoi
nous voulons duper les Français. » J'avais à faire à

des collectionneurs de balles. On les leur payait au quartier du commandant de la garnison. Les plantons avaient appris à nos soldats à se moquer ainsi de l'ennemi. A mon avis, elle ne pouvait que nous nuire, car les soldats, ce faisant, dégradaient les parapets et les remblais servant à la défense en y creusant des trous. Aussi leur défendis-je cette plaisanterie.

X

Un matin, après une nuit d'un bombardement continuel, le commandant d'artillerie m'envoya aux batteries chercher des rapports relatifs à l'état de leur artillerie. En me désignant sur le plan le canon de forteresse de la redoute de Schwartz, il m'ordonna de m'informer si cette pièce pouvait encore tirer, car d'après les nouvelles qui nous en étaient parvenues, elle devait avoir subi certains dégâts. Avant cette mission, mes courses à travers les batteries avaient été limitées au 5e bastion, à gauche, et à la petite batterie sur le cimetière israélite, à droite de la section. De l'autre côté de ces batteries, personne ne me connaissait; on ne m'avait même jamais vu, sauf quelques officiers que j'avais rencontrés au quartier général.

J'entrai donc dans la redoute, y consultai le plan et, après avoir trouvé l'endroit où se trouvait le canon en question, je m'y rendis directement. Il avait quelques rayures en mauvais état, mais qui ne l'empêchaient cependant pas de servir utilement. Un matelot s'avançant vers moi, je lui demandai s'il y avait longtemps que l'on ne s'était servi de ce canon ?

— La nuit dernière. Et pourquoi cette demande?

— Mais alors on peut tirer encore avec?

— Certainement! Elle fera passer plus d'un mauvais quart d'heure aux Français.

— Et où se trouve le commandant?

— Il dort !

— Je m'en doutais bien un peu, car il avait fallu veiller toute la nuit dernière.

En partant de là, je me rendis à la batterie de Schwartz. En traversant le retranchement, je prenais des notes sur mon petit carnet, quand, tout à coup, je me sens saisi par les épaules et jeté à terre. Deux marins à la figure énergique étaient devant moi.

« Ah! te voilà, sale bête! »

La surprise m'avait fait perdre la tête, mais je me remis bientôt et, sautant sur mes pieds, je leur demandais ce qu'ils me voulaient?

« Comment! ce que nous voulons! Regardez-moi un peu cette canaille. Il vient chercher ici tout ce dont il a besoin et, maintenant, il veut se sauver !»

Me voyant pris pour un espion et sachant fort bien que toutes mes protestations ne serviraient à rien ici, je leur dis que je n'étais nullement un espion, et qu'ils n'avaient qu'à m'accompagner à la batterie de Schwartz pour s'en assurer.

24

« Non, non ! Allons trouver le capitaine. »

Ce n'est qu'avec beaucoup de peine que je réussis à les convaincre qu'il ne fallait pas déranger le capitaine qui avait peut-être quelques nuits de sommeil à rattraper.

Des soldats accoururent, en criant : « On a pris un espion ! »

On m'emmena à la batterie, et je descendis au blindage avec les soldats.

Je ne connaissais pas personnellement M. Schwan. Au blindage, j'aperçus un officier de marine que j'avais vu quelquefois au quartier général et qui prenait le thé. Je lui expliquai mon aventure qui le fit bien rire. Il m'offrit une tasse de thé et fit sur un morceau de papier le rapport que lui avait demandé le commandant. A quelque chose malheur est bon ! car je ne me souvenais plus du jour où j'avais pris du thé pour la dernière fois. Les marins étaient toujours là et les soldats se pressaient en foule devant la porte. En me rendant ses notes, l'officier me dit : « Vous ne soupçonnez pas combien ils sont excités ici. Ils ne voient que trahisons, ils cherchent partout des espions ; il est très difficile de les rassurer. Aussi je ne puis leur ordonner de vous laisser tranquille. Qu'ils reconnaissent eux-mêmes leur erreur. »

Je fis mine de sortir et le matelot demanda à l'officier :

« Qu'allons-nous faire de lui ? » A quoi l'officier répondit :

« Je n'en sais rien! seulement ce n'est pas un espion! »

Ils ne voulurent pas le croire, et m'emmenèrent avec eux. Deux autres matelots s'avancèrent vers nous, vêtus de leur capote, et ayant leur porte-épée et leur briquet. La foule des soldats qui nous entouraient croissait toujours. J'avais une capote dont les épaulettes ainsi que le passepoil de ma casquette auraient dû être d'un vert clair, mais le mauvais temps et un soleil ardent les avaient rendus méconnaissables. Les soldats se commmuniquaient leurs observations à ce sujet.

« Regardez-moi ce mécréant! Il a des épaulettes de sous-officier, mais allez donc chercher de quel régiment il fait partie? Je n'ai jamais vu un uniforme pareil dans n'importe quelle division. » Les officiers ordonnèrent aux soldats de retourner à leur poste. Mais tandis que les uns s'en allaient, d'autres s'approchaient. Toute la section apprit bientôt qu'on avait capturé un espion. Soldats et marins vinrent à notre rencontre; plus nous avancions, plus les matelots riaient. Enfin, arrivés près de la redoute de Rostislavle, un de nos soldats s'adressa à moi du haut du rempart :

« Qu'est-ce là? C'est vous, monsieur, que l'on a pris pour un espion?

— Oui, c'est moi! Mais que voulez-vous?

— Quelles brutes que ces marins! Mais c'est notre sous-officier, Pantchenko! Il appartient à l'état-major! Voulez-vous bien le lâcher! »

Ayant remarqué que l'uniforme des soldats était
pareil au mien, les marins faillirent devenir fous.

Mais nous approchions du quartier général. Ils
s'arrêtèrent alors et me lachèrent.

« Eh bien! Emmenez-moi, leur dis-je.

— Ah non ! Allez-vous en vous-même ! Nous
voyons bien que vous êtes des nôtres. »

Je m'en fus ; les matelots s'en retournèrent,
accompagnés par les rires des soldats et des marins.

L'état-major nous blâmait souvent Scheidemann
et moi, en disant qu'il y avait des irrégularités dans
l'artillerie et que la section possédait beaucoup
plus d'obus et de poudre que nous n'en annoncions
dans nos rapports. Nous avions une peine extrême
de ces accusations. L'état-major aurait mieux fait
de s'informer de celui qui contrôlait à la section
toute cette masse énorme d'artillerie, qui occupait
près d'une verste carrée. Il fallait bien qu'il prît
en considération les personnes qui, comme nous,
n'étaient guère compétentes en fait d'artillerie, sans
quoi il nous eût révoqués tous deux et eût désigné
à notre poste des hommes plus au courant, que l'on
eût pu certainement blâmer, le cas échéant, pour
avoir commis des irrégularités. Au lieu de cela,
l'état-major ne fit que renforcer notre effectif d'un
conducteur du corps de l'artillerie maritime. Les
affaires n'en marchèrent cependant pas mieux,
puisque ce conducteur se connaissait à l'artillerie à
peu près autant que moi. J'en obtins toutefois un
certain soulagement, car maintenant nous allâmes

tous deux, chacun à notre tour, chercher les rapports aux batteries. Mais on nous supprima le conducteur lors du bombardement.

A ce moment, l'ennemi tirait sur nous à une très courte distance, en sorte qu'il soulevait une poussière effroyable chez nous, à la section. Les parapets, les retranchements, paraissaient avoir été balayés. Les affûts et les plates-formes furent mis en pièces. L'effectif du personnel de service et de l'escorte diminuait toujours, bien qu'on s'abritât dans des trous et derrière les remparts. Tout était fini : Sébastopol ne se protégeait plus de ses canons ni derrière ses remparts, mais au vrai sens du mot, se retranchait derrière les corps de ses défenseurs. Pendant quatre jours, les Anglais et les Français nous fusillèrent littéralement; il y eût, il est vrai, des repos d'un quart d'heure ou d'une demi-heure. Alors chacun se levait et réparait autant que possible les dégâts. Puis, bientôt le canon d'alarme tirait, les hommes tombaient à nouveau à terre, et la fusillade recommençait pendant une heure et demie ou deux heures. Et c'est pendant ces courts intervalles que j'étais obligé de parcourir les batteries. Etait-il possible de les visiter toutes pendant ce petit laps de temps? Souvent j'arrivais trop tard : il y avait déjà une heure que l'ennemi nous canonnait et le commandant d'artillerie commençait à se fâcher au blindage. Une fois même, il me punit. Il fit descendre de sa mansarde le soldat de vigie, car il était impossible d'y tenir à deux, et m'ordonna

d'y monter. J'y passai une demi-heure, jusqu'à ce
que Semiakine, m'ayant aperçu en sortant du blindage, m'en fit descendre. Pendant ce temps, une centaine de projectiles passèrent près de moi, au-dessus
de ma tête, et l'air comprimé par les obus me jeta
plus d'une fois sur le plancher. Je me ressens
encore maintenant des suites de cette peine disci-
plinaire : je souffre souvent d'un malaise général
dans tout le corps et principalement dans la tête.

XI

Au bastion, nous dînions le soir et nous soupions
avant l'aube. Souvent, occupé que j'étais par les
rapports ou allant les chercher aux batteries, je
n'avais pas le temps d'aller manger au .6e bastion.
Alors, pour ne pas souffrir de la faim, je portais
toujours avec moi une cuillère et quand j'étais libre,
j'allais à la section me mettre en quête de soldats
en train de manger et je m'associais à eux pour
déjeuner. Que voulez-vous, nous étions tous les
enfants de notre père l'Empereur et de notre mère
la Russie.

Le 27 août, vers midi, me trouvant derrière le
mur du bastion, je voulus, suivant nos habitudes,
aller fourrager un peu avec ma cuillère. Mais soudain l'ennemi cesse le feu. Tout le monde se lève;
je me dirige avec les autres du côté du 6e bastion.
J'approchais de l'angle du blindage, quand, tout à

coup, le soldat de vigie cria : « Les Français courent
à la redoute de Schwartz » ! Entendant cet appel et
connaissant très bien la disparition des troupes de
la garnison, puisque j'avais passé toute la nuit du
25 août à la recopier avec le commandant d'artil-
terie, je criai de toutes mes forces à travers la
fenêtre du blindage : « A l'assaut ». Novikoff et tous
les officiers supérieurs sortirent en toute hâte. Le
soldat de vigie, qui venait à leur rencontre, apporta
la même nouvelle. On battit le rappel. Novikoff
sortit de l'antichambre du blindage la hampe du
pavillon, longues de 7 sagènes ; l'ordonnance de
l'amiral Zarine, un sous-officier, un planton et moi
vînmes à son aide et à nous quatre nous pûmes
dresser la hampe près du blindage. Novikoff hissa
le pavillon bleu.

La redoute tirait. Il paraît que le matin elle avait
encore quatre canons qui n'étaient pas endommagés.

La force gauche du 5e bastion et, à ce qu'il semblait, la lunette de Belkine tiraient également. Une
colonne se séparait de la batterie de Nicolas, en se
dirigeant sur notre pavillon ; des troupes se mettaient en mouvement du côté du Nord et franchis-
saient le pont. En dix minutes, le régiment de
Vladimir nous eut atteints au pas gymnastique.
Semiakine grimpa à moitié l'escalier de la mansarde, et, saluant les troupes, leur expliqua l'affaire
et envoya le régiment contre la redoute, en disant
qu'il espérait que les soldats sauraient accomplir
leur devoir. Les braves gens répondirent par un

hourrah ! unanime et se lancèrent au pas de course jusqu'à la redoute pour renforcer leurs camarades dont une faible poignée repoussait l'assaut des Français. Tout le monde fut bientôt à son poste ; il ne resta au bastion que 15 hommes : le général, 3 officiers d'état-major, 1 officier supérieur et 10 soldats. Une demi-heure après le départ du régiment, le soldat de vigie-signaliste annonça que les Français attaquaient le 5ᵉ bastion. Ils arriveraient bientôt à attaquer aussi le 6ᵉ ! On nous mit de service aux pièces. Cinq hommes accoururent encore de l'état-major. J'avais l'écouvillon. Le planton de l'état-major était chef de pièce. La batterie de Chemiakine tira. Le soldat de vigie annonça : « Les Français attaquent, à ce qu'il semble, Belkine ! »

« Regarde bien ! lui fit remarquer un des chefs.

— Ah ! s'ils voulaient attaquer notre bastion, nous les servirions très bien, pensais-je à part moi. »

Le signaliste cria encore une fois : « Les Français gagnent leurs retranchements ! »

On sonna la retraite vers trois heures. Je sortis en dehors du bastion. On apportait beaucoup de blessés. A gauche de la casemate, gisait à terre un jeune français, la poitrine enfoncée. Il agonisait et me regarda d'une manière étrange. Ses yeux se fermèrent et le malheureux voulut m'exprimer encore quelque chose, mais ne le put. J'ai son regard encore présent à la mémoire.

On amena un général français, d'un âge déjà avancé, mais cependant encore très vert, d'une haute taille, et sept sapeurs avec lui, je ne sais si c'étaient des soldats ou des officiers. Après avoir salué Semiakine, il se mit à lui parler en français. Il parlait avec beaucoup de chaleur. Comme je l'appris par la suite, il ne voulut pas rendre son épée, déclarant qu'il était un soldat et non un brigand. Quand on l'amena près du commandant de la garnison, il enfonça son épée dans le sol du retranchement.

Notre officier de ligne amena ensuite quatre-vingts Français et s'entretint avec eux dans leur langue. Ils paraissaient très gais. Quelques-uns d'eux riaient en causant avec notre officier.

Grâce à Dieu, nous avons bien terminé l'affaire. Que va-t-il nous arriver maintenant? Les Français recommenceront-ils à nous canonner, leur assaut d'aujourd'hui ayant été repoussé avec tant de succès. Non, j'étais tellement convaincu de leur défaite complète que je croyais voir dans le général français, que nous avions fait prisonnier, Pélissier lui-même.

Vers trois heures et demie, le planton de l'état-major, Vanka, accourt à moi et me dit : « Allez vite chez Novikoff! » J'entre au blindage, j'y trouve réunis tous les commandants. On me dit de me mettre à écrire. Novikoff coupait des morceaux de papier et, en me les donnant il me dit de préparer des ordres avec, en y recopiant celui qu'il avait écrit lui-même. Mes mains tremblèrent en le lisant. On y ordonnait aux troupes l'ordre de se retirer à neuf heures du soir jusqu'au pont en ne laissant qu'une petite partie du personnel de service aux batteries, pour cacher autant que possible la retraite jusqu'au matin suivant. Le personnel de service devait se rendre ensuite au pont, en suivant l'ordre contenu dans la note. Je préparai près de quarante de ces notes, suivant la répartition des diverses armes de notre armée, on les cacheta ensuite à la cire et on y mit les adresses d'après une liste spéciale, en ajoutant : « très secret, personnel ». Elles furent adressées aux commandants des bastions, des batteries, des bataillons et aux chefs de troupes. Quand tout fut terminé, alors que je me préparais à partir, Novikoff m'arrêta en me demandant : « As-tu prêté serment ? » Sur ma réponse affirmative, il me dit : « Fais bien attention ! Ce que tu viens d'apprendre tout à l'heure, tu dois le tenir secret jusqu'au moment que tu sais », et Semiakine ajouta : « Quiconque aura divulgué un secret en temps de guerre sera fusillé dans les vingt-quatre heures ».

Je sortis très triste du blindage, ne pensant nullement à la fusillade, mais au sort de Sébastopol : Que va-t-il t'arriver, chère ville, qui as tant souffert !

Il était alors près de six heures. Dans la direction de Malakoff, on entendait la fusillade des carabines et une faible canonnade. Je grimpai jusqu'à la mansarde et ayant emprunté au soldat de vigie sa

longue-vue, il me sembla voir des Français sur la
colline de Malakoff. J'appris bientôt que Malakoff,
la clef de notre position, était entre leurs mains.

Le soleil venait de se coucher quand je me rendis près du commandant de la section pour savoir
s'il fallait aller aux batteries chercher les rapports?
Les commandants me répondirent, après s'être
consultés, qu'il y fallait aller, ne fut-ce que pour
montrer que les choses marchaient comme à l'ordinaire, si non mieux.

J'y allai donc, mais dans deux batteries on me
répondit par des rires tout en me remettant les rapports. Les ayant tous recueillis, je revins au blindage à huit heures et demie. J'y trouvai les
commandants tenant à la main leurs verres pleins
d'une liqueur noire. On se demandait probablement
pardon mutuellement, d'après l'usage russe. Le
chef de l'artillerie était visiblement gêné de recevoir mes rapports. Zarine me demanda, comme s'il
n'eût pas su de quoi il s'agissait, « Qu'est-ce que
cela ? » Sur ma réponse, il prit les rapports et les
jeta par terre, en disant : « Demain, quelqu'un les
trouvera ici. »

« Où faut-il que je me rende? demandai-je.

— Où est ta compagnie?

— Au 6ᵉ bastion.

— Eh bien, va la rejoindre! me dit Zarine, et,
m'ayant remercié du service rendu, il me dit de
prendre son verre qu'il avait posé sur la table à
mon arrivée.

C'était du porter qu'il contenait, une boisson très amère, mais probablement très bonne à boire.

XII

Quand je descendis dans la rue, il me sembla que j'étais devenu anglais. Pendant une heure je me promenai sans aucun but et très vexé entre le 6ᵉ bastion et la redoute de Rostislav. Il y avait longtemps que les hommes avaient commencé à descendre de la redoute en criant et en formant les rangs. Il était temps de regagner mon poste. Je me rappelais que je n'avais rien mangé depuis vingt-quatre heures. Mon ventre protestait en grondant. J'entrai dans la demi-casemate pour y prendre du porc salé, qui appartenait au personnel de l'état-major. Je me disais que certainement on l'y avait laissé, mais ne le retrouvai plus. En ouvrent deux petits tonneaux, j'aperçus dans le premier des bougies et dans l'autre des capsules! Mange, Pan-tchenko! Je trouvai là cinq cosaques que je n'avais jamais vus auparavant.

Je me mis à la recherche de ma compagnie. Des hommes venaient de la cour de la casemate et de la batterie de Chemiakine. Ils formaient des groupes dans la rue et causaient. On entendait crier : « Le 18ᵉ équipage de service par ici! » — « Le 17ᵉ par ici » — « La flotte par ici! » — « La ligne, par ici » etc... D'autres demandaient en sortant où se trouvait tel ou tel équipage ou telle compagnie. Je pénétrai dans la casemate et un frémissement s'empara alors de moi, la casemate, complètement vide, était éclairée d'une vive lumière... Cela me rappela une cérémonie funèbre... A gauche, dans un coin très obscur, j'aperçus quelques matelots qui inondaient d'eau la cave à poudre. Un peu plus à droite, dans l'une des sections, se promenait Novikoff, bras dessus-dessous avec un officier. On avait voulu probablement faire sauter le bastion. C'étaient des braves ! Ce n'était pas pour rire que les officiers de la ligne avaient surnommé Novikoff « un des héros de notre temps ».

Par la porte de derrière, je grimpai à la batterie. A ce moment, un obus partait dans la direction de l'ennemi, puis quelque temps après, un autre. C'est ainsi que nous masquions notre retraite.

Je sortis de la batterie par la grande porte et, dehors, je rencontrai Savitzky. Il était entouré d'une foule de marins et de soldats et regardait d'un air impatient autour de lui. Je m'approchai « Tiens, Pantchenko ! Mais où sont nos hommes ? »

— Ici probablement, s'il en reste encore, voulez-vous que je les appelle ?

— Oui, oui !

« Les hommes de la Quarantaine ! criai-je. »

Une dizaine d'hommes sortirent, chargés d'effets de toutes sortes.

« D'où êtes-vous ?

— De la batterie de Chemiakine, répondirent les nôtres. »

Je les emmenai, leur fit déposer à terre leurs effets et après avoir laissé un soldat pour les garder, je renvoyai les autres chercher les hommes au bastion et à la redoute de Rostislavle.

Peu à peu, il en vint près de soixante ; à ce qu'ils déclarèrent, ils se trouvaient tous réunis ici.

Savitzky, ayant fait former les rangs et commandé : « Par le flanc droit, marche ! » nous emmena au n° 8 jusqu'au premier mur. En le suivant, nous descendîmes jusqu'à la baie où était l'artillerie, au-dessus de laquelle brûlaient encore le marché à la viande et quelques maisons. Nous étouffions tellement était forte la chaleur de l'incendie. Je touchai ma capote, elle était brûlante. En suivant la côte nous atteignîmes la cour des ingénieurs et enfin la batterie de Nicolas. Nous y rencontrâmes les troupes qui nous avaient devancés en suivant la rue de la Grande Morskaïa. Il en descendait également du boulevard de Kozarsky.

Nous commencions à être un peu à l'étroit et nous n'avancions que très lentement. Devant nous, nous n'apercevions qu'une masse compacte de soldats. A droite, les troupes s'avançaient en rangs innombrables par la rue de Catherine. Nous entendions près de nous le bruit saccadé produit par la vapeur et les roues des navires.

Ayant passé le palais de Catherine, Savitzky prit le chemin qui tournait à gauche. Là je me retournai, de nos hommes il ne restait personne! J'en informai tout doucement Savitzky. La foule commençait à nous presser. Nous gagnâmes l'embarcadère de Catherine, mais là non plus nous ne trouvâmes nos hommes. On nous serrait de plus en plus; nous ne pouvions même songer à repousser la foule, il ne nous restait qu'à nous laisser entraîner par elle. « Fais attention, me dit Savitzky, à ne pas me quitter! Accroche-toi après ma ceinture. » Et il se mit à longer le pont.

Parmi les troupes, on menait grand tapage, on se querellait, on se racontait différents évènements, Il était rare de voir un soldat qui ne fut pas chargé d'effets divers. Pendant tout ce temps, je ne rencontrai pas un seul général ou un officier appartenant à l'état-major. On entendit des jurons à l'angle Est de la batterie de Nicolas. C'était probablement le chef de passage qui criait après la foule qui se ruait. Enfin, nous arrivâmes au pont. Mais nous ne pouvions avancer que pas à pas, l'un près de l'autre comme des harengs dans une caque. Les bastions et les batteries tiraient toujours sur l'ennemi qui répondait. L'eau clapotait au bas du pont. Un vent frais soufflait. Une demi-heure s'était écoulée, quand, soudain, l'eau envahit le pont; on cria : « halte! » Tout le monde s'arrêta. On entendait les clapotements sourds des vagues, Qu'est-ce qui se passe donc? « On pousse l'artillerie à l'eau! disaient les soldats. — Les chevaux avec? — Mais certainement! »

Je frémis en m'apercevant que nous nous trouvions presque dans le chenal et que, sous le poids énorme, le pont pouvant s'effondrer, nous aurions tous pris un bon bain dans la mer, si toutefois nous n'étions pas descendus jusqu'au fond de la baie. J'avais complètement oublié que l'ennemi pouvait nous canonner... Notre marche à pas de tortue dura encore une heure et nous arrivâmes sur le côté Nord. Le reste du chemin, nous le fîmes au pas de course, étant moins serrés. On entendit alors appeler les compagnies, les équipages, les bataillons, les régiments, les brigades et même les divisions. Comment chercher les nôtres, une soixantaine de vétérans, dans de pareilles conditions, quand on ne pouvait même retrouver son régiment? Nous gravîmes la côte, sur la longueur d'une verste, et Savitzky s'assit à terre en me disant de faire comme lui.

Il était deux heures du matin. La lune était très brillante. Nous regardions la ville incendiée que nous avions défendue pendant près d'une année. Les bastions commençaient à sauter l'un après l'autre. Les éclairs illuminaient de temps en temps le ciel. L'explosion des bastions n'était pas très forte, mais les secousses s'en faisaient ressentir jusque sous nos pieds? Bientôt nous nous levâmes pour aller à la recherche de notre commandant. Depuis le 5 octobre 1854, il avait transporté son bureau auprès de la fabrique de biscuits. Nous le retrouvâmes à l'aube. N'ayant rien mangé depuis plus de vingt-

quatre heures, j'arrivai à la chancellerie, tombant
d'inanition. Nos hommes n'arrivèrent que le lendemain, c'est-à-dire le 29 août.

XIII

Au premier septembre, je fus nommé sergent-
major. Ayant rassemblé ma compagnie, je m'aperçus que mes soldats étaient au service depuis 16 ans,
il y en avait qui y étaient depuis 28 ans, sans
compter le temps qu'avait duré la défense de Sébastopol où chaque mois était compté pour une année.
Ils avaient tous vieilli. L'un d'eux était décoré
de la médaille militaire. Je lui demandai :

« Y a-t-il encore quelqu'un qui soit décoré de
cette médaille?

— Non, il n'y a plus personne, me répondit-il,
on ne l'a pas accordée aux marins! Nos amiraux
ne faisant pas partie des bastions. »

Je demandai au cavalier sur quelle batterie il
avait servi?

« Sur celle de Rostislavle, monsieur.

— Pour quelle affaire as-tu été décoré?

— Ah! monsieur, j'ai été décoré pour rien!

— Comment! pour rien?

— Voyez-vous, j'étais de garde auprès de la cave
à poudre; une sacrée bombe tomba un jour sur la
cave et se mit à siffler. Je la repousse du pied.
Nakhimoff passait justement à cet instant et me dit :

« Bien, très bien, mon garçon ! » Quand la bombe
fut dans le fossé, il ajouta : « Prenez en note le nom
de ce marin ! » Puis il s'en fut. L'officier me demanda
alors :

— « Comment t'appelles-tu ?

— « Chkara, mon officier !

— « De quelle compagnie fais-tu partie ?

— « De la Quarantaine ? »

« Puis il partit également et quelque temps après
on me donna cette croix.

— Bravo Chkara ?

— Tenez, Monsieur, ce n'est rien encore ! Combien
ai-je jeté de ces bombes dans le fossé, sans que mes
supérieurs l'aient vu ? Ou bien, si quelqu'un l'a vu,
ce ne fut jamais celui qu'il aurait fallu.

— Bravo Chkara ! Heureusement encore que
c'est toi seul qui as reçu la médaille militaire ! »

XIV

La compagnie séparée de garde de la Quarantaine
de Sébastopol était commandée par le lieutenant-
colonel Vychnevetzhy, qui avait le titre de commandant du régiment. Il fit son rapport sur la
retraite de la compagnie et demanda à nous faire
loger dans les casernes. A l'état-major général, on
n'a eu aucune idée de cette compagnie et de son
séjour d'un an aux batteries de Sébastopol [1].

---

[1] La compagnie avait été admise à faire partie du 6e bastion sur
l'ordre verbal de P.-A. Korniloff.

Après deux semaines d'hésitation et après deux revisions, faites par un officier de l'état-major, on ordonna de nous expédier à Sébastopol, à la disposition du directeur des hôpitaux de la deuxième armée. Notre commandant avec les officiers fut envoyé à Kherson avec les autres officiers.

FIN

TABLE

SAINT-DENIS. — IMPRIMERIE BOUILLANT, 20, RUE DE PARIS.

LIBRAIRIE PAUL OLLENDORFF

28 bis, RUE DE RICHELIEU, PARIS

Napoléon et les Femmes (L'Amour), par FRÉDÉRIC MASSON, 1 vol. gr. in-8°. — Prix. . . . . 7 fr. 50

Histoire diplomatique de l'Alliance Franco-Russe (Souvenirs et Révélations), par ERNEST DAUDET, 1 vol. gr. in-8°. — Prix . . . . . 7 fr. 50

L'Empereur Alexandre III et son Entourage, par NICOLAS NOTO-VITCH. 1 vol. gr. in-8°. — Prix . . . . 7 fr. 50

Le Luxembourg (1300-1882). Récits et confidences sur un vieux palais, par LOUIS FAVRE. Ouvrage couronné par l'Académie française. 1 volume grand in-8°. — Prix. . . . . 7 fr.

Les Financiers d'autrefois. — Fermiers généraux, par la Vicom-tesse ALIX DE JANZÉ. 1 vol. in-8°. — Prix. . . . . 7 fr. 50

L'Empereur Guillaume et son Règne, par ÉDOUARD SIMON. 1 vol. gr. in-8°. . . . . 7 fr. 50

Histoire du Prince de Bismarck (1847-1887), par ÉDOUARD SIMON. 1 vol. gr. in-8°. — Prix. . . . . 7 fr. 50

Les Colonies nécessaires, Tunisie, Tonkin, Madagascar, par UN MARIN. 1 vol. in-16. — Prix . . . . 2 fr.

La Physionomie comparée. — Traité de l'expression dans l'homme, dans la nature et dans l'art, par EUGÈNE MOUTON. 1 vol. gr. in-8°, avec le por-trait de l'auteur, gravé par DESCAVES. — Prix. . . . . 10 fr.

Tchou-Chin-Goura ou une Vengeance japonaise, roman japo-nais, traduit en anglais, avec Note et Appendice, par FRÉDÉRIC-V. DICKEINS, traduction française de ALBERT DOUSDEBÈS. Nombreuses gravures sur bois, exécutées au Japon par des artistes japonais, 1 vol. in-8° cavalier — Prix . . . . 12 fr.

Histoire universelle du Théâtre, par ALPHONSE ROYER. 6 forts volumes in-8°. — Prix. . . . . 45 fr.

Les tomes V et VI, qui embras.ent la production dramatique européenne du xixᵉ siècle et qui forment, à eux seuls, un ouvrage complet, se vendent sépa-rément. Ils ont pour titre : **Histoire du Théâtre contemporain en France et à l'Étranger** depuis 1800 jusqu'à 1875, par ALPHONSE ROYER, 2 forts vol. in-8°. — Prix. . . . . 15 fr.

Nouvelle Méthode pour apprendre à lire, à écrire et.à parler une langue en six mois, par le Dʳ H.-G. OLLENDORFF, appliquée au français, à l'espagnol, à l'italien, au latin, au portugais, au russe. — Prix de chaque volume . 10 fr.

Nouvelle Collection de Manuels pratiques de correspondance, contenant des lettres familières et commerciales, avec des notes et un dictionnaire des termes de commerce, publiée sous la direction de J.-B. MELZI, et honorée d'une médaille d'or; à l'usage des Français, des Anglais, des Espagnols, des Italiens, des Allemands. — Prix de chaque manuel. . . . . 2 fr. 50

IMPRIMERIE DE SAINT-DENIS. — H. BOUILLANT, 20, RUE DE PARIS